日日有感 日日谈

王三堂◎著

燕山大學出版社
2019·秦皇岛

图书在版编目（CIP）数据

日日有感日日谈 / 王三堂著．—秦皇岛：燕山大学出版社，2019.10
ISBN 978-7-81142-839-1

Ⅰ．①日… Ⅱ．①王… Ⅲ．①随笔—作品集—中国—当代 Ⅳ．①I267.1

中国版本图书馆 CIP 数据核字（2019）第 216173 号

日日有感日日谈

王三堂 著

出 版 人：陈　玉
责任编辑：朱红波
封面设计：吴　波
出版发行：燕山大学出版社 YANSHAN UNIVERSITY PRESS
地　　址：河北省秦皇岛市河北大街西段 438 号
邮政编码：066004
电　　话：0335-8387555
印　　刷：秦皇岛墨缘彩印有限公司
经　　销：全国新华书店

开　　本：700mm×1000mm　1/16　　印　　张：21.25　　字　　数：238 千字
版　　次：2019 年 10 月第 1 版　　印　　次：2019 年 10 月第 1 次印刷
书　　号：ISBN 978-7-81142-839-1
定　　价：45.00 元

写在前面的话

在《日日有感日日谈》2017卷出版之际，有些话想与大家说说。

多年来，我常给亲属们作传统文化知识方面的讲座。2017年2月5日，亲属们春节聚餐时说，讲课的时间和内容受限太多，可否建个亲属微信群，每天用音频的方式进行讲座。我认为，这个建议很好。说干就干，当天就建起来了，微信群名叫“冶河之南好家风”。即日起，我就开讲了，一直到现在，一天都没有间断。

起初的音频没有经过任何加工，只在亲友群里发表。后来有人转发出去后，颇受欢迎。于是有人建议，可以把音频做成微信发表，这样可与更多的人结缘，我采纳了这个建议。

音频微信制作程序大体是这样的：我前一天晚上录制一个三五分钟的“节目”，第二天早上发到亲属群，然后由张凯先生和禄君莉女士把我的录音整理成文字，再由杨国清先生把文字、音频合成，加上插图及我的书法作品，做成微信，以《常顺有话如是说》的题目在“正己而已”公众号和朋友圈发表。穿插发表的还有《王三堂日记》中的其他内容。

我的音频微信发表以后，受到广泛关注和好评，不少人多次转发，阅读和收听的人数不断增加。还有越来越多的网络平台都转发了，产生了良好的社会影响。

应广大读者和听众的要求，我拟将每天一讲的内容按年度辑印成书，这是2017年度卷。题目改为现在的《日日有感日日谈》。编辑过程中除进行篇幅压缩和个别文字修改外，基本上保持了原汁原味，保留了通俗易懂和口语化的风格。

谈到该书内容，可用八个字概括，即“有感而发，从心为之”。就是说，其中虽有些较为系统的专题内容，但大都是随机性的话题。不是命题作文，没有牵强附会，一切皆是真心的表露。有人生、社会感悟，有读书心得笔记，有人际交往实录，还有纷呈世象描述等。自我感觉，突出的特点是一个“真”字，描述真人真事，表露真心真意，抒发真实情感，力求真知真见，日日有感而发，日日笔耕口谈，故名《日日有感日日谈》。

如果您有缘遇到了这本书，该书能对您产生些许思想启迪和心理慰藉的话，我会感到高兴，如能与我产生更多的共鸣，更是我求之不得的事情。我希望以这本书为桥梁和纽带，通过微信或公众号的形式与您进行更多的交流。

大千世界，茫茫人海，您我相知相识，真是莫大善缘，我会珍惜。我愿做您漫漫人生路上的真诚朋友。

此书为第一卷。我认准的事情，就会永不懈怠做下去。我的音频讲座会一直进行下去，每年一卷的《日日有感日日谈》的第二卷、第三卷等，也会一直出版下去，敬请关注。若您对《王三堂日记》“如是”系列丛书及我的其他作品感兴趣，即请阅读相关内容，或关注“正己而已”公众号，听取我即时的系列音频。

您的朋友　王三堂

看似寻常最奇崛

——《日日有感日日谈》序言

人生据说是一部大书。

这是钱锺书先生一篇自序里的话，也是三堂老师嘱我作序时，我想到的第一句话。

对我而言，认识三堂老师，的确是见到了一部大书。

我与三堂老师相识于2013年，他是我工作上的领导，也是生活上的良师益友。几年接触，春风化雨，传道解惑，令我受益颇多。他修身正己，素心为人，在立德上下了极大功夫，做得到约身如绳、防意如城，也可能正是得益于此，他能在六十多岁的年纪依然耳不聋、眼不花、健步如飞；他处事严谨又能宽以待人，毫不懈怠又能有条不紊，无论庙堂江湖事，都务求不留后悔的余地；他为学日益惜时如金，无论言行都不见官气不见暮气，不仅坚持读书写作，而且在耳顺之年学开车、学拉二胡、学办微信公众号，日有新得。

常有人惊奇于其做人做事做学问的境界，想从其言行看出端倪。可惜三堂老师性格恬淡无争，话语不多，也概是洞察了“人之患，在好为人师”的道理，于是便一直奉着“不愤不启”的原则，若非诚心问道，他也决计不会主动去说。好在，《王三堂日记》“如是”系列图书陆续出版，“正己而已”的微信公众号也办得有声有色，让更多人有了与其接触的途径。

此书收录的，是三堂老师从2017年2月5日开始，每日清晨的讲座内容。这些内容由我和禄君莉记录成文字，再由杨国清发布在“正己而已”公众号上。初来只是作为记录之用，不曾想阅读转发者众，成为包括我在内的许多人每日的精神早餐。而从其中节选，并在爱音斯坦等网站上播放的“三堂心语”系列音频，更是短短时间播放量便达一百多万，大众之喜爱可见一斑。于是，便将这些文章结集成册以飨读者。

书中内容包罗万象，议论叙事形式不一，既有对“孝道”等优秀传统文化的系统阐述，也有诸如“地铁见闻”“手机不见”等生活点滴的记录，甚或是“接小孙女放学”引发的对教育的思考等。虽是如叙家常娓娓道来，却充满着哲学思辨和独特视角，以小见大、由事及理，引人深思。

“看似寻常最奇崛，成如容易却艰辛”，这为人的本事，修为的境界，往往在这日常的朴素言行中能看得真切。我作为从语言到文字的“搬运工”，有着近水楼台的优势，通过每日的整理和学习，感触到的是三堂老师常人难及的四个方面。借此机会写出分享，或可为各位读者看其书、知其人提供一些别样视角。

其一，看文化整合的功夫。读三堂老师的文章也好，听他的说话也好，你会惊讶于他知识之渊博、思想之透彻、体系之完整、融合之自然。看他旁征博引，信手拈来，实为阅读的一大快事。更可贵的是，他还能自成一派，有一套独特的世界观和方法论，在看问题时不仅能够不拘一格常见常新，而且可以融会贯通形成闭环。如书中谈到“刮目相看”“洗耳恭听”“念念不忘”这些耳熟能详的词语时，他不仅可以给出新解，还可触类旁通，举一反三，令人耳目一新。

其二，看知行合一的程度。人之修为，“博学之”是一般前提，“笃行之”则是终极要义。知识渊博只是完成了原材料的收集，审问、慎思、明辨之后，能否做到知行合一，方是人生境界的分水岭所在。三堂老师可说是知行合一的表率。一个道理，他不想通则罢，一旦领悟要义，必是终生践行。而此前提，在他说来，叫作“真知道”。也只有真懂真知，方能辅以坚韧不拔之志，而成水滴石穿之功。

其三，看时间利用的艺术。马克思说“时间是人类发展的空间”，对于个人亦是如此，时间的长度和利用效率是个人能走多远的决定因素之一。所谓“志士惜年，贤人惜日，圣人惜时”，也是这个道理。三堂老师是绝不叫一日一时白过之人。除了日常工作之外，读书、写作、静坐、瑜伽等都是他每日的必修课，多年坚持，风雨无阻。即使做市委书记公务繁忙之时，这些习惯也雷打不动。当然，现在又加上了每天的讲座。这么多内容对于别人可能已经疲于应付，而他却能应对自如，其在时间的运用和分配上确是高人一筹。

其四，看心灵掌控的技巧。学问之道无他，求其放心而已。这养心用心实在是人生第一大工程，若能求得放心，做到一心一意，制心一处，则无事不办。否则，便易多而生惑、歧路亡羊，种种努力与辛勤反可能成了祸端。三堂老师的时间能利用如此合理，事情能够处理如此效率，都与其善“用心”有莫大关系。所以，正如书中所讲，对于修道用心的高手，即便是“饿了吃饭，困了睡觉”这看似简单的事情，也是用功所在。

以上四点，说简单也简单，说难却又极难。我常以此对照自己，越对照便越觉得相差甚远、修为尚浅。这四点犹如小鱼，游走于此书的字里行间，不必专寻，静心可见。若能在一二点上有所增益，便是读此书之大得。

当然，每位读者的境遇不同、心态各异，读后自然也是见仁见智，成岭成峰。但是，有一点应该是共通的，那就是我们读书的目的往往并不在于书籍本身，如何能够用书中所悟指导生活，使自己既能游刃于世间，又能不负于时间，才是真义所在。而此书中的内容因为来自于日常生活，所以也更容易启发生活。这便使得此书所写更像是一种生活禅，随手一翻，所见皆缘，没准哪篇便恰是你千百度的所寻。

在这个意义上讲，我们每个人其实既是读者亦是作者，既在看书也在写书——写人生这部大书。如何写得让自己满意？听听三堂老师《日日有感日日谈》是如何谈的，或许会有意料之外的收获。

张　凯

目　录

二　月

三　月

四　月

五　月

六　月

七 月

八 月

九　月

十　月

十　一　月

十　二　月

二月

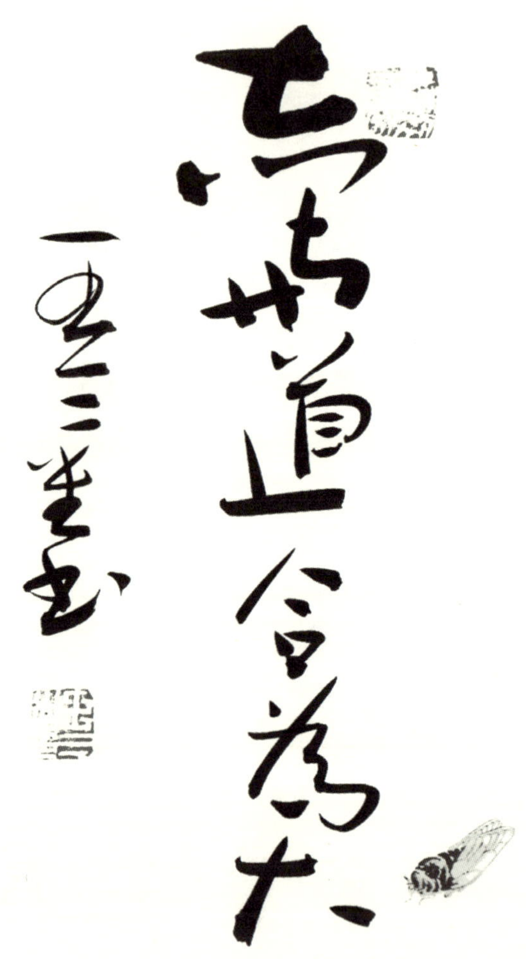

志与道合为大

2017年2月5日　丁酉年正月初九　星期日

清晨的第一念

俗话说，一年之计在于春，一日之计在于晨。那么一晨之计在于什么呢？我认为一晨之计在于第一念。第一念应该念什么呢？不能早上一醒来就觉得这个事不如意，那个人不顺眼，这样的念头不行。

醒来后的第一念应该是感恩，感恩一切人、一切事，感恩天地万物；应该是念“健康、平安、顺利”，念“快乐、幸福、成功”。须知一切语言和念头都是有能量的，你想什么说什么，什么样的力量就会向你集聚。如果你每天早上能够做到所念的话，那就一定会实现这样的目标！

2017年2月6日　丁酉年正月初十　星期一

价　　值

物有物的价值，人有人的价值。物的价值体现在有用上，人的价值体现在奉献上。物如果没有用的话，会被人抛弃；人要不奉献的话，会被人疏离。物对人的用处是各式各样的，比如食物可以吃，衣服可以穿，工具可以用来干活等等。而人的奉献也体现在方方面面，比如有钱的可以出钱，有力的可以出力，有知识的可以奉献知识。如果说这些方面都没有的话，你奉献一个赞叹、随喜或者微笑也是很好的。

人，一定要勤奋不要懒惰，不会的要学，学了之后，要时时刻刻想着为别人、为社会奉献点什么。能做到这一点，路子会越走越宽，身体会越来越好，人际关系也会越来越融洽。

2017年2月7日　丁酉年正月十一　星期二

自己要争气

别人可以为你指路，可以为你修路，但无论如何代替不了你走路。就像一棵树，别人可以为它浇水、追肥，但无论如何代替不了它成长。你要争气，谁拿你也没办法，挡也挡不住，比如说刘备；你要不争气，谁拿你也没办法，扶也扶不起来，比如说阿斗。所以，要勉励自己，一定要争气，一定要健康成长，一定要不断前进。

2017年2月8日　丁酉年正月十二　星期三

把命运掌握在自己手中

有命运吗？当然有。没命怎么活着呢？命运可以改变吗？当然可以改变。否则，那还要努力干什么呢？那靠谁去改变呢？命运掌握在自己手中。那改变命运的关键是什么呢？关键是好好做人、好好做事，展开了说就是存好心、说好话、为好人、做好事。如果真的持之以恒地这么做了，命运一定会好，或者说不可能不好，否则，想要命运好，那只能是缘木求鱼。“自天佑之，吉无不利”。“自天佑之”首先是“自”，就是自己。自己不努力，上天拿你也没办法。“药医不死症，天助自助人”“人不自助天难助”。总而言之一句话，命运掌握在自己手中。自己是自己命运的设计师。

2017年2月9日　丁酉年正月十三　星期四

大气做人，小心做事

这段时间不断听到熟人中一些不好的消息，比如说哪个人因为贪腐被查了，哪个人身体出了问题，哪个人出了车祸等等。总体来说，问题出在两个方面：一个是健康，一个是平安。那能不能在这两个方面少出或者不出问题呢？可以。如何做呢？就是八个字：大气做人，小心做事。

首先说大气做人。就是在名上要大气，在利上要大气，要不争、不占、不贪。做到与上不争功、与下不争利、与同级不争你高我低，也就是老子说的“夫唯不争，故天下莫能与之争”。第二是小心做事。就是在健康上要小心，在安全上要小心。要管住自己的起心动念，管住自己的言行举止。要杜绝“四胡”，即胡思乱想，胡言乱语，胡吃海喝，胡作非为。若能做到这八个字，在政治上不会出问题，健康上不会出问题，安全上也不会出问题。

2017年2月10日　丁酉年正月十四　星期五

健　康

健康不是一切，没有健康就没有一切。健康了，别人的未必是自己的；失去了健康，自己的全是别人的。有了健康，未必能事业成功；没有健康，事业成功无从谈起。

父母最担心的是什么？是儿女的健康。儿女健康了就是对父母的孝。子女最希望的是什么？是父母的健康。父母健康了就是对子女的慈。配偶最希望的是什么？是对方的健康。自己健康了就是对配偶的爱。亲属朋友最希望的是什么？是我们的健康。我们健康了就是对亲属朋友最好的慰藉。国家最希望公民的是什么？是公民的健康。公民健康了就可以更好地为国家作贡献。

健康了，自己不受罪，亲属不受累，还可以节省医药费，奉献全社会。长寿老人是令人羡慕的，长寿家族是令人向往的。让我们大家共同努力，朝着这个目标迈进。

2017年2月11日　丁酉年正月十五　星期六

心安即平安

平安不是争来的，不是求来的，而是修来的。如何修呢？最根本的办法是心安。首先，心安理得，心安了才能得到理，才能明理，才能理智地去为人做事、行善积德，自然会平安。第二，心平才能气和，气和才能身体好，身体好了也是平安，就会平安。

如何做到心安呢？主要是要加强修养，努力做到问心无愧。愧字怎么写呢？一个心，一个鬼，心中有鬼就是愧。“为人不做亏心事，不怕半夜鬼叫门”。要是不做亏心事，鬼不会上门，上门也不怕。为什么呢？鬼可能是上错门了，就算没有上错门，很可能来的是一个好鬼。

要问心无愧，就要好好做人，好好做事，坚守八正道；要问心无愧，就要处处为别人着想，成人之美，与人为善。“善有善报、恶有恶报”是宇宙间的规律，如果做善事怎么会不平安呢？行善积德了，不但自己会平安，你的子孙后代也会平安。“积善之家必有余庆；积不善之家，必有余殃”，古训讲得清清楚楚。

2017年2月12日　丁酉年正月十六　星期日

君子与小人

“君子乐得做君子，小人冤枉做小人。”这是说，做君子是一件很快乐的事情，不仅自己快乐，还能给别人带来快乐；而做小人是最令人遗憾、最冤枉的事情。我们说某人是君子的时候，是说他是“君之子”。这不仅表扬了本人，而且连他的父母和祖上都表扬了。

人人都喜欢君子，喜欢别人称自己为君子；人人都讨厌小人，都讨厌别人说自己是小人。什么是君子，什么是小人呢？君子不是说是国君的儿子，也不是说地位高、财富多就是君子。小人也不是说你个子小、官小、年龄小。纵使你富甲天下、权倾朝野，也可能是一个小人，而一文不名、一介凡夫，也可能是一位君子。到底什么是君子，什么是小人呢？君子就是境界高的人，就是时时处处想着他人、时时处处为他人着想的人，是与人为善、成人之美的人。小人就是时时处处心里只有自己，只为自己着想、损人利己的人，是境界差的人。

好了，是君子是小人，说一个最简单的标准吧。一事当前，能为别人着想的就是君子，一事当前只为自己着想的就是小人。大家就按这个标准来衡量一下。

2017年2月13日　丁酉年正月十七　星期一

应重视礼仪知识的学习

中国被世人称为是文明古国、礼仪之邦。但毋庸讳言，由于种种原因，多年以来我们这个形象受到了影响，大有重视和重塑的必要。

礼仪，不仅关系个人形象，而且关系家庭形象乃至民族形象。文明有礼，不仅可以减少人际摩擦，融洽人际关系，还可以促进事业成功，不可不慎。重塑礼仪之邦的形象，需要从家庭做起，从娃娃抓起，从每一个人的一言一行抓起。因为不仅仅孩童、青年应该学，就是一些中年人、老年人在这方面也是应该补课，应该学习的。要守礼仪，首先要知礼仪、懂礼仪，这就应该多一些人做普及礼仪知识方面的工作。基于这样的想法，想与大家来共同学习一下这方面的知识。

2017年2月14日　丁酉年正月十八　星期二

关于礼仪方面的几件事

在正式讲礼仪之前，先给大家讲礼仪方面的几件事。

首先讲正面的几件事。第一件事，有一次我乘电梯时，遇到了一位戴眼镜的瘦弱的七八岁的小男孩，手里抱着一堆东西，我们在上下电梯的时候，他都主动为我们打开和关上电梯门，并一口一个“请”字，我从他身上看到了他父母的影了。第二件事，是我在东北天池的时候，遇到了向我们问路的两个韩国的小女孩，她们在问前和问后时都是恭恭敬敬地行90度的鞠躬礼，看到这个动作我不仅对她们刮目相看，对她们的老师和父母刮目相看，而且对她们的民族也充满了敬意。第三件事，是前几天有一位年轻的银行领导到我办公室，我们交谈的时候，他的彬彬有礼、谦和好学尚且不说，离开的时候还执意把没有喝完的一次性的茶杯也一并带走了。这样懂礼节的年轻人真是少见。

下面，我说两件反面的事情。第一件事，是有一位男士在酒桌上对一位女士说下流语言，被女士用酒碗狠狠地砸在头上，当时血水酒水一并流了下来。女士的做法固然失当，但起因是男士的失礼。另一件事，是有一位领导干部，粗俗不堪，傲气十足，满口脏话。这样的人理所当然被人从心里瞧不起。

礼仪，不仅仅写在书本上和讲在课堂上，每个人都是老师，都在用不同的方式给我们上礼仪课。只不过有的是正面教员，有的是反面教员罢了。

2017年2月15日　丁酉年正月十九　星期三

礼仪应从家庭做起

儒家学说的核心是“内圣外王”，展开了说是“三纲八目”。“三纲”是“明德、亲民、止于至善”，“八目”是“格致诚正，修齐治平”，这八个方面的中轴是修身，也就是说格物致知、诚意正心是修身的功夫，而齐家治国平天下是修身所要达到的目的。大学中讲“自天子以至于庶人，一是皆以修身为本”。修身，应该做的事情很多，但是最基本的是要懂礼仪，守礼仪。孔子曾经对他的儿子说过：“不学礼，无以立。”也就是说，要是不懂礼仪的话，在家庭无法立身，在社会上无法立足，乃至可称为是野蛮人。

学礼仪从何处入手呢？应该从家庭入手，应该从孝悌，主要是从孝入手。礼的实质是什么呢？礼的实质是秩序，具体来说是五方面的秩序，或者说是五方面的伦理，即君臣、父子、兄弟、夫妇、朋友，应该做到君臣有义，父子有亲，长幼有序，夫妇有别，朋友有信。如果了解了这个基本的伦理关系后，就找到了在家庭乃至在社会上的立足点和坐标。

礼的核心是恭敬心和至诚心。礼不是形式主义，更不是花言巧语。一分恭敬得一分利益，十分恭敬得十分利益，如果不能发自内心地去学、去做的话，既学不到礼仪的知识，更做不好礼仪方面的事情。

2017年2月16日　丁酉年正月二十　星期四

五伦之父子关系

在伦理关系的五个方面中，家庭伦理就占了三个，在家庭伦理的三个方面中，最重要的是父子，即长辈和子女的伦理关系。

在这方面，《弟子规》的第一篇中讲得很全面。在这里我择其要点说一下：父母叫你的时候，不要延缓，爱答不理；父母要你做的时候，要力行不要懒惰。父母的教诲，要恭恭敬敬地听从，父母有所批评，不要有所抵触，要顺从。长辈的爱好，不能不知道，知道之后，要认真地去做。父母所讨厌的行为，要认真去克服。一定要注意身体，身体出了问题，父母最忧伤。道德上一定不能亏欠，否则会让父母蒙羞。在这个意义上讲，好好做人、保持健康也是孝顺。

另外，在一些看似小节的问题上绝不能大意，比如：子女不要坐在正中间的位置上，给长辈东西的时候必须双手，长辈给你东西的时候也必须双手去接。与长辈一起走的时候不得走在前面，长辈站着的时候晚辈不得坐，晚辈坐着的时候遇到长辈回来必须要起立。不应站在门的正中间，不应该脚踩门槛。站着的时候不要一脚着地，不要抖腿抖脚。坐着的时候不跷二郎腿，不要展开脚，好像簸箕一样。不要仰坐在沙发上，要站有站相，坐有坐相。吃饭的时候，要先给长辈盛饭并双手捧上，长辈需要加饭的时候，要及时盛上。吃饭的时候不要大呼小叫，忌话语太多，更不能在吃饭的时候看电视、玩手机。在饭桌上不要唉声叹气，长辈在饭桌上也不要训斥晚辈等等。这些方面需要注意得很多，不可尽述。

大家要牢记，贵在学一点做一点。

2017年2月17日　丁酉年正月廿一　星期五

五伦之兄弟关系

五伦中的兄弟一伦，讲的是长幼相处的礼节。如何处理好兄弟之间的关系呢？要注意两方面，一是利益、财产，二是处事、言语。

首先是在利益、财产问题上，要把这些东西看轻，别争别占、互谅互让。财富不是争来的，更不是骗来的，而是修来的。在处事、言语问题上，要注意方式，要忍让一点，不要在嘴上占便宜，须知便宜没有白占的。在日常生活的各方面，都要长者在先，幼者在后。另一方面，称呼长者的时候不管是当面还是背面都不要直呼名字。讲一个小事，一次我与一位老下属通话，他对我一口一个“王书记”，谦恭有加。但通话结束之后，他不知道电话没有挂断，转身就对别人大喊：“王三堂来电话了！”让人感觉不够舒服。再一个方面，长者站着的时候，幼者一般不要坐，长者让你坐的时候你再坐。在尊长面前说话的时候，不要高声，不要不耐烦，要和颜悦色。在路上遇到尊长，要紧走几步站立到面前，微微躬身施礼问好。

再讲一个小故事，山西军阀阎锡山治家很严谨。他给自己定了一条规矩，就是回家乡时，到村口必须要换衣服，要换上外祖母给他做的衣服再进村。骑马的时候要下马，乘车的时候要下车，要步行入村，见人施礼。可见任何人想要成就点事业都不是偶然的。

大家不要觉得这样去做是多此一举，须知礼多人不怪；不要认为这样的事情太麻烦，须知习惯成自然；不要认为这些事情是对方的需要，须知说到底都是自己的需要。你要这么做了，别人不仅会对你刮目相看，还会对你的父母、你的家族心存敬意。

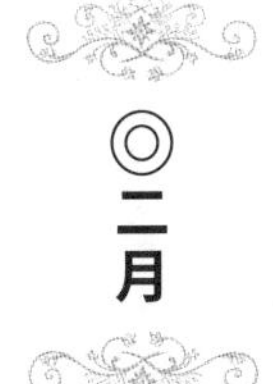

2017年2月18日　丁酉年正月廿二　星期六

五伦之夫妇关系

在这里，我不想讲具体的礼节问题，想讲几点择偶与夫妇相处的看法与大家分享。

先讲择偶问题。俗话说，男怕入错行，女怕嫁错郎。现在时代不同了，女也怕入错行，男也怕选错对象。因为，婚姻是人生最大的事情，不可不慎。择偶要考虑的方面很多，家庭出身、文化程度、职业、长相等都重要，但都不是最重要的。那什么是最重要的呢？我认为是品性，即品行和性格。因为其他方面的因素大都可以改变，但品性一旦具备，就具有较强的稳定性。这两个方面的情况不仅大大影响配偶之间的关系，而且影响子女乃至整个家族的幸福指数和发展走向。

择偶一定要慎重，没有合适的宁可不结婚，一旦结婚了就绝不轻言放弃。既然接受了对方的优点，就应该接受其缺点；既然接受了对方的今天，就应该接受其昨天和明天。既然接受了对方的本人，就应该接受其亲属乃至朋友，这就是容量。当然，极特殊的情况总是有的。比如，有的人品性恶劣，虐待父母，且屡教不改，那就不能容忍了。真正的夫妻不是谁怕谁，而是谁容让谁。

谁的容量大，谁就是高人，就是君子。夫妻无对错，只有和不和，夫妻和才能家和，家和才能万事兴。家庭是讲情的地方，不是讲理的地方，讲理的地方那是法庭不是家庭。刘善人讲，夫妻莫讲理，讲理气死你。夫妻要讲情，讲情乐融融。这是至理名言。

2017年2月19日　丁酉年正月廿三　星期日

坐有坐相，站有站相

我们从小就被告知要“坐有坐相，站有站相”，要“坐如钟、站如松、行如风、卧如弓”。这些话以前更多的是从注意仪表和礼仪的角度理解的，虽然知道姿势不正会对形体器官有影响，但是影响之大是始料不及的。而这样的道理，是大连的朱医生告诉我们的。我们到大连是向马来西亚华人医生朱广麟求医，为治疗我亲属的颈椎病而来的。朱医生身怀绝技，一次按摩就使患者的严重疾患明显减轻，几次治疗后，症状基本消除了。我们随行的四个人都让朱医生做了检查，竟意外地发现每个人的两条腿都不一样长，有的竟能差两厘米之多，并且大多内脏位置不正，有症状，朱医生给我们一一做了矫正。

朱医生告诉我们说，导致这种情况的原因固然是多方面的，但很重要的原因是没有做到“坐有坐相，站有站相”。他说，比如坐着跷二郎腿，其实不仅对腰椎、颈椎等形体有影响，而且对内脏都有影响。甚至有些糖尿病、心脏病等都与内脏器官移位有关系，都与平时不注意行住坐卧的姿势密切相关。

问题如此严重是我们万万没有想到的。“坐有坐相，站有站相”

都在说，但有多少人了解不按这种要求所做的危害性呢？真是“不听老人言，吃亏在眼前”啊。何止在眼前呢，还会产生长远影响呢。我们真的应该从自己做起，正心、正身、正形。这不仅是对别人的尊重，也是对自己的负责，不仅是礼仪的要求，也是身体的呼唤，是身心双修的基础功夫。

2017年2月20日　丁酉年正月廿四　星期一

简述行与住的要领

我经常观察路上行人的情况，发现姿势不正确的不在少数。走路的姿势可以泄露人的很多秘密。我有一位朋友，可以根据人走路的姿势判断其文化程度。其实何止文化程度，一个好的中医可以通过你的走路判断你的身体状况，一个明眼人可以通过你的走路判断你的修养水平。

什么是走路的正确姿势呢？这很难尽述。我简单说一下，先从头部说起，不要仰头，不要低头，头不要左右摇摆，要目光前视，不左顾右盼，鼻子不要突到前面，要与腹部呈一种直线状态。胸部尽量拓开，千万不要缩肩或者耸肩，千万不要弯腰驼背。两手在方便的时候可以甩起来，这对健康有好处。走路不要八字脚，要尽量两脚向前平行走。据观察，外八字严重的人，大都心脏不好，应该纠正。走路切记不要太偏重脚跟或者脚尖，脚跟用力太多的人显得生硬，脚尖用力太多的人显得不够庄重。同时，可以用意念让脚趾抓地，这对健康有好处。步态要轻，步幅要适中，臀部不要左右摇摆。下半身要动，上半身尽量不动或少动，和汽车一样，汽车轮子在动，但汽车的车身是不动的。如果长期坚持这么走，形成习惯的话，会越走越轻松，越走越健康，越走越有风度。

在站立方面，应该坚持头正，身体笔直，两眼平视，两肩平齐，两臂夹紧，身体重心落于两腿正中，双肩放松，收腹挺胸，两脚可以适当分开，但是不要超过肩宽。面部表情应该平和自然，略带微笑。

大家不要以为这些事情小，小事中蕴含着大道理。大家也不要认为这些事情难以坚持，当知习惯成自然。

2017年2月21日　丁酉年正月廿五　星期二

简述坐与卧的要领

南怀瑾先生说从养生练功角度讲，坐姿就有 95 种之多，故不可尽述。大体来说，坐可分为礼仪角度的坐和练功角度的打坐。今天主要讲礼仪角度的坐姿。当然，这也与练功健身息息相关。首先说，坐的时候要面带笑容、双目平视、微收下颌，上体自然挺直，不要东倚西靠、左右歪扭，双腿要尽量正放，膝部弯曲大腿小腿呈 90 度。双脚着地踩实，绝不能跷二郎腿，绝不能抖腿，抖腿不仅不文明而且不吉利，是人气血不畅、不健康的表现。从健康角度讲，应该尽量坐硬板座，少坐沙发。坐硬板座的时候不要将臀部全坐在椅子上，应该只坐三分之一或者多一点。坐多了不仅腰难以直起来，还会影响臀部血液循环。另外，从健身角度看，如果有机会或独处的时候能够盘腿坐的话那是再好不过了。能双盘最好，不能双盘单盘也不错，再不行散盘也可以，循序渐进嘛。

关于躺卧的姿势，主要有仰卧、俯卧、侧卧。侧卧又可以分为左侧卧和右侧卧两种，当然不可能面面俱到地讲。我只想说，如果采取侧卧的话最好是右侧卧。中国传统文化中，右侧卧叫作吉祥卧或是狮子卧。为什么叫作吉祥卧呢？因为这样睡觉可以使身体安稳，不做噩梦。为什么叫狮子卧呢？因为狮子卧的时候是这个姿势。佛陀涅槃的时候也是这个姿势。另外，尽量不要张着嘴睡，当然这也与身体状况和呼吸通畅程度有关，不可强求。

2017年2月22日　丁酉年正月廿六　星期三

尊敬师长

老师的称呼与年龄没有关系，七八十岁的商贩也叫小商贩，而年龄再小的老师也称为老师。对老师的礼节简要地讲以下几点：

学生见到老师要主动问好，分别的时候要说再见。师长上下课的时候学生要起立致敬，学生向师长问问题必须起立，学生路遇师长应该肃立到旁微微鞠躬问好。学生听讲的时候应该端坐或者直立，不弯腰、不东扭西看。考试的时候，不交头接耳、不左顾右盼、不弄虚作假。

以上这些都很重要，但对老师的礼节根本的是恭敬心。有了恭敬心才能做好礼仪，才能学到知识。师生关系并非仅仅体现在学校里，也体现在社会上的每一个地方。因为我们每一个人都是学生，而所有对我们有所指教的人，哪怕只是指教一个字一句话都是老师，都应该以师道尊之。孔子说，三人行必有我师。再进一步说，哪一个人不是老师呢？

2017年2月23日　丁酉年正月廿七　星期四

莫道人之短，莫说己之长

孔子认为，处理人际关系的根本原则是“己所不欲，勿施于人”。就是说，自己不想要的、不希望别人施加给自己的，也就不要施加给别人。《弟子规》中讲：“人有短，切莫揭，人有私，切莫说。道人善，即是善，人知之，愈思勉。扬人恶，即是恶，疾之甚，祸且作。”是说对于别人的缺点我们不要去揭露，对于他人的隐私，千万不要去张扬。赞美别人的善行，你就是在行善，当对方听到你的称赞，必定会更加努力行善，而如果你张扬他人的过失和缺点，就是在做一件坏事。如果指责批评得太过分了，还会给自己招来灾祸。这样的例子比比皆是。我们首先要做到不道人之短，进而要做到道人之长。首先要做到不说己之长，进而要多检查自己的不足之处。我自己体会，你若说自己怎么怎么不好的时候，别人未必会认为你真的不好，或许还会说：“你啊，还是不错的嘛。”若你老说自己怎么怎么好的时候，别人定会认为你纯粹是瞎忽悠，认为你根本没那么好。同时，我们要认识到，总说自己好，是不自信的表现，而敢于承认自己的不足，才是有实力的象征。总是说别人不好的人，是小肚鸡肠、自私狭隘的人；总是看别人优点的人，别人的优点也就可能成为自己的优点。这些事情说起来容易做起来难，因为难，你去做了，才是难能可贵的。

2017年2月24日　丁酉年正月廿八　星期五

交浅不可言深，绝交不出恶声

先讲第一个方面。“交浅不可言深”，是说交情不到位，话不能说得太深。孔子曰：“可与言而不与之言，失人。不可与之言而与之言，失言。智者不失人，亦不失言。”是说可以和一个人讲，可自己怕得罪人不和他讲直话，这就叫对不起人，会失去人的信任。而对有些人，无法和他讲直话，如果你对他讲，不但浪费口舌而且得罪人，会言多有失。所以一个真正智慧的人，应该说的时候就直说，不应该说的时候千万别说。这样既不失人也不失言。

许多古语能流传下来必然有他的道理。比如说“逢人只讲三分话，未可全抛一片心”。这话听起来好像有些消极，但也未必。试问，你随便碰到一个人就讲十分话，就把心全掏出来，后果是可想而知的。但另一方面，对知心朋友要是还藏着掖着的话，那就没人与你交朋友了。说话不看对象，那不是瞎子就是傻子，搞得不好还会招祸。这正像裁衣服不量身体，做出来的衣服人家不能穿还浪费布料一样。

下面讲第二个方面。“绝交不出恶声”，是说交往不好之后，不要恶语相向。在这里，我讲一件真实的事情，有两位级别相当的领导在一块儿工作，关系处得不好，因为当时在一起工作，都还有所收敛。两人调离后，其中一位不分场合、不看对象，一遇机会就对对方大肆攻击甚至辱骂。而另一位呢，却从来未见说过对方一句不好。至于二人工作时的是非曲直另作别论，就其调离之后对待对方的态度，即可对他的修养品行作出明确的评价，并且他们人生的发展前途也就不难预料了。古语云“君子绝交不出恶声”，那出恶声的，想必不是君子。何止不是君子，把小人的帽子扣在他的头上，也一点儿也不冤枉。

2017年2月25日　丁酉年正月廿九　星期六

口是祸福之门，定要谨言慎行

中国有句古语叫作“祸从口出，病从口入”。此话当真，但不止如此。祸固然从口出，但福也从口出；病固然从口入，但健康也从口入。你看这个福字和祸字不都有一个“口”吗？祸福同源嘛。

做人，才重要，德更重要；讲话，口才重要，口德更重要。口德当然主要体现在存心上，但说话的方式方法和态度同样重要。什么是口德呢？口德就是以善心善意，在适当的场合对适当的人讲出适当的话。口可以益人也可以损人，可以活人也可以杀人。我们都知道刀可以杀人，手可以伤人，其实口也可以杀人，可以伤人。所以应该在张口之前，先画一条底线，或者说，在嘴边放两个把门的，不出口伤人。然后再给自己提出更高的目标，要出口益人，出口成人。

提高自身修养应该从何处着手呢？我认为就是《弟子规》中讲的六个字“怡吾色，柔吾声”。就是要时时处处把面部表情调整在微笑状态，把声音调整在柔缓状态。如果持续这么做，习惯成自然，便会由面部到身心、由外部到内心发生改变，素养会与日俱增。我们经常听到有些人为自己说话不好听而辩解，说“我的存心是好的嘛”。你既然存好心了，能说好话不是效果更好吗？还有人说“我是刀子嘴豆腐心”，那我们就反问了，须知刀子是会伤人的，不仅伤别人而且也伤自己。佛教讲“善恶业”体现在十个方面，其中“口业”就占了四个方面，可见其重要性。

2017年2月26日　丁酉年二月初一　星期日

与残疾人交往的礼节

我们先从《论语》上看圣人是如何对待这个问题的。《论语》载：孔子“见瞽者，虽亵，必以貌”。什么意思呢？是说孔子看见盲人，即使是常在一起的熟人，也一定要把态度变得非常恭敬和庄重。还有孔子见瞽者，“虽少必作，过之必趋”，是说孔子遇见盲人的时候，虽然他们年轻也一定要站起来，从他们面前经过的时候，一定要轻轻地、快步地走过。圣人的仁心仁行真是我们学习的榜样。

我国的残疾人有5000多万，与他们交往的礼节是一个重要问题。与他们交往要注意以下几点：第一，在称呼上一定要尊重、要亲切。第二，与残疾人相遇的时候，目光很重要，要以正常的目光来看待，不能有好奇和轻视的目光，而且一定不要把目光停留在他们残疾的部位。第三，与残疾人谈话的时候，要特别注意回避他们的生理缺陷。谈论残疾人的时候，要选择文明的字眼。对眼睛看不见的要说“盲人”“失明”，而不要说瞎子。对耳朵不好使的要说“失聪”“耳背”，不要说聋子等等。第四，在帮助他们的时候要征得他们的同意，这对他们也是一种尊重。我听到过一个极端的例子，一位男士在国外好心帮助一个肢体残疾的女士，而该女士却称遭到了调戏，还报了警。这些方面，都是要注意的。另外遇到残疾人乞讨的，应该施以援手，给以救助。有人说，谁知道他是真残疾还是假残疾啊。其实，这一般是不难辨别的。就算你不知道他是真是假，但你知道你的爱心是真的啊。

2017年2月27日　丁酉年二月初二　星期一

说话的礼节

首先，在说话内容上，要注意四个方面：一是不要讲假话，就是不要打妄语，要讲真话讲诚实的话；二是不要讲坏话，不要讲难听的话，要讲好话，讲文明的话；三是不要讲低俗的话、下流的话，要讲高雅的话、庄重的话；四是不要讲挑拨离间的话，要讲和合的话，讲有利于团结的话。

第二个方面，是在说话的方式上要注意三点，也就是语调、语速和语音。语调要和缓，不要阴阳怪气。语速要适中，既不要太快，快得像连珠炮一样，也不要太慢，慢得让人听着上句没有下句。语音要适中，既不要声音太大，像吵架一样，也不要声音太小，让人听不见。

第三个方面，是说话要注意对象、注意场合、注意别人的感受。要该说什么说什么，不要想说什么说什么，更不能信口开河、胡言乱语。比如说对残疾人不要讲歧视的话，对失意的人不要讲得意的话，对老年人不要讲衰丧的话，对病人不要讲不吉利的话等等。再者，听人讲话要专心，要注视对方，不要心不在焉。还有，与人交谈时，不要东张西望，让人觉得好像你在说别人坏话似的。

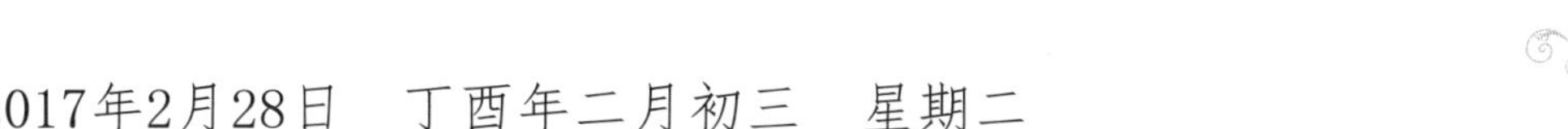

2017年2月28日　丁酉年二月初三　星期二

礼节应当内外有别

我想从两个方面讲。第一个方面，不要把社会上的礼节完全照搬到家庭，不要把社会上的事情和不良情绪带到家庭。这样做不仅会把家庭搞乱，还会让你的工作变得被动。同样，也不要把家庭的事情和不良情绪带到社会。第二个方面，“家丑不可外扬”。家有家丑，人有人短，为什么要外扬呢？外扬了，不仅会被人嘲笑看不起，还影响家庭和睦，那不是犯傻吗？常言道，好孩子、好媳妇是夸出来的，那好父母、好婆婆何尝不是夸出来的呢？孔子讲过“父为子隐，子为父隐，直在其中矣”，意思是说，父亲和儿子都要善为对方隐藏不该让别人知道的方面，这就是“直道”。当然，以上讲的不仅仅是父子之间，包括家庭一切成员之间都应该这样做。你要是讲他人不好，会被人瞧不起，你要是讲家人的不好，更会被人瞧不起。何止是家丑，家里的其他事情也是少外扬为好。

讲一个例子，有一位德高望重的老领导，“文革”时受到冲击。当时，他年幼的女儿为了表示进步，遂无中生有地揭发了父母，致使母亲的精神受到刺激，与其女儿关系决裂。“文革”之后，女儿想恢复关系，遭到了母亲的断然拒绝，所以她们的关系就永远没有再和好起来。当然我们无法评判她们的是非曲直，但教训是深刻的，就是亲属关系、血缘关系是应该十分珍惜的，家庭与社会是应该内外有别的。

三月

欣赏别人，就是庄严自己

2017年3月1日　丁酉年二月初四　星期三

微笑是最好的礼仪

要使自己微笑起来，首先要了解微笑的重要性。第一，笑脸最美。世界上最美的是生命，是人的生命，是人真诚的笑容。第二，笑才可以健康。人一欢喜，身体的每个细胞都会欢喜，免疫力就会大增。第三，笑才会和谐人际关系。有一句话说，好汉不打笑脸人，此话有理。南怀瑾先生讲，有一位妇女向其诉苦，说在家老挨先生打。南怀瑾先生说："我要是你先生也会打你。"妇人问为什么呢？南先生说："看你一脸哭相就知道了，因为没人喜欢面对一副讨债的脸，好像别人欠你二斗红高粱似的。"第四，笑是对社会的奉献。人人都喜欢笑容，而不喜欢哭相。每个人都有享受别人微笑的权利，也都有为别人提供微笑的义务。再一个方面，笑还是修行的重要标尺。西方有一句谚语说，人是唯一会笑的动物。如果真的如此的话，若不会笑了，那就会沦落到动物的境地。

有人说，我也知道笑容好，但就是笑不起来怎么办呢？我教你一个办法，先从"强迫"自己笑开始，每天给自己规定笑几次。笑得不自然也不要紧，笑多了，就习惯成自然了。

2017年3月2日　丁酉年二月初五　星期四

如何对待恩怨

在人际交往中，恩恩怨怨总是难免的。《弟子规》中讲“恩欲报，怨欲忘，报怨短，报恩长”，意思是说，得了人家的好处，应该想法报答，和别人结的怨恨，应该设法把它忘掉。报怨的时间越短越好，报恩要长期去做。我们常讲“滴水之恩，涌泉相报”，这个“涌泉相报”含两层意思：一是报恩的量要大，因为是涌泉嘛。二是报恩的时间要长，因为泉水是长流不断的。

知恩图报是君子，知恩不报是小人，恩将仇报是坏人。为人处世，总会有人说好，有人说不好。不要听到人家说好就高兴，听到人家说不好就生气。其实，说你好和说你不好的人都说对了。为什么呢？因为你本来就有好有不好。说你好的人看到了你好的方面，说你不好的人看到了你不好的方面，这不是正常的吗？再说了，真正对一个人有帮助的往往是提不同意见的人。我们看这个可靠的“靠”字，上面一个告，下面一个非。什么意思呢？就是说，告诉你什么地方做得不对的人，才是可靠的人。那你为什么要生气或与人结怨呢？

对有恩于你的人、赞扬你的人，一定要报答。有人对你不好，要是不知道他是谁，千万别去打问，要知道他是谁，也要赶快把他忘掉。这个处世方法真的很重要，因为这不仅仅是礼仪问题，还是一种境界，一种胸怀。

我讲一个小故事。狄仁杰是武则天时候的名臣，有一次武则天对他说：“虽然你政绩突出，但还是有很多同僚说你的坏话，你想知道他们是谁吗？”狄仁杰说：“别人批评我是监督和爱护，如果陛下认为臣做得不对的话，臣愿意明白自己的过失并且改正。如果陛下明察，认为臣做得对，不相信流言，那是我的荣幸。既然如此，我何必要知道他们的姓名呢？”武则天听后大为赞叹，认为狄仁杰确实有大臣的风度。

2017年3月3日　丁酉年二月初六　星期五

礼的四层含义

“礼”起码有四层含义，不能不了解。

第一层含义，是《礼记》中讲的，“礼者，理也。明礼必达理”，是说，讲礼仪必须依理而行，讲礼仪必须先明理。讲礼仪，更会达理。

第二层含义，是“礼者，立也”。孔子讲过“不学礼，无以立”，是说不学礼便无以立足、无以立身。

第三层含义，是说“礼者，履也”。《白虎通·礼乐》中讲“礼之为言履也，可履践而行”，是说礼仪这件事情可言为履也，礼不是用来说的，是用于行的，是用来履践的。如果学了礼不去履践、不去实行，便谈不到礼。

第四层含义，是“礼者，利也”，就是说，讲礼仪才能有利。这个利，既有利于修身，又有利于事业；既有利于自己，也有利于别人。

理解了礼的这四层含义，就可以更自觉地去学礼、懂礼，履行礼仪，从而达理、明理，立足、立身，立己、立人。

2017年3月4日　丁酉年二月初七　星期六

礼尚往来

《礼记·曲礼上》中说："礼尚往来，往而不来，非礼也；来而不往，亦非礼也。人有礼则安，无礼则危。"意思是指人与人的交往应以礼敬的方式去对待和回应。能够相互礼敬则平安、心安，不能相互礼敬则会发生危殆。以往我们讲得最多的是"有来无往非礼也"，这里就有一个问题，即人家有来了你不往是非礼，那么为什么一定要等到别人来了你才往呢？自己为什么不能先往呢？再说就算别人对自己不怎么样，自己为什么不能谦卑束己、恭敬待人呢？还有，自己的礼先往了，但是别人没来，你也大可不必斤斤计较人家的有往不来。对待这些问题，还是要有"己所不欲，勿施于人""行有不得，反求诸己"的谦和和反省精神。

另一方面，礼尚往来固然主要是指谦恭的礼敬态度，交往，有时没有礼品则不足以表达自己心意。去拜访看望人，空着手总是不太好的。哪怕你拿一本书、拿一支笔、拿一个本也好。千里送鹅毛，礼轻人意重，瓜子不饱是人心。同时，礼品的选择也大有文章，值得重视。不见得礼品有多么贵重，更不能变相地行贿。礼品，礼品，礼贵在有品位、有意义、有文化内涵。

2017年3月5日　丁酉年二月初八　星期日

讲礼仪要大气

礼仪的内在表现是礼敬，外在表现是礼让。礼敬也好，礼让也好，体现的是一种大气、胸怀和容量。容易，能容则易。容人则为人易，容事儿则处事易。容让、礼让，实质上是大的容小的，高的容低的。

大气主要体现在两个方面。首先，在利益上要大气，即使吃亏也不在乎。比如与商贩交易的时候，不要斤斤计较，该给人的钱一分也不要少，人家欠我的零钱、小钱能不要的就别要了。还比如乘出租车也是一样，首先不要欠人家的，而对方找的零钱也可以不要。与人共事、购物或者聚餐，要主动掏钱，不要贪占便宜。与人做生意分红利的时候，不要争争占占，更不能赚昧心钱。第二个方面，是事儿上要大气。不仅要肯吃苦，甚至有时候还要能吃气。不要针尖对麦芒，非要和别人争个你高我低。很多事情都是可以一笑了之的。就算不能一笑了之的，还可以一走了之。

另外，与人发生纷争，小不如意的事儿，可告诉自己，等会儿再说；大不如意的事儿，可告诉自己，等几天再说。等冷静下来后，过了一会儿，过了几天，你的火气可能就没了，更好的处理办法也就产生出来了。

2017年3月6日　丁酉年二月初九　星期一

为人子弟如何做

我们先来学习《曾国藩家训》中的一段话。他说，看一个家族的兴败，就看三个地方。第一，看子孙睡到几点钟起床。假如睡到太阳升到很高的时候才起来，那代表这个家族会慢慢懈怠下来。第二，看这个家族的子孙，有没有做家务活的习惯，因为勤劳、劳动的习惯会影响人的一辈子。第三，看子孙后代有没有在读圣贤的经典，因为人不学不知义。

现在虽与曾公所处时代有所不同，但是这些道理是永不过时的。大家千万不要让孩子晚上不睡早上不起，这不仅有碍健康，而且事关积极向上、朝气蓬勃精神的培育。家长千万不要娇惯子孙，要让他们参与家务劳动，养成勤奋的习惯。子孙千万要养成读书尤其是读圣贤经典的习惯，因为这太重要了，会影响孩子一生的。在这点上我有切身的体会。

《弟子规》中讲："朝起早，夜眠迟，老易至，惜此时"，讲的也是起居和勤劳方面的事情。《弟子规》中还讲："非圣书，屏勿视，蔽聪明，坏心志"，是说不是传述圣贤道理言行的书，以及有害身心健康的不良书刊都应该摈弃不看。因为，这些书里不正当的事理会蒙蔽聪明智慧，会败坏纯正的志向，使我们的身心受到污染。《朱子家训》讲："子孙虽愚，经书不可不读"，讲的也是这个道理。

2017年3月7日　丁酉年二月初十　星期二

讲礼仪要注重细节

下面讲一下礼仪方面要注意的几个细节。

第一，要时时站在对方的角度考虑问题，即要换位思考，不能满不在乎、我行我素。第二，心要细，嘴要严。要尊重别人，不要打听别人的隐私，不对别人的生活和爱好品头论足。第三，与别人交往的时候，不要玩手机，这很不礼貌。第四，与别人交谈时，要专心倾听，面带微笑。眼神不要游离，不要心不在焉。第五，要对所有给你提供服务的人员真诚地道一声“谢谢”，让别人感受到你的教养和亲切；第六，共同进门、进电梯的时候，要主动开门、留门，并真诚地道一声“请”。第七，不要否定和讽刺别人，还要防止不经意间对别人的伤害，要学会欣赏别人身上的长处。第八，要对不留意间伤害和冒犯别人的行为表示道歉。

2017年3月8日　丁酉年二月十一　星期三

与人会面时的礼节

与人会面应该注意的地方很多，简要讲以下几点。

第一，要注意仪表。庄重的会见可着西装，扎领带。非正式的会见，可着便装，但必须干净整洁。无论任何场合着装都不能太随意。会见的时候，要注意仪容，男士要注意刮胡子、剪鼻毛，要注意洗手、剪指甲，不能邋里邋遢。

第二，要注意表情和语言。表情要庄重自然，保持微笑状态。语速要不缓不急，语音要不高不低，语调要恳切适中。

第三，握手的礼仪。握手的时间不能太短也不能太长，一般最佳时间是二到四秒，应该是手掌相握，不能递几个手指头或者握住人家的手腕。握手的力度要适当，太重了让人不舒服，太轻了让人觉得你是在敷衍。握手的顺序应该是由尊而卑，切忌交叉握手。男女握手时应是女士先伸手，长幼握手时应是长者先伸手等等。

第四，与人交谈的距离。距离不能太近，尤其是两性之间，太近了让人不舒服；也不能太远，太远了好像你嫌弃人家一样。我在与人交往中就常遇到某些人老喜欢与人凑得很近，好像和你说悄悄话似的。你向后退半步呢，他又向上凑半步，很无奈。

还有一个方面就是要注意口腔卫生。有些人口里的气味比较重，很招人讨厌，但自己又不知道，别人也不好意思说。口腔气味大的人，不仅是口腔卫生问题，有的是脾胃消化不好的原因，这些都要注意。有这方面问题的人，口腔卫生搞好了，会好一点。另外就是要避免与人太近距离地接触。

2017年3月9日　丁酉年二月十二　星期四

聚餐时的礼节

我简要讲一下。首先，落座时要注意尊卑长幼有序，上座应该让于长者。落座后身体要坐正不仰靠、不歪扭、不伸足。敬酒时主人要先敬客人，幼者要先敬长者。夹菜的时候只取自己这一边的，不要起立向其他器皿中取菜。公食之器不要用自己的筷子翻搅。给别人取菜时要用公筷，自己碗中之菜肴绝不可再返回公器中。饮食不要响舌，吞咽不要鸣喉，即不要咕咕作响。咳嗽、打喷嚏时，要离开坐席或者背转身体。不要对人剔牙齿。要根据食量取菜，不要多取，取到自己盘碗中的一定要吃干净，不留饭粒。饮酒要文明，切莫过量。劝酒要适度，不要过分劝酒。饭桌上，晚辈要有眼色，要勤快，要主动给别人倒水、添饭等。要对服务员或其他给自己提供服务的人真诚致谢。在饭桌上话要少，孔子有训，要“食不言”，尤其不要高谈阔论，唾沫星子满天飞。说话要文明，不能大呼小叫，吆五喝六，更不能议论别人短长或说不文明的语言。客人没有吃完饭的时候，主人不要先起身，不要先离席。吃完饭后，主人要逊言“慢待了”，客人要夸赞饮食和环境，表示感谢。就讲这么多。请大家举一反三，做好聚餐时的文明礼仪。

2017年3月10日　丁酉年二月十三　星期五

出门在外时的礼节

首先，外出时一定要禀告父母。当然，现在交通发达了，子女不可能不远游。但是告诉父母，并保持联系是非常必要的。

出门在外一定要严谨。俗话说“出门三辈小”，就是说要小心谨慎、谦恭有加。在路上不要吸烟，不要大呼小叫，不要手舞足蹈做轻浮动作。见到长者要致敬，见到幼者要微笑致意，遇到妇女、老弱应该竞先让路让座。行走的时候，步履要稳重，并张胸闭口目视前方，不要左顾右盼。每到一地，要注意“入国问禁、入地问俗、入门问讳”，就是要遵守当地的风俗习惯。出门在外，在市区里面，一定要严格遵守交通规则。即使空无一人的时候，也不要闯红灯。在途中，有人向您问路，应该详细地为他指示，你要问别人路的时候，必须要恭恭敬敬，问毕要称谢。

还有，《弟子规》中讲的几句话应该认真遵守。话是这么说的：“斗闹场，绝勿近，邪僻事，绝勿问”，是说凡是容易发生争吵、打斗和不健康的场所，比如赌场、色情场所、网吧这些地方，要勇于拒绝，不要接近，以免受到不良影响或者发生争执。一些邪恶下流、荒诞不经的事情，也要不听不看不问。这些事情不仅会污染善良的心性，而且会使人上当受骗，甚至发生危险。就是说一定要谨慎一点，避免与人发生争执，更不能意气用事、使狠打斗，让家人不放心。

2017年3月11日　丁酉年二月十四　星期六

拜访客人时的礼节

拜访人，一般情况下须先期约定，这样做的好处，一是避免白跑一趟，二是免得人家不欢迎或者冒犯。应该注意，在睡眠、休息的时候或者吃饭的时候不要访客。访客的时候，着装要得体，举止要文雅大方，表情要自然微笑。一般情况下可以带些礼品，不要空着手。到了之后，先轻轻叩门，主人让入再入。进屋必须端身正坐，不可大模大样，斜倚乱靠。入内见有其他的客人在访，不可久坐。如果真的有事，须请主人另至其他房间叙说。交谈时见有其他的客人来了，即辞出。发现主人有欠身体、站立或频频看表这些动作的时候，也应该辞出。主人不请，不得各屋走动，尤其不要到主人的卧室。同时要注意，室内的信件、文书、手机这些东西，一概不取、不看；拜见长辈或者领导，应该微微鞠躬施礼，然后再坐。在辞退的时候，也应该施礼。访问客人，如果没有遇到，应该留下名片，或者是留言致意。

2017年3月12日　丁酉年二月十五　星期日

公共场所的礼节

关于公共场合的礼仪，在此简要讲一下。着装要优雅、得体，不要破乱不整，不伦不类，天气再热，也不能袒胸露背。一定要注意语言文明，用语要温雅、谦逊，语音要清楚、自然，提倡讲普通话，少讲方言、土语，不讲粗话、脏话。与人交往，说话的时候，少用命令式的口气，多用商量的口气，比如说“您、请坐、对不起、请您让一下”等等。要遵守公共场所的有关规范要求，遵守公共秩序，比如购票、上车时一定要好好排队，不要拥挤，不要加塞。不在公共的座位上仰靠、睡觉。不乱扔垃圾，不乱写乱画，不践踏草地，不乱折花木等等。还有一个方面要特别提出的，就是不要大声喧哗。这一条，许多国人做不到，这也是被国外、境外人诟病的一个重要方面。我听说过一件事情，说的是在美国的一个小区，一天，有外国人报警，说有几个人吵架，影响了公共生活。警察赶到后，经过调查，原来是中国的几个老太太在聊天。这虽然可能是个笑话，却让人怎么也笑不起来。

2017年3月13日　丁酉年二月十六　星期一

特殊场合的礼节

首先，是参加婚礼时的礼仪。在着装上，应该穿喜庆华丽些的服装，不要着有忌讳颜色的服装。表情要热情，要微笑。送礼金最好装一个专用的袋子，袋子上应该写上祝福的话。婚礼上不说不吉利的话和衰丧的话等等。

第二，是参加丧葬时的礼仪。着装要庄重，不穿华丽的服装。表情要严肃、哀戚，临丧千万不要嬉笑，要诚恳地对死者鞠躬，对亲属安慰。在丧家吃饭要默默用餐，不要喝酒。

第三，是探视病人时的礼仪。探视病人之前应该做一些准备工作，比如了解一下病人的病情和心情，以便有针对性地进行安慰。要带一些病人需要的礼品，比如说鲜花、食品等等。着装要素雅、整洁。时间一般应该安排在上午。见面应该多说些慰问、开导和鼓励的话。事前也可以征求一下家属和医生的意见，应该说一些什么样的话，千万不要说禁忌的话和不吉利的话。如果对病人的病情有所了解的话，可以有针对性地进行一些开导。比如说有一次我去看望一位病人，我对他的病情做了一些了解后，就对他说，你这个病，治愈根本不成问题，并举了两个例子，令他很受鼓舞。他握着我的手说："我出院之后，一定向您请教。"再举两个反面例子。有一个人去看望病人，一见面即惊讶地说："哎呀，你怎么瘦成这个样子了？”尽管他说的是实言，但在这样的场合说这样的话，明显是不合适的。可见有时候真话未必是好话。还有一个更极端的例子，有一位领导，大大咧咧，甚或有些粗俗。一次他去看另一位同级领导，见面即嬉笑着说：“某某某啊，听说你得了癌症啦，怎么活得还这么好啊？”这时，病人、亲属还有医生，都很不高兴，现场气氛十分尴尬。尽管两位领导之间的关系可能不错，但在这种场合说这种话，显然是太不得体了。

2017年3月14日　丁酉年二月十七　星期二

礼仪问题小结

第一，礼仪问题十分重要。这不仅关系个人、家庭和集体的形象，而且关系民族的形象；不仅关系外在形象，而且关系身体健康、事业成功和社会和谐；不仅关系当前，而且关系长远，必须高度重视。

第二，礼仪重在履践。学礼仪、懂礼仪重要，认认真真地去做更重要。大家可以把相关内容汇集起来，时时翻翻看看，对照自己的言行，认真去履行。

第三，守礼仪要从自己做起，从自己的家庭做起，从日常生活的一点一滴做起。要内修起心动念，外修言行举止，只有这样才能落到实处。

第四，守礼仪贵在持之以恒。有一句话叫作万事开头难，此话有道理，但也不尽然。开头不易，坚持下去更不易，因为虎头蛇尾的人并不在少数。坚持这个词有两层含义：一是坚决，二是持续。坚决一下容易，持续下去就难了。而若能把守礼仪坚持下去，过了一段时间，自然会发现自己变得越来越文雅了，家庭变得越来越和睦了，身体变得越来越健康了，工作变得越来越顺利了。

在此，我想给大家解释一下与礼仪有关的“绅士”两个字。绅是什么呢？绅是古代士大夫束在衣外的大带子，那么绅士就是用大带子束衣的人士。其引申意是说检束、约束自己的人就是绅士。你想成为绅士吗？那就从遵守礼仪、从约束自己的身心开始。

2017年3月15日　丁酉年二月十八　星期三

如何看待中国传统文化

从今天开始，计划用一段时间，围绕“读书与修身”这个话题，与大家进行交流。今天说的内容是“如何看待中国传统文化”。

近年来，非常高兴地看到，从中央到地方，从官方到民间，对中国优秀传统文化重视程度在不断升温。习近平总书记多次强调，应该大力弘扬中国优秀传统文化，我们应该很好地理解。我觉着这个问题太重要了，事关根和魂的问题，事关中华民族千秋万代的兴衰问题。我认为，现在社会上存在着的诸多问题，在某种意义上讲，与中国优秀传统文化的断层有重要关系。我一直对弘扬中华优秀传统文化情有独钟，是这方面的直接受益者，也非常想让更多的人受益。在这个问题上，理解、赞成和支持的人越来越多，但认识远未一致，误解、怀疑，甚或反对的也大有人在。

在此，我要向误解、轻视传统文化的人提几个问题，来共同探讨和反思。第一，你真信我们老祖宗家里有好东西，真信传统文化中有宝藏吗？如果压根儿就不信，怎么会去学习传统文化呢？第二，你认真读过，并读懂过传统文化，哪怕是一两本经典吗？如果一本都没有认真读过，怎么知道它不好呢？第三，就算你学了，你真去实行了吗？真从心性上下功夫了吗？如果没有的话，怎么会受益呢？第四，如果没有去实行，没有受益，不等于传统文化不好，为何草率无知地去反对和否定呢？第五，如果一个人成天骂他的父母、祖宗，瞧不起他们，那他就是不孝，是不肖子孙。对自己的民族、文化不认同，也是不孝。俗话说，“不听老人言，吃亏在眼前”。我认为，何止在眼前呢，可能更在长远。

在这里，我诚恳地向大家提点建议：第一，如果你对传统文化有抵触，请放弃成见，诚心地来对待。第二，如果你没有认真读过传统文化经典，请下功夫读哪怕是一两本经典。第三，如果你读过了，请尽心地去实行一下。让经典与你的生活、工作乃至生命结合起来。如果真的这样去做了，我相信你会得到意想不到的受益。

2017年3月16日　丁酉年二月十九　星期四

家长何以不读书

不少家庭，家长在千方百计逼着孩子读书，而自己却往往不读书。他们的逻辑是，孩子不读书，何以升学、就业，何以在社会上立足呢？而自己已经有了饭碗，混得不错，何必再去苦苦读书呢？照此逻辑发展下去，孩子一旦成了家长也就不读书了。若此，终身学习的学习型社会，何以能建立起来呢？可见，让更多的家长认清读书的重要性，养成读书习惯是很必要的。况且，家长不要忘记身教重于言教，自己不读书，家庭没有读书的氛围，却逼着孩子去读书，孩子的读书情趣能真正培养起来吗？那是不可能的。

书香门第是令人向往和崇敬的。什么是书香门第呢？是指上辈有读书人的家庭，即指好的家庭文化背景。我们常说，三年可以出一个暴发户，而培养一个贵族需要三代人的努力。“世上几百年旧家无非积德，天下第一件好事还是读书”。读书不是年轻人的专利，而是所有人都应该有的好习惯。我每到一个家庭，往往会留意他家是不是有书柜。可惜的是，许多家庭别说书柜，连几本书都找不到。我到过一个家庭，他家的两个孩子都在学校读书，但我在他们家里却看不见一本书。我问他们家的家长，你们家怎么没有书柜，没有书本呢？他说，那没有用。试想一下，这样的家庭，孩子的素质能高到哪里去呢？爱看电视、爱打麻将、爱喝酒的家长，能培养出爱读书的孩子吗？那不可能。

2017年3月17日　丁酉年二月二十　星期五

读书明理是为高

有一句古语说：“万般皆下品，唯有读书高。”有人对这句话是持否定态度的。我则认为，对此话要作具体分析。

首先，说“万般皆下品”是不合适的，但是不是“唯有读书高”，则不仅在于是不是读书，更在于读什么书，读书是为了什么。如果读的是歪书、邪书，读书是为了升官发财、一己私利，乃至欺压百姓的话，则一点儿都不高，甚至比不读书还坏。因为不能说现在被查处的一些大腐败分子没有读书，或读书少，但他们读书高在什么地方呢？如果读书纯粹是为了自家生计的话，读的是一般书的话，这样也不错，但这不能算高，更不能说唯有这样的读书高。如果读的是圣贤之书，读书是为了知书达理、以理行事，做个德才兼备、品学兼优的人，然后好好做人、好好做事，进而为民、为国更好奉献的话，这不仅是高，而且可说是唯有这样的读书高。因为不好好读书，不读圣贤书，便达不到这个目的。而不达到这个目的的人生，又有何高可言呢？万般未必皆下品，读书明理是为高，这就是我的观点。

2017年3月18日　丁酉年二月廿一　星期六

多角度理解《劝学文》

相传，宋真宗所作的《劝学文》是这样的："读读读，书中自有黄金屋；读读读，书中自有千钟粟；读读读，书中自有颜如玉。"意思是说，读书考取功名，是人生的一条绝佳出路。考取功名之后，才能得到财富和美女。此文广为流传，也曾激励了世世代代无数的读书人。但在当代，此文却多受诟病，遭到了批评。

我倒觉得对此文不应简单否定，应从多角度理解。

第一个角度，就算从为了考取功名，从而得到"黄金屋""千钟粟""颜如玉"来说，只要好好做官、好好做事，那是无可厚非的。起码，比不学无术、投机钻营、谋取一己私利要好得多。

第二个角度，如果这个"读读读"之人，具有大乘思想的话，不仅仅是自己为了得到“黄金屋”“千钟粟”“颜如玉”，而是为了成就“安得广厦千万间，大庇天下寒士俱欢颜”，“有情人终成眷属”大愿的话，此境界是够高尚的。因为，文中也没有说仅是为了自己得到“黄金屋”“千钟粟”“颜如玉”啊？

第三个角度，文中的“黄金屋、千钟粟”，完全可以是文化家园和精神食粮。文中的“颜如玉”也完全可以理解为，通过读书转化气质、脱胎换骨，从而使自己的相貌“颜如玉”起来！若此，其境界岂是世俗之人所可比拟的，此人虽在做着入世的事情，其身心已达超凡脱俗之境了！

2017年3月19日　丁酉年二月廿二　星期日

我说“学而优则仕”

中国是个农业国家，封建社会时间长。那个时候，改变自身状况好像没有别的更好的办法，做官应是最重要的途径之一，而读书或曰学习，又是通往做官最重要的途径。固有“天子重英豪，文章教尔曹，万般皆下品，唯有读书高”等古语在。但这样的说法，没有“学而优则仕”的知名度高、吸引力强。不过，这些说法从“文革”时期以后一直到现在，人们基本上是持否定态度的。下面对“学而优则仕”谈些看法。

我认为，尽管“学而优则仕”未必全对，但是，“学而劣则仕”无论如何肯定不对。正确的态度是，学而优则未必仕，学而不优不能仕，仕而优则必须学。因为，“学而优则仕”无论如何也比“学而劣则仕”“跑而优则仕”“买而优则仕”好得多。有人论证说，

《论语》讲“学而优则仕”的“优”不是当优秀讲，而是当富余讲的。是说，学习好了，精力、能力有剩余了，可以去当当官什么的。如果是这个意思的话，气魄真够大的。这有点像庄子讲的“帝王之功，圣人之余事”的味道。帝王已为官中之最，但是他相对于圣人来说，简直是小菜一碟。还有人说，此处的“仕”也不是做官的意思，是从事某种事情的意思，这且另当别论。

2017年3月20日　丁酉年二月廿三　星期一

从“三不朽”说起

在接下来的几讲中，和大家交流一下王阳明心学中的一些内容。我们先从“三不朽”谈起。

“三不朽”是春秋时鲁国大夫叔孙豹提出来的，认为“立德”“立功”“立言”为“三不朽”。“立德”，是指树立高尚的道德；“立功”，是指为国为民建功立业；“立言”，是指提出具有真知灼见的言论。此三者，是流传百世、永垂不朽的。一般认为，我国历史上做到“三不朽”的只有两个半人。两个人是指孔子和王阳明，半个是指曾国藩。为什么曾国藩算半个呢？有人说是因为他杀伐太重。

王守仁，号阳明，是明代著名的哲学家、教育家、军事家、文学家。他身为儒学大师，将教化世人作为自己的人生使命，构建了心学体系。他征战南北、设坛讲学、功勋卓著，成为中国历史上的“三不朽”人物。

王阳明为什么能够成为中国历史上唯一没有争议的“三不朽”

圣人呢？为什么能够成为曾国藩、梁启超、蒋介石、伊藤博文等中外名人共同的心灵导师呢？为什么后世无数王阳明的崇拜者也能成就辉煌的事业呢？是因为他们无一例外地掌握了解决一切问题的利器，即阳明心学。当然，“三不朽”是常人难以企及的，我们未必能够立德，却可以好好做人；我们未必能够立功，却可以好好做事；我们未必能够立言，却可以好好做学问。而要实现“好好做人、好好做事、好好做学问”这“三做”，也需要下功夫学学王阳明的心学。

2017年3月21日　丁酉年二月廿四　星期二

王阳明与知行合一

王阳明所言的“知行合一”的“知”，不是知道，也不是一般性的知识，而是良知。什么是良知呢？良知是每个人内心深处与生俱来的道德感和判断力，也就是天理、良心或曰宇宙大道。他所说的“行”，也不仅仅是指行动、行为，也包括“心行”，即心里的行动。他认为，不仅人的行为是行，主观意念活动也是行。他提出了“一念发动处，便即是行了”的学说。他所说的知行合一，就是致良知。“致”就是行，“良知”就是天理。王阳明认为，知和行在本体上本来就是合一的，是一体的。用王阳明的话说就是，“知即行，不行仍是不知”。就是说，真知必然去实行，如果不去实行就不是真知，知行合一就是要符合他的本然状态。

举例来说，你抽烟喝酒很凶，然后你说知道抽烟酗酒的坏处，那你是真知道吗？不是。还比如说，你把孝顺父母的道理讲得头头是道，但却去虐待老人，在这样的情况下有人承认你知孝吗？不可能。

另一方面，如《论语》讲的："事父母能竭其力，事君能致其身，与朋友交言而有信，虽曰未学，吾必谓之学矣。"也就是说，能为父母尽孝，为国尽忠，为友尽信，即使你说没学过这方面的知识，我则说你已经学得很好了，这方面的道理已经知道了。学王阳明知行合一，就是要在此处下功夫。

2017年3月22日　丁酉年二月廿五　星期三

关于良知的话题

良知到底是什么呢？王阳明在《传习录》上讲："知善知恶是良知。"《孟子·尽心上》说："不学而能者，其良能也；不虑而知者，其良知也。"在此，良知即指上天赋予人的、本然的、知善知恶的道德良心，良知即是天理。王阳明说："我此良知二字，实千古圣贤相传的一点滴骨血也。"

致良知有两层含义：第一是，向内体认良知；第二是，向外扩充良知。这两者齐头并进，且认且扩，渐至佳境。佳境就是"明德、亲民、止于至善"。王阳明临终的时候，说了八个字："此心光明，亦复何言。"由此可以悟到：良知者，内心之大光明也。

据说，王阳明的良知学说传播开来后，有人不服气，想看王阳明的笑话，正好有人抓到一个小偷，这些人就把王阳明找来，问他："你不是说人人皆有良知吗？你看这个小偷有良知吗？"王阳明于是就让小偷脱去外衣，小偷照办了，又让他脱去内衣，小偷也照办了。最后，王阳明让小偷脱掉内裤的时候，小偷说什么也不干了。王阳明便对大家说：“羞耻之心人皆有之，这便是小偷的良知。”

日常生活中，这样的事理亦不少。比如说，就算再坏的人他也知道什么是对，什么是不对。他不会承认自己坏，也不愿意别人说他坏。他也知道做好人好，也喜欢好人，这就是良知。一个人灵魂深处的善恶标准，就是良知，而把这个良知扩充起来，并按照这个善恶标准去做，就是致良知。

2017年3月23日　丁酉年二月廿六　星期四

学习要学大人之学（一）

王阳明有三部著作：第一是《传习录》，第二是《阳明全书》38卷，第三是《大学问》。

现在，我着重说一下《大学问》，这是王阳明晚年的作品。什么是《大学问》呢？就是学习《大学》、实践《大学》心得体会的问答，是非常精彩的一篇作品。另外，也可以把《大学问》理解成，这种学问是一种大学问。

《大学》是儒家的经典，是“四书”里的第一部书。《大学》是古代教育的纲领，贯穿着儒家教育的精神与义理，体现着儒家内圣外王的政治理想和济世情怀。

孙中山先生对《大学》给予高度的评价，说：“中国有一部最有系统的政治哲学，在外国的大政治家里还没有见到、还没有说到那样清楚的，就是《大学》中所说的‘格物、致知、诚意、正身、修身、齐家、治国、平天下'那一种话，把一个人从内发扬到外，由一个人的内部做起，推到平天下止。像这样精微开展的理论，无论国外什么哲学家都没有见到，没有说出过。这就是我们政治哲学独有的宝贝，是应该保存的。"这段话值得我们深思。

2017年3月24日　丁酉年二月廿七　星期五

学习要学大人之学（二）

大学是相对小学而言的，古人所言的"小学"与今天的小学有所不同。古人八岁入小学，学习内容主要是洒扫、应对、进退，礼乐、射御、书数等文化基础知识和礼节。十五岁入大学，学习伦理、政治、哲学等，研究穷理、正心、修己、治人的学问。孔夫子讲的"吾十有五而志于学"，就是指大学而言的。学习大人之学，首先要明白什么是大人。大人是指心胸广大的人，指心系天下百姓的人，指"老吾老以及人之老，幼吾幼以及人之幼"的人。而小人是指私欲较重、心胸狭隘的人，是始终把个人利益放在第一位的人。

王阳明认为，所谓的大人，就是把天地万物看成一个整体的人，他们把普天之下的人看成是一家人，把全中国的人看作是一个人。如果有人按照形体来区分你我的话，这类人就是所谓的小人。大人之所以能够把天地万物作为一个整体，并不是他们刻意地这么做，而是他们心中的仁德、仁心本来就是这样，这种仁德和天地万物本来就是一个整体，不可分割。所谓的修心、修行，就是把自私狭隘的心拓宽修大，把仁心、仁德修出来，这样的学就叫大学，这样的学问就叫大学问。

在此，我再讲一下王阳明的三种著作。对一般读者而言，读《阳明全集》是有难度的，但是，下功夫反复读读《传习录》，尤其是《大学问》是非常必要的。我还想讲一下，读王阳明的著作包括读其他的经典，必须要生起恭敬心。比如说，就感觉到王阳明复活了，对我们谆谆教诲、耳提面命，我们则如面圣容，用心去学，学一点做一点，学一个字做一个字。这样，就会一天一天地距离圣贤越来越近。

2017年3月25日　丁酉年二月廿八　星期六

最重要的是心态

王阳明在贵州龙场蛰居时，写下了一篇千年传颂的《瘗旅文》，其中记载了这样一件事情：明朝正德四年（1509年）秋七月初三，有一个从京城来的小官，带着儿子和一个仆人从龙场路过去上任。阴雨天黑，在一个苗族人家投宿。没想到第二天中午有人从那条路上过来，说那个小官已经死在路上，下午他的儿子也死了，第三天，仆人也死在了山坡之下。听到这个消息，王阳明悲伤之余，命两名童子去把三具尸体埋了，并感慨地说："我早知道你肯定会死，因为我前两天隔着篱笆望见你愁容满面，一副忧心忡忡的样子。如果你实在贪恋这五斗米的俸禄，就应该高高兴兴地去上任。为什么要这么不开心呢？要知道，在遥远的路途中，风餐露宿、攀缘崖壁，行走于高山野岭之顶，经常是饥渴劳累，筋骨疲惫不堪，而又有瘴疠之气时时侵扰着身体的外面。如果这时又有忧郁哀愁积于内心，内外夹攻，岂有不死之理？而我离开故乡来到这里已经两年了，同样也经历了瘴毒之气的侵害，但却能安然无恙。为什么呢？就是因为我始终保持着豁达愉悦之心，没有哪一天是像你这样悲悲戚戚、忧郁哀愁的。”

正因为王阳明在任何时候都能够保持内心的强大与愉悦，才能在龙场这个蛮荒之地安顿下来并顺利悟道，为后来的崛起奠定了基础。从此可以看到，心境对一个人的影响是何等的巨大。把心态修好之后，外可助事业成功，内可促身心健康。钟永圣先生说过这么一个观点：如果你彻底地相信并践行优秀传统文化，按圣贤的教导去做，是可以不得病、少得病的，是可以不得重病的，也是可以使你的工作和生活很顺利的。我认为，此言有理。

2017年3月26日　丁酉年二月廿九　星期日

开启心灵的智慧

任何时候任何情况下，只要真心在，只要心态好，就有希望。这是世间的真理，也是“阳明学说”的根本。明代著名思想家李贽说过，“阳明先生门徒遍天下”。在王阳明的学生中有达官贵人，也有下层平民，甚至还出现了一位天资悟性极高的聋哑人。这个人叫杨茂，幼儿时期患病，既聋又哑，所幸识字。他闻王阳明的大名，不远千里来求学，王阳明与其进行了笔谈。

王阳明问：“你口不能言是非，耳不能听是非，你心中还能知是非吗？”杨茂答：“知是非。”王阳明一一对其开导，杨茂连连叩首拜谢。王阳明最后说：“你口不能言是非，省了多少闲事非。耳不能听是非，省了多少闲事非。你比别人倒快活了许多。”王阳明最后下结论说：“我今日教你，只是终日行你的心，不用口去说；终日听你的心，不用耳去听。”杨茂顿首再拜，眼角流着眼泪离去。

下面，我再举几则例子。我曾经看过一个视频，有一位失去双臂的西方年轻女子，用双脚可以熟练地开车。还见过一则微信，有一位没有双臂和双腿的男士，用嘴操作电脑，竟能自立谋生。还有大家都熟悉的天体物理学家霍金，只靠眼皮的活动，靠特殊的传感器仍然在进行科研工作，可谓苦不堪言。即便如此，他仍然能够妙语连珠，诙谐幽默，脸上总是带着霍金式的顽皮笑容，给自己也给别人带来快乐。还有更令人不可思议、叹为观止的是，美国的海伦·凯勒女士，她既聋又盲，话也说不清楚，但经过老师的教育和她自己的刻苦努力，竟成为伟大的作家、教育家、慈善家和社会活动家。

相比之下，一些健全的人之所以平庸度日，不仅无任何建树，而且乏善可陈，甚或醉生梦死，差就差在没有开启心灵的智慧，没有挖掘真心的潜能，这真是一件令人汗颜的事情。

2017年3月27日　丁酉年二月三十　星期一

人应该有定力

做事要有动力，此言不谬。但仅有动力是不够的，还需有定力。我们常说的一句话叫作“一定能成功”，这句话也可以理解为，成功的前提条件是“一定”。

人为什么缺乏定力呢？首先，因为不明理。因为无明，所以烦恼、恐惧，所以定不下来。然后是私心作怪，患得患失，心中没有主心骨，所以定不下来。

学生陆澄问王阳明：“有人一到晚上就怕鬼，这是为什么？”王阳明回答：“这是由于他平日做过损人利己的事，如果为人处世，上不亏天，下不负人，便不会怕鬼。”这时候另外一个学生插话道：“正直的鬼自然不怕，但是邪恶的鬼还是会迷人啊！”王阳明忍不住笑道：“邪鬼也迷不了正人君子，只此一怕，便是心有邪念，心有邪念就以为是鬼会作祟。其实并不是被鬼所迷，而是被自己的心所迷。比如说，好色的就是色鬼迷，贪财的就是财鬼迷，其实都是被自己的邪念所迷。”的确如此，许多人之所以容易受到外界影响，就是因为心不正，被各种物欲牵缠住了的缘故。

经常有人问：“世上到底有没有鬼？”我们听了王阳明的阐述之后，应该回答：“也有，也没有。”为什么呢？鬼都是疑心生出来的，疑心生暗鬼嘛！打个比方，监狱，对于犯人来说分明是有，对于守法的人来说，有等同于没有。好好做人，当然就是人；做人做到极致，就是神仙；自度度人，就是菩萨；自觉觉人，觉行圆满了，就是佛。那么如果尽做鬼事，当然就是鬼。到底你是什么，就看定力，就看你把志向定在什么地方。

2017年3月28日　丁酉年三月初一　星期二

王阳明与立志

王阳明说：“诸公在此，务要立个必为圣人之心，时时刻刻，须是一棒一条痕，一掴一掌血，方能听吾说话句句得力。若茫茫荡荡度日，譬如一块死肉，打也不知痛痒，恐终不济事。”意思是说，大家一定要立志，立下必定要做圣人之志。

这个志向够大的。志向立下之后，就要刻骨铭心。好比一棒子打下来就是一条血印，一巴掌掴下来就是一手血。否则，就好像一块死肉一样，打你一点儿感觉都没有，那么给你讲什么都没有用。

什么是立志呢？他又说：“立志指念念要存天理，即是立志。”天理是什么呢？天理就是良心，就是良知。如果起心动念、心心念念讲良心，按良知去做，这就是立志，立志就立这个志。王阳明还说：“诸公须要信得及，只是立志。学者一念为善之志，如树之种，但勿助勿忘，只管培植将去。自然日夜滋长，生气日完，枝叶日茂。”如果人不立志，就像树没有种子，没有根底，必将一事无成。

什么是志呢？上面一个士，下面一个心，为志。是说，志者士之心。那么什么是士呢？十一为士，即人中才俊，十里挑一的就是士。而志就是士之心，就是要立下“必为十里挑一之士”的心，这就是志。《论语》云：“三军可夺帅也，匹夫不可夺志也。”可见，立志之重要。

为人要有志气，气从何处来，气往何处去呢？气从志来，气向志去。所以，古语云：“志者，气之帅也，志之所存，气之所往。”立下了志向，你的志气、朝气、浩然正气才能升起来，才能培养起来。

2017年3月29日　丁酉年三月初二　星期三

王阳明与慎独

王阳明心学的建立，在某种程度上来说，是诚意慎独的结果。他说过："人若不知在此独知之地用力，只在人所共知处用功，便是作伪。"

什么是"慎独"呢？或"谨独"呢？慎就是小心谨慎，随时戒备。独就是独处、独自行事。慎独作为修身的方法，就是强调在没有外在监督的情况下，始终不渝地、更加小心地坚持自己的道德理念，自觉地按照道德要求去做，不会由于无人监督而肆意妄为。

王阳明认为，慎独的实质是自我管理，他还为此设定了一套操作规程。人都想管别人，其实管自己才是最重要的。管自己，往往都在管身、管口上作努力，其实管心才是最重要的。管不住别人，不是别人难管，而是因为自己的能量不够强大。慎独的实质是慎心，就算与别人在一起，你的心也在独自思考、独自行动，所以说，也应该慎独。有一句话叫作"群居，防口；独处，防心"。我认为，不仅仅独处要防心，群居也要防心。

2017年3月30日　丁酉年三月初三　星期四

阳明心学与感应

"心外无物，物外无心"是阳明心学的重要观点。那么王阳明是唯心论者吗？非也。王阳明既不是传统意义上的唯物论，也非传统意义上的唯心论。他是主张“知行合一、心物一元”的，那么要问，王阳明既不偏在心，也不偏在物，他是如何在心与物之间架起一座桥梁的呢？实际上，他是在心物之间特别点出一个“感应”来，这是他超过朱熹、陆九渊的地方。

下面，请看王阳明与朋友的一段对话。朋友指着岩中花树说：“你说天下没有心外之物，比如说此花树在深山中自开自落，与我的心有什么关系呢？”王阳明说：“你未看此花时，此花与你的心同归于寂灭。你看此花时，则此花的颜色一时明白起来，便知此花不在你的心外。”此对话的宗旨，是在心与物的感应上，他是在用良知的感应融通心物，说明天地万物与我一体。

人这一生，在不同的阶段都在寻找一些东西，比如找学校、找老师、找配偶、找朋友、找工作等等。这些找，说到底都是在找自己感应到的东西。愚昧的人在向外寻找，有些人甚至用不正当的手段来获取，须知这是在舍本逐末。外在的东西是受内在的东西，即自己的气场、心态、品行、学识支配的。觉悟的人应该回头，在自己身上下功夫。你要想得到世界上最好的东西，先要让世界看到最好的自己；要想让世界看到最好的自己，先要让别人感应到你最好的心。朱熹说：“凡在天地间，无非感应之理，造化与人事皆是。”就是说天地间无论是自然还是社会，没有不是感应之理的。感也好，繁体字的应（應）也好，都有一个心字，感應，是心在起着基础性的、决定性的作用。换句话说，是心与心、真心与真心的感应。

王阳明的万物一体观

王阳明认为，大人把天地万物当作一个整体，并不是刻意地去那么做，而是他们心目中的仁德本来就是这样的。这种仁德或曰良知、良心，跟天地万物本来就是一个整体。王阳明说："圣人之心，与天地万物融为一体，他看全天下之人，并无内外远近之别，只要有血性的都是他的兄弟儿女。圣人想让他们有安全感，并去教育他们，以实现他的万物一体的心愿。"

为了说明这个问题，王阳明举了一个例子。他说，当看到一个小孩要掉到井里的时候，必会自然而然地生出害怕和同情心，这就说明他的仁德跟孩子是一体的。那么孩子呢，还属于自己的同类，而当他看到飞禽走兽发出哀鸣和因恐惧而颤抖的时候，也会产生不忍心听闻或者观看的心情，这就说明他的仁德跟飞禽走兽是一体的。那么飞禽走兽毕竟还是有灵性的动物，而当他看到花草树木被践踏和折断的时候，也会产生怜悯、体恤的心情，这又说明他的仁德跟花草树木也是一体的。那么花草树木毕竟是有生机的植物，而当他看到砖瓦石板被摔坏或者砸碎的时候，也会产生出惋惜的心情。这又说明他的仁德与砖瓦石板也是一体的。这就是万物一体的那种性德。王阳明讲仁德一体，实质上还是良心、良知、真心、本性，还是心心相印、心物感应。

以上这些道理，实质上是"老吾老以及人之老，幼吾幼以及人之幼"情怀的延伸和拓展。他由对人的一体同仁，拓展到了动物、植物和天地万物，这就是胸怀。真的学问就是心的学问，真正的老师就是教给你如何把心灵打开、把心胸拓开的老师。

四月

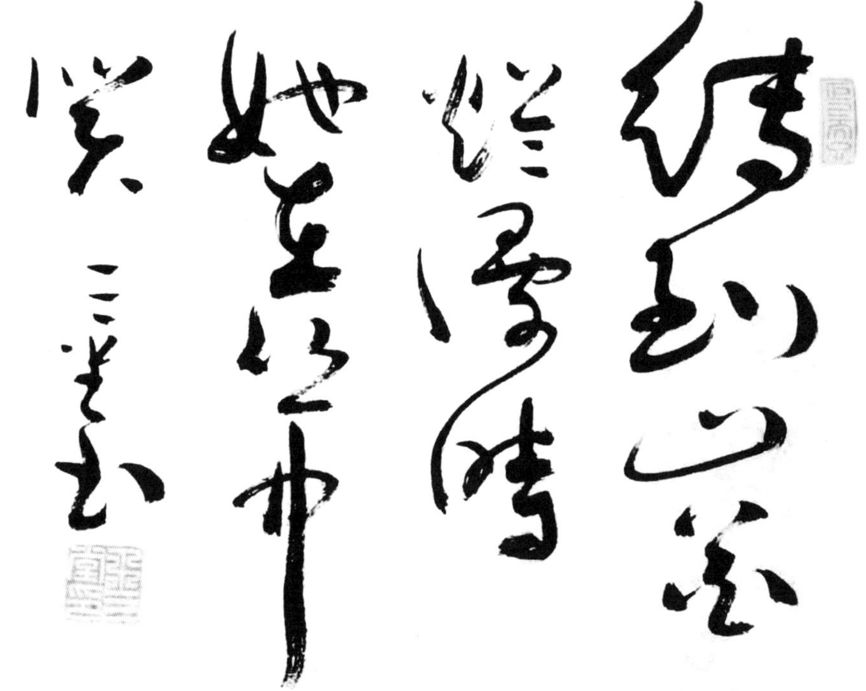

待到山花烂漫时，她在丛中笑

2017年4月1日　丁酉年三月初五　星期六

王阳明与静坐

王阳明说过“穷极仙经秘旨，静坐为长生久视之道，久能预知”，意思是说，我读了许多神仙宝典，获得了其中的奥秘旨意，懂得了静坐为长生久视的方法，长久做下去还可以有预测的功能。他还说过“静坐能使心清净收敛，从而向人欲发动攻势，克服自我私欲产生，通过静坐能顿悟明心见性，得道成真”。坚持修炼静坐会得到健康的身体、顽强的意志，还可以开发智慧、做一个明白人。

静坐是东方独特的一种修身养性的方法，且不说出家师父，就是一些社会贤达、历史名人，许多也都有静坐的功夫。比如说文学大师郭沫若，他静坐的功夫就是很强的，其静坐养生之道也是从王阳明的著作中得到启迪的。郭沫若年幼的时候患过一场重病，身体一直比较弱，然而他能享有87岁的高寿，一个重要原因在于数十年如一日地坚持静坐健身法。他曾意味深长地说：“静坐于修养上是真有功效，我很赞成朋友们静坐。”

静坐不是出家修行人的专利，大多数人静坐的目的也并非是为了成仙成圣。静坐理应回归平民百姓中，理应融于日常生活中。再说，广义的静坐也并非仅指盘腿端坐，而指的是一种宁静禅意的生活态度，这是完全可以落实在起心动念、言行举止、行住坐卧当中的，即“行亦禅，坐亦禅，语默动静体安然”的状态。我坚持静坐已经有六七年的时间，已经突破了双盘关，感到大有受益，不仅使身体的一些不适得到了改善，而且身体整体素质日益提升，心情越来越愉悦，生活越来越顺达。当然，大家刚开始学习静坐时，最好还是应该有过来人进行指导。

2017年4月2日　丁酉年三月初六　星期日

读书与修身

有一条古训是这么说的："一等人忠臣孝子，两件事读书耕田。"说的是，一等人就是忠孝之人，在家为孝，在外为忠，为父尽孝，为国尽忠。有此二字，外可走遍天下，内可和睦家庭。耕田可以理解为工作，在此不作赘言。而讲到读书，真是太重要了。常言道"世间数百年旧家无非积德，天下第一件好事还是读书"。读书到底是为什么呢？当然是为了事业，为了谋生，但不能仅停留于此。那进一步的要求呢？我认为是为了明理，知书达理嘛。那明理是为了什么呢？明理是为了做人。如果人做好了，谋生、事业自然不会太差。如果人做不好，何谈谋生，何谈事业呢？

下面说说修身，也可以说是加强修养。汽车，定期要保养，坏了要修理。树木花草要修剪，日常之中要养护。物尚如此，何况人乎？修养，修，要靠自己，也要靠别人；养，要靠别人，更要靠自己。一个人，身心出毛病在所难免，出了毛病就得去修，不修会提前报废。一个人，身心需要养护，不养护会缩短使用时间。何止如此呢？不讲修身，不注意修养，还会大大地影响你的生活质量和发展走势。

2017年4月3日　丁酉年三月初七　星期一

修出你的爱心来

大卫•霍金斯博士是一位医生，在美国很有名，医治了很多病人。他说，他一看病人就知道他为什么生病，因为在这些人的身上找不到任何一点爱的因素，而只有痛苦和沮丧包裹着全身。遇到这种情况，他就知道这些人是因为没有爱，所以才导致的疾病。

他发现凡是生病的人，用的都是负面意念。如果一个人的意念振动频率在200以上，他就不会生病，200以下才会生病。他说，他看到频率最高的人达到700，这样的人是开悟的人、觉悟的人，他们的能量特别足，他一出现会影响一个地方的磁场。比如说，一个诺贝尔和平奖获得者叫特瑞莎，她在颁奖仪式上出现的时候，呈现出的就是这种情况。

还有一位江本胜博士，做过水结晶实验。实验里给水听或看不同的语言和文字，比如说“爱”“恨”“喜欢”“讨厌”等，水的结晶会发生相应的变化，这说明人的心念乃至文字对周围的环境会产生影响。那我们设想一下怎么会不影响我们的身心呢？我们怎么能不慎心慎念呢？

修养，必须身心双修、知行合一。身心双修就是内修起心动念，外修言行举止。知行合一就是知一点行一点，学一个字做一个字。修，最根本的就是把心修大，修出你的大爱来。这样修，不仅身心会越来越健康，事业也会越来越顺达。宇宙的本质是爱，爱绝不仅仅是别人的需要，也是自己的需要。爱，固然有利于社会，但自己是第一受益者。而恨，自己也是第一受害者。

2017年4月4日　丁酉年三月初八　星期二

你有“能耐”吗

能耐，指的是能力和耐力。有能力的人不少，有耐力的人不多。能力与耐力同时具备的“能耐人”则更少。要增强能力，更要增强耐力，这就像坚持一样，坚持一下不难，持续下去不易。能力和耐力的提高，不仅需要学习和修养的功夫，更要刻苦历练，还要注意体质的增强。有些人没有耐力，不仅有精神因素，还可能与体格有关。

能力不仅要能学、能写、能讲、能干，还要能吃苦、能忍让、能与人合作。耐力，不仅要耐热闹，还要耐寂寞；不仅要耐顺达，还要耐挫折；不仅要耐忽悠，还要耐烦等等。

有能力而没耐力的人，短期可能成事，持续下去则不行，小成则可，大成不易。有耐力没能力的人，做具体事可能是个好样的，但当领导或管理人员就显得欠缺了。既缺能力又少耐力的人，可能一事无成。而要想成就一番事业或要成贤成圣，则非要在能力、耐力上同下功夫不可。

按此标准，我来对自己作个自我评价吧。我是智力一般，勤奋尚可，能力一般，耐力尚可。我一旦认准的事情就会坚持下去，比如读书与写作，比如锻炼身体、打坐等等。我能坚持几十年如一日去做，此谓以耐补能、以勤补拙之法。

2017年4月5日　丁酉年三月初九　星期三

为对方着想

一位忠厚长者弥留之际，众位孝顺儿女守在身边，请求他做最后嘱托。长者说了七个字“处处为对方着想”，即辞世。这七个字，遂成为他们家的家训。

要为对方着想，其中一个重要方面是，你想过得好，起码要让别人过得去。要是别人过不去，不但你过不好，终究也会过不去。而要进一步做到不仅让对方过得去，还让对方过得好的话，那毫无疑问你必将会越过越好。

要让别人过得去，起码有三：首先，要在面子上让别人过得去。要尊重对方，说话留有余地，不口出恶言。第二，要在事儿上让别人过得去。事事忍让一点，不要不顾不管。第三，要在利益上让别人过得去。切记不贪、不占，须知吃亏是福。

举个最简单的例子：乘电梯，如果不让里面的人出来，你怎么能进去呢？老子说过“反者道之动，弱者道之用”，是说事物都在向相反的方向发展，所以要向相反的方向用力。比如说，想向上生长吗？请向下扎根；想向外拓展吗？请向内练功；想发财吗？请仗义疏财；想得到别人拥戴吗？请为别人着想！

2017年4月6日　丁酉年三月初十　星期四

千万别恨人

“恨”字由心和艮组成。艮是八卦之一，是山，那么恨就是心里有座山的意思。心里有座山能好受吗？肯定会压得喘不过气来。恨人有用吗？有用。什么用呢？负作用，即伤害自己的作用。有一句话叫作恨之入骨。入骨是入自己的骨，不是入别人的骨。恨入骨了，能不伤害自己吗？无论正面的意念或者负面的意念，都是有能量的。那为什么不生爱的意念，而生恨的意念呢？

你要问了：“别人对我不好，我就不能恨他吗？”我说：“可以啊！不怕伤害自己，就去恨，但恨解决不了任何问题。”你又问了：“我该怎么办呢？”我说：“可以与他沟通、交流、和解啊。”再问：“和解不了呢？”我说：“那就把恨他的精力用在修自己上，用在强大自己上。”

在某种程度上说，战胜不了别人，不是因为别人太强，而是因为自己太弱。恨不仅是境界不高的表现，也是弱小的表现。强者没工夫去恨，他把功夫全用在强大自己上了。

2017年4月7日　丁酉年三月十一　星期五

修身“三三诀”

修身是一门自我管理、自我提升的学问，是自己对自己实施的系统工程。在这方面，我有一些体会，可归纳为“三三诀”。

第一个“三”是“三心”，即信心、决心、恒心。首先是信心，坚信自己可以好好修身。第二是决心，坚定决心好好修身。第三是恒心，持之以恒坚持修身。

第二个“三”是“三力”，即自力、他力、毅力。自强不息是自力，靠他人帮助、向他人学习是他力，百折不挠、永不懈怠是毅力。

第三个“三”是“三功”，即功法、功夫、功效。方法要得当，功夫要下到，自然有功效。

这个“三三诀”还可以进一步归纳为“三真”，即真心、真行、真功。

2017年4月8日　丁酉年三月十二　星期六

从“大人不计小人过”说起

人人都想做大人而不愿意做小人，衡量是不是大人的一个重要标准是能不能容人，起码是能不能容人之过。就是说，最起码的标准，能容人，不计较别人之过的可谓大人；不能容人，计较别人之过的就是小人。能容的人越多，大人的级别就越高。当然，仅仅能容人之过绝非最高层次，在某种意义上说，容人之长、容人之功可能更难。而修到最高境界，是能“大肚能容，容天下难容之事；开口常笑，笑天下可笑之人”的。所谓修行，其实就是把胸怀和肚量修得越来越大。

《法华经》上讲“诸三乘人，不能测佛智者，患在度量也”，是说声闻、缘觉和菩萨无法测度佛的智慧，差就差在度量和胸怀上。若修到“心如虚空、量周沙界”了，那就距离佛、菩萨不远了。

2017年4月9日　丁酉年三月十三　星期日

淑女与君子

女子的美称可以分为三个层次：美貌的称为美女，有才的称为才女，而贤德的则称为淑女。美女重点在貌，才女重点在才，而淑女重点在德。三者的级别是不断升高的。

与此相应的，男子的美称也分为三个层次：美貌的称为美男子，有才的称为才子，贤德的则称为君子。

美女、美男子主要是天生的，才女、才子主要是后天学习的结果，那淑女和君子更是刻苦修为才能达成的。

如果你是美女、美男子，请别自足，一定要在内在修养上下功夫，向才女、才子，淑女、君子去努力。你不是美女、美男子也请别自卑，因为那不是最重要的，丝毫不影响你成为才女、才子，淑女、君子。而后者比前者重要得多。

《诗经》上说“窈窕淑女，君子好逑”，是说娴静端正的贤德女子，是贤德男子的好配偶。请大家记住了，能配君子的是淑女，而不是美女和才女；能赢得淑女爱情的是君子，而不是美男子和才子。

2017年4月10日　丁酉年三月十四　星期一

令我汗颜的一段古训

《论语·子章》中有这样一段话："执德不弘，信道不笃，焉能为有？焉能为亡？"是说，执有道德，却不能把它发扬光大，信仰道义的心不坚定，这种人无足轻重，怎么能算有道德呢？有他没他不是一样的吗？这段话我很多次地读过，但却没往心里去。在最近读时却令我感到汗颜，好像是在说我一样。对照《论语》上的教诲，我不成了"有我也不多，没我也不少"的人了吗？这是多么令人尴尬的状况啊！

在《论语》上，孔子还有一段话是这么说的："德之不修，学之不讲，闻义不能徙，不善不能改，是吾忧也。"是说，品德不培养，学问不研究，听到正义的道理却不能马上施行，身上的缺点也不能改正，这些都是我所忧虑的。圣人，其忧也与凡夫不同，真可谓是忧道不忧贫。孔子在为我们这些人忧，为我们社会的这些问题忧，真的应该引起我们的警醒。

想到此，应该进一步下定决心：第一，坚定地执持道德，并持之以恒地弘道。第二，坚定地信仰道义，并终生践行。第三，优秀传统文化经典的学习，要与工作、思想、生活乃至生命结合起来，觉悟人生、奉献人生，不断进取！

2017年4月11日　丁酉年三月十五　星期二

从字、词悟养生（一）

下面，与大家分享几个与养生、保健有关的字和词。

首先说“健”。健由建和人字旁组成，是说，要健康，首先要把人建设好，把人做好。应该做一个堂堂正正、德才兼备的人，做一个健全人格和良好心态的人。

下面说说何为“病症”。“病”字由“疒”和“丙”组成，这个字包含了人为什么得病和如何疗病两方面的内容。“丙”在天干五行相属里属火，病从火上得，就是俗话说的上火了。这个火主要不是指自然之火，而是内火，就是指的阴阳失调、五行不和。主要是烦恼，火气上头。火气上头就是一个“烦”字，这就是病因。得病之后如何疗病呢？我们可从“疒”字来感悟，“疒”字像张床，即患病之后，要治疗固然是很重要的，但更重要的是卧床休息。休息不仅仅是身体的休息，更重要的是心的休息。大家看休息的“息”，一个自一个心。要在自心上下功夫，要静养。只有在身心完全放松的状态下，吃药才能渗透到体内，宇宙能量才能进入体内。看病症的“症”字，症字怎么写呢？一个“疒”还有一个正确的正。什么意思呢？正气、正行、正人得病了，就是“症”。

下面再谈谈患病的“患”，患者串心也。即病患都是串心，即都是因伤心、费心思太过而得的。还有发炎的“炎”字，心里不能着急上火，一火为火，二火为炎，就发炎了，得了炎症了。有火没水，水火失衡，阴阳失调了，就是有炎症了。怎么办呢？加点水就可以了。炎字加上三滴水念淡，凡事看淡点，看开点，病就少了。

2017年4月12日　丁酉年三月十六　星期三

从字、词悟养生（二）

首先说说养生、摄生、卫生三个词。什么叫养生呢？养生即保养、培养生机与活力，使其更加生机勃勃。摄生与养生的意义相近，摄者，拿也、取也、抓来的意思，即把自己的生机和生命掌握住、控制住的意思。卫生就是维护、保护、保卫的意思，比养生和摄生要差那么一点点。

养生主要是养生机、养生命。生机在哪里呢？固然在身体，根本在心理。说到底，病是由心生的，而健康也是由心生的。心灵心灵，心是最灵的。只要把心灵打扫得干干净净，病体就能康复，命运就都能扭转。所有的疾病都是在提示我们：你有缺点和错误了。疾病是一种惩罚，如果不改，可能还会有其他的事情。我们要学会并读懂身体的语言，好好地从身心上修养自己。

心安才能平安，心平才能和平。心决定性，叫心性；性决定命，叫性命；命决定运，叫命运；运决定气，叫运气；气决定色，叫气色；色决定相，叫色相。原来一切的根本都在于心和性。那么这个“性”字，又是一个竖心旁加一个生命的生，说明性是心生的。

以上这些道理必须要参悟，人生必须要觉悟，“悟”字怎么写？一个竖心一个吾字。吾者我也，所谓悟者，就是悟我的心，在我的心上下功夫，而不是在别人的心上下功夫。

2017年4月13日　丁酉年三月十七　星期四

劝君莫抖腿

常见一些人，坐着或站着的时候，腿脚在不停地抖动。大家往往认为此事无关紧要。那是你把此事看轻了，须知抖腿不仅影响形象，而且影响健康，更重要的是不吉利。下面，我们共同学习一段南怀瑾老师的教诲，南师说：“脚不要抖，这个动作必须要戒掉，不戒掉会倒霉，运气不佳。一个人千万不要抖脚，坐在那里两脚这样抖动，有钱的则钱抖光，有人的则人抖光，家破人亡。如果出家师父，则茅棚都会抖掉，所以抖不得。我有好几个朋友，生意做得好好的，他坐在那里腿就抖起来。我说不要抖了，他还说是这个腿自己想抖，不是他们故意要抖，那是下意识自然抖的。结果呢？抖了三个月，五百万就抖光了，所以这是一个相。威仪庄严，庄严很重要，不可以抖，要把他戒掉才行。换句话说，你身体想抖，就是气血不能下行，年纪大一点就易得高血压了。”我们老家有一句话叫作穷抖擞，越抖擞越穷，越穷越抖擞。另一方面，因为气血不畅才抖擞，而越抖擞气息就越差。

其实，影响健康、影响形象、影响运势的不仅仅是抖腿或者是抖脚，还有其他的一些动作也应该引起注意。比如：跷二郎腿，长时间地仰、窝在沙发上，尤其是软沙发上，还有大幅度地耸肩、扭腰等动作都不好。“坐有坐相，站有站相”的古训绝非虚言，不听老人言是要吃亏的。

2017年4月14日　丁酉年三月十八　星期五

我的情绪我做主

人人都想做别人的主，但却很少能做了自己的主。你会说，“不可能”。你不信吗？我举例给你。比如说，你知道吸烟、酗酒不好，但能做了自己的主，把它果断戒掉吗？你知道读书好、锻炼身体好，但能做了自己的主，持之以恒地做下去吗？你知道坏情绪于事、于身体有害，但遇到别人说你的坏话，你能做主让自己不生气吗？恐怕敢说“能”的不多，就是说，能做了自己主的人不多。

衡量一个人修养水平如何，很大程度上看其能不能不受外在因素影响，尤其是听到别人骂你、说你坏话的时候能否平静处之，做自己情绪的主人。人在社会上生活，有人说你不好乃至攻击、侮辱甚至造谣中伤都是难免的。对这些事情当然要认真对待，但大可不必生气，甚或失去理智，像《红楼梦》中赵姨娘一样与丫鬟们对打对骂，而要冷静分析、理智对待。我倒觉得，对一些非原则性的问题，采取一笑了之、置之不理的态度，不失为一种可取的态度。因为别人的攻击对你造成的伤害，需要三个因素：第一是攻击者，第二是中介人的告知，第三是自己的接受，也就是说你生气。如果没有自己的配合，或者说如果你不生气，他人是无法完成对你的伤害的。

在这里，我们可以听听佛陀在《四十二章经》中对此类问题的教诲。佛言：“有人闻吾守道，行大仁慈，故致骂佛。佛默不对，骂止。问曰：子以礼从人，其人不纳，礼归子乎？对曰：归矣。佛言：今子骂我，我今不纳，子自持祸，归子身矣。犹响应声，影之随形，终无免离，慎勿为恶。”以上教诲的大意是，有人骂佛，佛就问他，说：“有人送礼，没送出去怎么办呢？”那个人回答说：“送礼人自己拿回去啊！”佛说：“好啦，你骂我的话，我也不接受，你也带回去吧！”然后佛教育他说：“你不要为恶，为恶的招祸是会如影随形的。”听了这段开示呢，我们不能不钦佩佛陀的慈悲、气度和智慧。

2017年4月15日　丁酉年三月十九　星期六

勿做傀儡

尽管人都不愿意做傀儡，不愿意受人操控，但事实上不受人操控、不做傀儡的人却很少。我举例来说吧。别人忽悠、表扬你了，很少有不欢喜庆幸的；别人攻击、侮辱你了，很少有不火冒三丈的。顺利时很少有不被冲昏头脑的，失败时很少有不垂头丧气的，你的喜怒哀乐、言行举止总是在受着别人、受着环境的左右。这不是别人或者环境的木偶、傀儡又是什么呢？

人为什么做傀儡？说到底是因为没有定力。为什么没有定力呢？因为没有主心骨、没有坚定的信仰，甚至有些人就是名利、面子、虚荣心的奴隶，或者说是他的傀儡。这样的人生是很可悲的。我这样讲了，你会问：“有不让别人牵着鼻子走、不受环境影响的人吗？”我说有，但是很少，王阳明就是一个。试举两例。

第一个例子。有一次，王阳明参加科举考试没有考上。当周围落第的同学哭天抢地、寻死觅活的时候，不为外物所屈的王阳明却说：“世以不得第为耻，吾以不得第动心为耻。”也就是说，你们以没有考上为耻辱，而我因没有考上而情绪波动为耻辱。其定力之坚令人叹为观止。

第二个例子。明正德十一年（1516年）七月，王阳明巡抚南赣（南安、赣州）。他的同事说，王阳明此行必定会建立极大的功勋。有人问，何以见得？同事说，我用各种语言来试探，根本没法触动他。事实证明，同事说的是正确的，王阳明平定了暴乱，建立了赫赫战功。世人不可能人人都成为王阳明，但学习王阳明，每天进步一点点，总是可以的。而每进步一点，就会距傀儡或者是木偶远一点。

2017年4月16日　丁酉年三月二十　星期日

学习两段圣人的教诲

《四十二章经》中云："恶人害贤者，犹仰天而唾，唾不至天，还从己堕；逆风扬尘，尘不至彼，还坌己身。贤不可毁，祸必灭己。"不要毁谤贤人，不要毁谤他人。毁谤他人犹如对天而唾，对天来说没有任何伤害，你所唾的掉下来，还要掉在自己的脸上。又如逆着风用尘土去污染他人，对他人来说没有伤害，风吹回来灰尘全要落在自己的身上。

还有一段是这么说的："睹人施道，助之欢喜，其福甚大。沙门问曰：此福尽乎？佛言：譬如一炬之火，数千百人各以炬来分取火去，熟食除冥，此炬如故，福亦如之。"是说，如果看到别人在行道为善，你赞叹欢喜便能得很大的福报。这时，有出家人问佛：这个福报有穷尽吗？佛说，我给你举例说吧。比如有一把火炬，就是有千百人用炬来取火，此火也不会减少，而会越来越大。而取火者，都可以用得到的火做饭照明。

以上两段话讲的道理是：劝人莫毁人，毁人就是毁己；劝人要成人，成人就是成己。因为自他是一体不二的。好多人不明白这个道理，认为只有贬低别人才能抬高自己，须知这是自毁前程、害人害己。还有人认为，我也没钱没权，没办法成人啊。须知有钱有权固然可以助人，就是没钱没权也未必不可成人、助人。佛说，诚挚地对他人的善行表示赞叹随喜，功德也可以和他一样大。但遗憾的是，明白这个道理的人确实不多。

2017年4月17日　丁酉年三月廿一　星期一

人应有“三吃”精神

1995年，我在高邑县任县委书记兼县长时，时任省委书记来县调研。晚餐时，书记问我：“你任县委书记体会最深的是什么？”我说：“担任领导，尤其是主要领导必须要有‘三吃’精神。”书记问我：“什么是‘三吃’呢？”我说：“第一，工作上要能吃苦。第二，名利上要能吃亏。第三，在与人合作上要能吃气。”我汇报完之后，书记哈哈一笑说：“前两条我能做到，第三条嘛，我做不到。”

书记说的确确实实是他的实情。但实践证明作为领导，尤其是主要领导，有时若不能容忍、不能容人、不能委曲求全的话，真的一点儿气都吃不了的话，还真不行。何止是当领导，就是家人之间、夫妻之间、兄弟之间，在与一切人相处时，要是一点儿气都吃不了，进一步讲要没有“三吃”的精神，路子肯定会越走越窄，甚至会一着不慎、满盘皆输的。

“宰相肚里能撑船”，是说宰相的度量大。这个度量大，主要是指容不同的人、容不同的意见。还有一句话叫作“量大福大”，如果一点儿气都受不了，一点儿亏都不想吃的人，谈何度量、谈何福报呢？更进一步，我们要明白：不想吃小亏的人，最终要吃大亏；不肯吃小苦的人，最终会有大苦；不肯吃小气的人，最后会受大气。我们身边这样的例子比比皆是。正像老实人往往吃亏，但终究不吃亏一样。老实人平时吃点苦，吃点气，终究会苦尽甘来，终究会受人尊敬的。

2017年4月18日　丁酉年三月廿二　星期二

角　度

母亲领着六七岁的小孩儿逛庙会，逛了半天问小孩儿：“你看到了些什么呢？”小孩儿说：“我看到了大人的腿。”孩子说的没错，因为在他的角度看，只能看到大人的腿。

我与另外三个人围着桌子坐，我写了一个“6”字，对面的人看，是个“9”字，而两边侧面的人看，则什么字都不是。其实大家说的都对，只不过角度不同而已。再比如，一条扁担，农民看是工具，演员看是道具，而行凶者看是凶器等等。

我们常讲要统一思想，而统一思想必须站在相同或者相近的立场、观点才能办得到。这就必须要做思想工作，而做思想工作就必须要站在各种不同角度，尤其要站在对立面的角度思考和观察问题。有的人思考问题用的是点性思维，有的用的是线性思维，还有的是面性思维，这都不行，应该用立体思维。有的人用的是静止型的思维，有的用的是单向型、发散型思维，这些也都不行，应该用综合型的、系统型的、发展型的思维。

思维，思维，思考问题是有维度的。人看问题的维度是有限的，而世界的维度是可以无限的，以有限对无限是不成比例的。争取多角度、多维度综合、发展地看问题，这样才能接近真实情况。大家都知道八面玲珑这个词含有世故、圆滑的意思。其实这个词的本义并非如此，而是指看问题应该多角度、圆融地观察。《易经》的思维用的就是这种方法，因为《易经》观察世界、预测未来是可以多角度乃至无限维度的，而绝不是一成不变的。

2017年4月19日　丁酉年三月廿三　星期三

做好人最重要

人们往往抱怨上天赋予自己的才能不够、财产不够、美貌不够等等，但没有一个人认为上天赋予自己的品德不够。就是说，人可以承认自己缺才、缺貌，但没有人认为自己缺德。人人都认为自己是个好人，坏人也不承认自己是坏人。好人喜欢好人，坏人也喜欢好人；好人喜欢别人说自己是好人，坏人也忌讳别人说自己是坏人。小孩子看戏、看电影就知道分辨谁是好人、谁是坏人，就知道喜欢好人、讨厌坏人。就凭这一点也可以说明，社会发展的总趋势永远是向善的。

有什么都别有病，缺什么都别缺德。实际上，缺德也是一种病，而且这种病会导致身体上的病。做人做好了，做事不会差，你不可能设想一个好人尽做坏事；做人做不好，做事不会好，你也不可能设想一个坏人尽做好事。在某种意义上讲，做人就是做事。人在社会上会扮演不同的角色，把这些角色演好的前提是必须是个好人，人如果做不好，这才是真正的一票否决。

2017年4月20日　丁酉年三月廿四　星期四

学习，应该一门深入

读书既要博，更要精；学习要广，更要专。要在博的基础上精，在广的基础上专。否则，可能会成为四不像、万金油，会成为百无一用的书生，成为书呆子。

如果把中国优秀传统文化比喻成一座大厦的话，这座大厦是儒、释、道三足鼎立的，也可以说是由儒、释、道三个门径可入的。学习先要入门，否则就只能在门外转悠，不得其门而入。中国传统文化这座大厦你从哪个门进去都是可以进入中心的，都是可以进到大厦高端的。三个门指的是大门，而大厦不仅有大门，每个门径又是可以有多个乃至无数个小的门径的，正像通往北京的道路有千条万条一样。

举例来说吧，儒家是一个大门，而儒家的四维、五伦、八德等等就是一个一个的小门径。通过任何一个小的门径的一门深入，即可入大门径，即可直抵大厦的核心。比如一个“孝”字，真的做好了，那么，孝自己的父母，当然要孝所有人的父母吧；孝自己的长辈，当然应该孝所有人的长辈吧；孝所有人的长辈，当然要孝民族人类的祖辈吧；孝人类的祖辈，当然要孝天地宇宙大道吧。就是说，如果真的把这个“孝”字做好了，这一切就统统得到了。这何止可以进入中国传统文化的大厦呢？可谓能进入尽虚空遍法界了，乃至可以成贤成圣了。

学习贵在一门深入，长期熏修，贵在知行合一，知一个字做一个字，学一句话行一句话。不能像小猫钓鱼一样三心二意，不能像天桥把式一样光说不练。那样的话，不仅一无所获，还会给人留下笑柄。

2017年4月21日　丁酉年三月廿五　星期五

乐善好施

“乐善”重要，“好施”也很重要。什么是“好施”呢？就是乐于奉献、布施、施舍。布施是体现在方方面面的，有钱的可以布施钱，有力的可以布施力，就是没钱没力的还可以布施聪明才智。有人说我聪明才智也没有啊。首先，你不可能一点聪明才智也没有，就算没有，也可以布施。比如说，见了人可以布施个微笑，别人做了好事可以给予赞扬，别人给你提供了服务，还可以真诚地说声谢谢。还有，给失败者一个鼓励，给尴尬者一个台阶，坐在车上让个座，走在路上让个路，这些都是布施啊！

古圣先贤说布施可以分为三个方面，即“财布施、法布施和无畏布施”。财布施和法布施可以理解成物质布施和精神布施。那么什么是无畏布施呢？就是他人有了灾祸、危难和恐惧无助的时候，给予解救或安慰。这也是大多数人能做得到的。我的夫人从小就对古时候的员外和富裕人家在灾年到来的时候舍粥布施等行为崇尚有加，还对一些实业家和社会人士从事慈善事业的做法赞叹不已。她最大的愿望，就是把我们的家庭建成乐善好施之家。她除了自己做善事之外，还悉心地教育子女和亲属也加入这个行列。

最近，我们还把很大的精力用在了“法布施”上，即把我多年学得的优秀传统文化中关于做人做事的道理，以微信公众号和讲座等形式进行传播。我们虽然辛苦一点，但是看到能使一些人有所受益，这种喜悦是发自内心的。

2017年4月22日　丁酉年三月廿六　星期六

检查身体与检查心理

检查身体重要，检查心理同样重要，或曰更加重要。因为身心是不可分割的，或可曰，在一定意义上讲身体上的疾病，大多可在心理上找到根源。如果心理健康的话，身体一般不会太不健康，就是有些不健康也容易康复。如果心理状况不好的话，身体也相应地容易出毛病，有了疾病也较难治愈。

比如说，人的神智活动，包括五神“神魂魄意志”和五智“喜怒悲思恐”。身体的五脏都有与自己相应的精神意识活动：肝藏魂，心藏神，脾藏意，肺藏魄，肾藏志。如果哪个脏器受到了损害，相应的藏识会受到影响。而哪个藏识受到影响，反过来会损伤对应的脏器。

中医认为，百病皆生于气。怒伤肝，肝开窍于目，如果怒气太盛的话，肝与眼容易出问题；喜伤心，心开窍于舌，如果喜燥太盛的话，心脏与舌容易出问题；思伤脾，脾开窍于口，如果思虑太过的话，脾胃与口腔容易出问题；悲伤肺，肺开窍于鼻，如果悲伤太过的话，肺与鼻容易出问题；恐伤肾，肾开窍于耳，如果长期受到过度惊吓的话，肾与耳容易出问题等等。

如果哪个脏器出了问题，就应该从相应的情志去查找问题。否则，治病的原因没有找到，没有消除，就算你吃药、动手术，把病压下去了，他有可能会像韭菜一样又长出来了。王凤仪和刘有生老先生，专门讲家庭伦理、道德修养与身体健康的关系问题，认为家庭伦理和道德修养出了问题，会在身体相应的地方表现出来，这是有道理的。

综上所述，应该在注重检查身体的同时，时时反省检查自己的心理神智状况、道德修养状况和家庭伦理状况，即查一下疾病存在的深层精神因素，并进行切实的调整，这应该是疾病治愈和保健养生的治本之策。

2017年4月23日　丁酉年三月廿七　星期日

只要你生气，就是你不对

时下的人似乎是越来越容易生气了，“路怒男”啊、“公园怒女”啊什么的，屡见不鲜。与生人生气，与熟人和家里人更容易生气，与别人生气，自己也生自己的气。爱生气的人自然有他的理由，都认为是别人不对。我要说的是，只要你生气就是你不对。

首先，生气说明你修养不够。第二，生气说明你解决问题、化解矛盾的能力不强。第三，生气于事无补，还会使人失去理智、激化矛盾，令事情越来越糟、关系越来越僵。第四，生气是拿别人的错误惩罚自己、伤害自己。这不是你不对是什么呢？

我这么一说，你定会说：“我知道你说得有道理，但我就是憋不住，怎么办？”我说，那你说你知道其理就是假的，真知必真行，不真行就是不真知。如果你真的明白这个道理了，那就应该从今天做起，从当下做起。首先从不生自己的气、不生家人的气开始，然后不生同事的气，不生熟人的气。进而，不生一切人的气。

应该承认，爱生气的人，确实有性格的因素，而“山河易改，本性难移”，改变习气谈何容易。但要记住，本性难移并非不可移。再说了，生气不生气，主要是修养问题，不一定都和性格有绝对关系。难移不难移，不在别人，全在自己，只要下了决心就一定可以改移。

有人问，要真的是别人不对，我还不能生生气吗？不生气我该怎么办呢？我说，生气就是你不对，但没说让你当和事佬、老好人啊。遇事该解决解决，别人不对该批评批评，遇到坏人该斗争斗争，但为什么一定要生气呢？生气有用吗？你说呢？

2017年4月24日　丁酉年三月廿八　星期一

莫生怒气，生和气

爱生气，除了性格和修养因素之外，还有一个方面，就是身体、生理因素。即人如果阴阳失和、脏腑失调、肝火太旺的话，也容易生气。就是说，明明知道生气不好，到时候就是压不下去。而生气太过太多的话，又会进一步伤肝、伤身体，造成恶性循环。那该怎么办呢？这并非三言两语可说得清楚，但在注意加强心理修养的同时，注意锻炼身体是非常重要的。尤其要注重转变呼吸方式，要注意学习静坐。通过静坐，达到调身、调心、调息功效。我们常讲“心浮气躁”“沉不住气”等等，就是说，气沉不下去，沉不到丹田去，老往上冒，能不生气吗？这都与呼吸方式，即呼吸太浅、太粗、太躁有关系。当然，这个问题要扭转是要下大功夫的，并非三言两语能够讲清楚。

我还想讲的是，不要生怒气、不要生怨气、不要生邪气，但却应该时时生起和气、生起朝气、生起正气。而只有不生怒气、怨气、邪气的时候，和气、朝气、正气才能生起来。我们常讲“人活一口气”，这口气可不是怨气、怒气，而是和气、朝气。还有一句话叫作“和气生财”，其实，和气岂止可以生财呢？还可以生身体健康，生家庭和睦，生事业顺达等等。

2017年4月25日　丁酉年三月廿九　星期二

问心无愧，是最大的欣慰

我觉得，并且随着年龄的增长越来越觉得，问心无愧，即一生中没什么亏心事是最值得欣慰的。无论在什么地方工作过，担任过什么领导职务，这些都不重要。重要的是老了以后，故地重游的时候，能问心无愧地面对所有人。问心是问自己的心，不是问别人的心；问心是自己问自己，不是别人问自己。心中有没有愧，自己知道，别人也知道。因为，做人做事迟早是骗不了任何人的。

什么叫问心无愧呢？“愧”字，由心字和鬼字组成，即是说心里有鬼就是愧。无愧体现在哪里呢？固然体现在事上，但最终体现在心上，所以叫作问心无愧。

问心无愧是什么呢？问心无愧是美味，它会让你吃得香；问心无愧是催眠曲，它会让你睡得安；问心无愧是保健品，它会让你身强体健；问心无愧是美容剂，它会让你阳光灿烂；问心无愧是加油站，它会让你事业成功；问心无愧是护法神，它会让你一生平安。

人的一生有许多事情要做，但最该做的是在心上下功夫。在心上下功夫就要下问心无愧的功夫，这个功夫下得越早越好，坚持得越久越好。

2017年4月26日　丁酉年四月初一　星期三

千万不要糟蹋福报

父母从小就教育我们，说人一生的福报是个定数，享一点会少一点，享完了，也就完了，就该谢幕了，还讲过许多这样的故事。那个时候觉得这好像是迷信，现在才知道这是真理。

记得有一副古联，上联是“求名求利莫要求人但求己”，下联是“惜衣惜食不是惜钱缘惜福”。此乃真言。是否节俭与贫富没有必然联系，节俭是一种美德，更是一种修养。我曾经读到过两则贤哲节俭的故事。一则说的是，印光法师生活十分节俭，他在喝粥时，把粥喝完了还要用水涮一涮碗，把涮碗的水也喝下去。他招待客人，见人碗里面有剩米粒的时候，会严厉训斥说，你有多大的福报啊，经得住这么糟蹋。第二则说的是弘一大师，他的生活非常清苦，一把雨伞用散架了还在用，一条毛巾破成网状了也不忍丢弃。我每每读到此段文字的时候，鼻子都有酸酸的感觉。

再讲两件我亲自见到的实例。一是有位很有教养的名门女士，吃饭用餐巾纸的时候，从不用整张的，而是从中间撕开，分两次用。就是这半张纸，如果没有弄脏，仅仅是湿了的话，她还会保存起来，晒干了再用。还有一位，是我在秦皇岛工作时接待的一位香港大老板。他用的手机破旧不堪，竟然还没有后盖。我说“你也该换一个了吧”，他笑着说“还能用，还能用”。看到这些人，不只是令我肃然起敬，还使我明白了一个道理，即这些人想不富裕都难。不仅他们会富裕，他们的子子孙孙都会富裕，因为他们积的福报太大了。我觉得他们不仅仅是物质上的富翁，更是精神上的富翁。

2017年4月27日　丁酉年四月初二　星期四

管住自己，天下无敌

我在高邑县担任县委书记兼县长的时候，曾经讲过一句话，叫作“管住自己，天下无敌”。这句话曾在1995年“三讲”中，在全军的教材中被引用。

最好的朋友是自己，最大的敌人也是自己。人人都想管别人，其实管自己才是最重要的；人人都想战胜别人，其实战胜自己才是最重要的。管不住别人，主要不是因为别人难管，而是因为自己能力不够；不能战胜别人，主要不是因为别人太强，而是因为自己太弱。要能管住自己，战胜自己，那么一切都不在话下；若管不住自己，战胜不了自己，那么一切都无从谈起。

管住自己，管什么呢？应该包括两个层面。第一个层面，首先是管住自己不做不该做的事情，即诸恶莫做；然后是管住自己做好该做的事情，即众善奉行。第二个层面，影响带动更多的人不做不该做的事情，即诸恶莫做；影响带动更多的人去做好该做的事情，即众善奉行。如果第一个层面是小乘的话，那么第二个层面就是大乘；如果第一个层面是“穷则独善其身”的话，第二个层面就是“达则兼济天下”。而这两者又是紧密相连的，如果连自己的事情都做不好，非但难以带动影响更多的人做好事，恐怕还会起到负作用、坏影响。这样的例子还少吗？

2017年4月28日　丁酉年四月初三　星期五

坚定不移做个老实人

提出这个观点，肯定没有人反对，因为没有人承认自己是不老实的人，甚至极滑头的人。承认不承认是一回事，实际情况又是一回事。一方面都认为自己是老实人，一方面又都认为当今社会滑头人太多；一方面认为做老实人好，一方面又认为做老实人吃亏。我认为，从短期看，从局部看，老实人是吃亏或可能吃亏，但从长远看、从整体看，肯定不吃亏。非但不吃亏，终究会有大福报，我对此坚信不疑。或者也可以说，老实人往往吃亏，但终究不吃亏；滑头人往往沾光，但终究不沾光。个人是如此，一个家族更是如此。

佛教认为因果是通三世的，这个三世也可以理解为爷爷、儿子、孙子。“忠厚传家久，诗书继世长”，忠厚之家和书香门第一样令人尊敬。“积善之家必有余庆，积不善之家必有余殃”，这是无可怀疑的。当然，做老实人吃亏不吃亏是一个方面，在更高的境界上说，不是因为做老实人不吃亏才去做老实人，而是因为做老实人是做人的起码良知，就是做老实人吃亏还是应该做老实人，况且做老实人不吃亏。这是天理，这是良心。如果不亏心、不亏人的话，会活得很踏实、很平安，会受人尊敬，这不也是一种大的福报吗？而做不老实的人就是亏心、亏天、亏理，这样的人有好吗？这样的人如果有好的话，天理何在？

2017年4月29日　丁酉年四月初四　星期六

再谈坚定不移做个老实人

我对老实人不仅心存好感，而且对他的前途也看好；我对滑头人不仅是不喜欢，而且还为他的未来担忧。我看到老实人，就会想到，他的祖上有德，生出了这么厚道的儿女；我看到滑头人，就会想到他的祖上不是不够实在就是疏于教育。我看到老实人没有吃亏就感到欣慰，因为这会激励更多的人去做老实人；我看到滑头人没占便宜，我就感到很高兴，因为“小惩而大诫”，这会让他老实一点。我看到老实人总是吃亏，但他依然老实，我就发自内心地崇敬他，因为他不仅会福报大增，而且会忠厚传家；我看到滑头人每每沾光得手，我就发自内心地为他捏把汗，因为大的挫折或者灾难正在向他招手，而他却一无所知。我看到一个单位、一个地方，老实人有市场并且与日俱增，就会由衷地对这个地方的领导者表示赞赏，因为他肯定是个老实人。因为只有老实人领导，才会营造不让老实人吃亏的环境，老实人才会越来越多。我看到一个单位、一个地方滑头人能吃香，并且越来越多，就会对这个地方的领导者产生不好的看法，因为他也许是个滑头人，或者是忠奸不辨。你把“不让老实人吃亏”的口号喊得山响，这一点儿用处都没有。关键是在你管辖的范围内，老实人到底吃亏了没有。

我不仅愿更多的人都坚定不移地做老实人，更愿领导者切实营造不让老实人吃亏的环境。当然，这前提是，你首先是个老实人。

2017年4月30日　丁酉年四月初五　星期日

小处不可随便

有一位大书法家，因为有太多的人来请他的墨宝，他都有些烦了。一天，又有一人来请字，他既不愿意写，又不好推辞，就故意写了一幅字，叫作“不可随处小便”，心想这回你该没法挂出去了。谁知，这个请字的人很聪明，把这幅字剪下来重新组合了一下，变成“小处不可随便”挂了出来，这句话成了名言。这可能是个笑话，但是这句话本身的确很有道理，因为“小处”体现着整体。人们常说“细节决定成败”，此言有理。实际上，没有人能保守住秘密，你嘴上不泄露，身体不会不泄露；身体不泄露，眼神不会不泄露，甚至说话的语调语气完全体现着你的素质和教养。

举两个例子来说明这个道理。其一是，南怀瑾先生曾经供养一位住在深山的出家人，每隔一段时间，这个出家人就到南先生家取一次生活用品。有一次来了后，南先生说：“你还俗吧，你修不成。”出家人问：“何以见得呢？”南先生说：“你来我家，我家里有那么多的佛书你都不看，专看桌上放的画报，可见你世俗心太重。”后来，这个出家人果然还俗，娶妻生子去了。可见，这个人的肢体语言泄露了他的秘密。

第二个例子。一个女孩谈了一个男朋友。女方的父母不同意，而女孩坚决要嫁给这个男孩。父母问她到底是为什么，女孩讲了一件小事儿：每次两人走在没有灯的楼梯上的时候，尤其是晚上特别黑的时候，男孩总是走在前面，用手拉着女孩。女孩就问这个男孩说：“你为什么这样做呢？”男孩说：“这样你要摔倒的话，我可以给你垫底。”女孩父母一听此事马上说：“别说了，别说了，我们同意了。”因为他们从小事儿上，看到了男孩的人品和责任感。

孟子说过：“存乎人者，莫良于眸子。眸子不能掩其恶。胸中正，则眸子瞭焉；胸中不正，则眸子眊焉。听其言也，观其眸子，人焉廋哉？”意思是说，观察一个人，最好莫过于观察他的眼睛。因为眼睛掩盖不了一个人内心的丑恶。如果心底光明正大，眼睛就会明亮。如果心底不光明正大，眼睛就会灰暗无神。听一个人讲话的时候，注意观察他的眼神，他的美与丑怎么能够掩藏起来呢？请大家注意，孟子在这里不是在教大家相面，而是在阐述人应该重视修内在的道德品行这个大道理。

五月

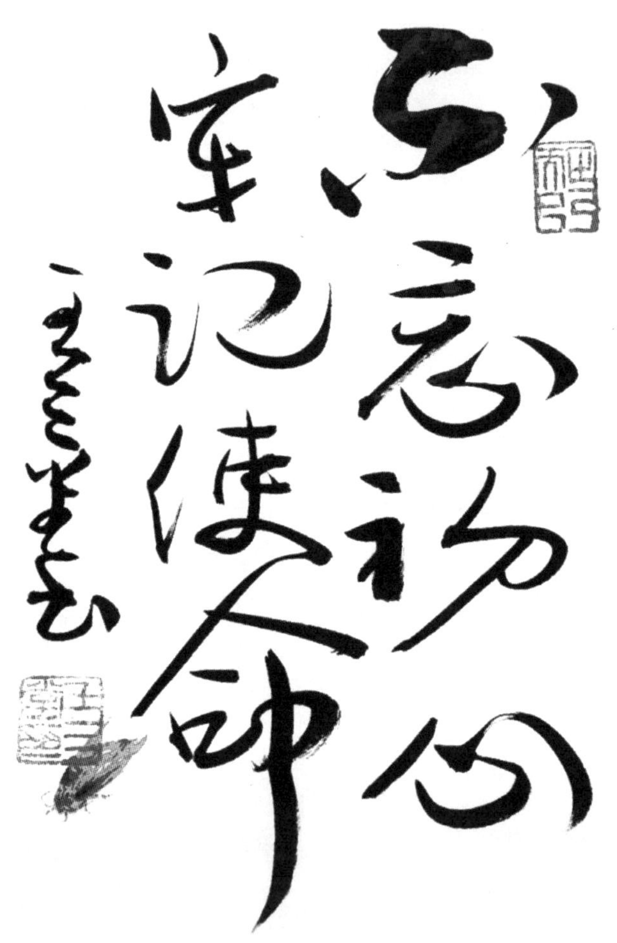

不忘初心，牢记使命

2017年5月1日 丁酉年四月初六 星期一

修身，须从起心动念下手

《大学》中说："自天子以至于庶人，一是皆以修身为本。"修身固然要在身上下功夫，但最根本的是从起心动念下手。《大学》"格致诚正、修齐治平"的八纲目中，治国平天下是目的，而基础则是格致诚正，主要是诚意正心，起心动念。

孔子曰："诗三百，一言以蔽之，曰思无邪"，讲的是在心上做文章。曾子讲的"吾日三省吾身"，省的也是心。王阳明则讲得更明白，提出要在"一念发动处"着力。儒家讲修身，一个重要功夫就是慎独。慎独就是慎心，因为心是最独的，是最难以为人所知的。难以为人所知，并非不能为人所知。为什么呢？首先，心有所想必然会体现在言行举止、喜怒哀乐上，而伪装是难以成功的。另外，按王阳明的观念，一起心动念就是已经行动了。起心动念也是一种能量，也是一种信号，一起心动念，信号就发出去了。

举两个例子。一个是曾子的故事，载在《二十四孝》里。曾子少时家贫，常入深山打柴。一天，家里来了客人，母亲不知所措，就用牙咬自己的手指。曾子打柴时忽觉心疼，知道母亲在呼唤自己，便背着柴迅速返回家中，跪问其故。母亲说，有客人忽然到来，我咬手指盼你回来。曾子是著名的孝子，因此，对母亲传出的心的资讯有着很强的感应力。再一个，是《列子》中的故事。说的是，在一个海岸上，有一个人很喜欢海鸥。他每天清晨都在海边和海鸥一起游玩。海鸥和他的关系很友好，成群结队地飞来，有时竟然达到一百多只。后来，他的父亲听到这个事情，对他说："我听说你和海鸥的关系好，常在一起游玩，你乘机捉几只来，让我也玩玩吧。"第二天，他又照旧来到海边，一心想捉海鸥，然而，海鸥只在高空飞舞盘旋，却再也不肯下来了。可见，动物也可感应到人的起心动念。

听了以上的故事，你也许会说，这不过是故事而已。我说，就算是故事，也不是平白无故编出来的。再说，我们把自己的心念修得纯正一点总是好的。

2017年5月2日　丁酉年四月初七　星期二

请君莫要做"下士"

老子在《道德经》中讲："上士闻道，勤而行之；中士闻道，若存若亡；下士闻道，大笑之。不笑不足以为道。"意思是，上等层次的人，听了道德理论便努力去实行；中等层次的人，听了道德理论，将信将疑；下等层次的人，听了道德理论会哈哈大笑，如果不被嘲笑就不足以称其为道了。

道是什么呢？可以理解为宇宙本体、化生万物的本源和自然社会的根本规律，是道家的最高信仰。所以孔子曾说"朝闻道，夕死可矣"，就是说早上懂得了圣人之道，就是晚上死了也了无遗憾。对于道的态度分为三个层次，以上已经讲了。在此我想说，即使你做不了上等层次，也要做个中等层次吧。就是说，对自己根本无法去感知的宇宙大道，就是理解不了，也不要去嘲笑，更不能去诽谤。否则不但这一生与道无缘，而且还有可能会承担料想不到的后果。

我看过一个资料上说，宇宙百分之九十以上是由暗物质组成的，人类不仅对此一无所知，就是对百分之几的明物质，也只认识了其中很小的一部分。人类尚且如此，何况个人呢？一些大科学家尚且如此，何况一般的人呢？我们不能不承认，像我等这样的凡夫俗子与古圣先贤的智慧相比，简直不成比例。我们如何敢于嘲笑他们呢？如何不去相信他们阐明的宇宙大道呢？有些人，经常会随便发表一些不负责任的议论，甚或嘲笑、非议古圣先贤。在此，要问一句，你够资格吗？

2017年5月3日　丁酉年四月初八　星期三

修身贵在律己（一）

修身与律己有密切的关系，修身必须律己，律己也是修身。“律”字当什么讲呢？第一是指法则规章，第二是指约束。合起来讲，律就是用法则规章乃至道德来约束自己。我们常讲绅士，绅士就是善于约束自己的人。另外，为什么把手上戴着的装饰品叫戒指呢？就是要以此为戒，不该取的不取，不该做的不做。

律有自律、他律，律人、律己之分。他律重要，自律更重要；律人必要，律己更必要。国家不能无法律，无法律不能称其为国家；组织不能无纪律，无纪律不能称其为组织；宗教不能无戒律，无戒律不能称其为宗教；个人不能无自律，无自律不能称其为人。法律、纪律、戒律都要以自律为前提，否则一切无从谈起。

尼采曾经为自己提出每天克制一件小事的要求。他说，若是无法在小事上自制，就不可能在大事上自制。我理解，要战胜你的物欲、习气和惰性等，就要在日常生活中的小事上善于克制。在战胜物欲上，对名利、地位看得太重了，贪心滋长了，能警觉吗？能提醒自己进行抑制并打退它吗？还有在战胜习气上，你抽烟喝酒太过，爱胡言乱语，爱发火，爱生气，这时候能觉察并让这些习气减轻，并且不让它再度泛滥吗？还比如在战胜惰性上，你曾经定下的计划、许下的诺言，到底有几件是不打折扣地落实了呢？因为在这些小事上做不到，坚持不下去，所以多年过去了，因循守旧，依然故我。这些都是因为律己不严、管我无功造成的，是令人遗憾的。

2017年5月4日　丁酉年四月初九　星期四

修身贵在律己（二）

道家讲："人法地，地法天，天法道，道法自然。"法自然的一个重要方面是法他们的自律精神。比如说，月亮绕着地球转，地球绕着太阳转，转了千千万万年，不仅没有闹情绪，甚至一分一秒一毫一厘也不会差，否则会天崩地裂的。

我们不仅要效法自然、效法天地，也要效法身体，乃至效法身体的每一个细胞。人体就是一个小宇宙，宇宙就是一个大人体。何止人体，每一个细胞与宇宙也是无二的。中国传统文化中，讲家国同构、身国同构。什么意思呢？就是认为家庭、身体与国家的构造是等同的，故此有"修身齐家，治国平天下"的说法。比如说，一个人身体的四肢百骸、五脏六腑、十二经脉、奇经八脉乃至分子细胞等，与国家的构造的道理完全是一样的。

要身体健康，外在的因素固然重要，但最根本的还要靠身体内在的生机和活力，要靠身体的自律功能。举个例子说，为什么吞入异物、毒物的时候，会产生恶心的感觉呢，会呕吐呢？原因是这些东西刺激到自律神经，引起反蠕动的关系，从而将吞入的东西从反方向送回去。为什么孕妇在这方面尤其敏感呢？那是因为胎儿太娇嫩，对食物的要求更挑剔，因此就把可能伤害自己的食物逼迫妈妈吐出去。我们在为人处世、廉洁自律方面，应该向自律神经学习，一旦遇到异物、毒物入侵，遇到不合适的言行和事情，便毫不客气地将其排出去。这不仅有利于自己，同时有利于子孙后代。

2017年5月5日　丁酉年四月初十　星期五

为人要有敬畏心

孔子曰：“君子有三畏：畏天命，畏大人，畏圣人之言。小人不知天命而不畏也，狎大人，侮圣人之言。”这段话的意思是说，君子应该有敬畏之心。敬畏上天的意志，也就是自然规律；敬畏德高的大人，也可以理解为政府、法律；敬畏圣人的言论。小人不知道上天的意志，因而他不畏惧。他轻慢德高的大人，蔑视圣人的言论。这是万万不可以的。我常想，人生在天地之间，行在社会之中，总要敬畏点什么。敬畏老人会孝顺，敬畏配偶是爱情，敬畏国家是忠臣，敬畏民众多清官，敬畏法律多是良善之人；敬畏舆论多谨慎，敬畏天地是虔诚，而敬畏鬼神者不致横行。

近日读到一则史料，说的是朱元璋向大臣们发问：“何事最幸福？”有的回答是洞房花烛夜，有的回答是金榜题名时，朱元璋皆不以为然。这时有位大臣说：“畏法最幸福。”朱元璋听后大加赞赏。世界上最不幸福的人乃身陷囹圄、失去自由乃至身遭刑戮者，而畏法者不致违法，故畏法者最幸福。还可推知，畏纪、畏章、畏规之心等，都是应该有的。遵章守纪者最自由，违规违法者最危险。比如说，飞机须要遵守航线，火车须要遵守轨道。飞机出了航线，火车越了轨道，轻则头破血流，重则粉身碎骨。《诗经》曰：“畏天之威，于时保之。”是说畏惧上天者，会时时得到保佑。这个天就是党纪国法、天地良心、人民群众。宋儒张载曰：“凡所动作，则知所惧，如此一二年守的牢固，则自然心正也。”这些都是古圣先贤修身的下手处和经验之谈。

2017年5月6日　丁酉年四月十一　星期六

修身，须下“三省”的功夫

修身，须有好老师、好榜样。好老师、好榜样去哪里找呢？要从现实中找，比如说，习近平总书记就是我们的好老师、好榜样。同时，我们也要在古圣先贤中去找。他们虽然与我们相去很远，但是他们的教导在、经典在，他们的精神永存。今天，我们一起领略一下曾子的“三省”功夫。

曾子曰：“吾日三省吾身：为人谋而不忠乎？与朋友交而不信乎？传不习乎？”是说，我每天多次地反省自己，主要是三个方面：替别人出主意做事情是否忠诚呢？与朋友交往是否诚信呢？老师传授的知识是否认真学习、复习了呢？“三省”，三是多的意思，是说一天要多次地反省自己。反省主要指三个方面，即是否忠诚、是否诚信、是否认真学习与实践，也就是说要在工作中、交往中、学习中反省和提高自己。当然也不仅仅是三个方面，应该是哪个方面有问题，哪个方面需要，就反省哪个方面。

“三省”，何为省呢？省是由少和目组成的，即少用眼睛向外看，应该闭目内视，反观自省，从自己身心上下功夫。我们之所以修身工作做得不好，一是功法不对，缺乏内省；二是功夫不到，别说一天三省了，可能两省、一省都没有做到。

2017年5月7日　丁酉年四月十二　星期日

学学颜子的“四勿”

《论语》载：“颜渊问仁。子曰：‘克己复礼为仁。一日克己复礼，天下归仁焉。为仁由己，而由人乎哉？’颜渊曰：‘请问其目。’子曰：‘非礼勿视，非礼勿听，非礼勿言，非礼勿动。’颜渊曰：‘回虽不敏，请事斯语矣。’”意思是说，有一次颜回请教孔子，如何才能达到仁的境界。孔子回答说要努力约束自己，使自己的行为符合礼的要求。颜回又问：“那么具体应当如何去做呢？”孔子答道：“不符合礼的事就不要去看，不要去听，不要去说，不要去做。”颜回对老师说：“我虽然不够聪明，但决心按照先生的话去做。”

这段话给我们以下启示：首先，儒家修养要达到的最高境界是仁，其主要修行方法是克己，就是要约束自己。第二，克己的目的是为了复礼，就是使自己的言行符合礼的要求，这样才能恢复礼乐制度。第三，克己要从一言一行、一点一滴做起。从不该看的不看、不该听的不听、不该说的不说、不该动的不动做起。第四，要学习颜渊的好学精神和闻教而行的风格，即“请事斯语”。因为颜回如此地聪明好学和谦虚律己，所以他的修养达到了贤圣的地步，是我们的学习榜样。要学习他，就应该先从“四勿”入手。

2017年5月8日　丁酉年四月十三　星期一

闻过则喜，闻善则拜

《孟子》载：“子路，人告之以有过，则喜。禹闻善言，则拜。”子路是孔门的高足，别人指出他的过错，他就高兴。而大禹，他听到善言就去拜谢。

古语云：“改过迁善。”改过与迁善是密不可分的。修身的过程就是改过的过程，也就是择善而从、从善如流的过程。有一句古语说“人非圣贤，孰能无过”，其实，就是圣贤也不会无过，更不会从来就无过，只不过是善于改过罢了。人的缺点和错误在所难免，能改就好。

我常想，为什么有那么多的人活得不开心，乃至活得很痛苦呢？说到底就是肚量太小。自己有一身的毛病和过错，自己不愿意正视，还忌讳别人批评，更不想改正。这是很令人遗憾的事情。《论语》载：“蘧伯玉使人于孔子，孔子与之坐而问焉。曰：‘夫子何为？’对曰：‘夫子欲寡其过而未能也。’使者出，子曰：‘使乎！使乎！’”这段话说的意思是说，魏国大夫蘧伯玉派使者去拜访孔子。孔子让使者坐下，然后问道：“先生最近在做什么呢？”使者回答说：“先生想要减少自己错误还未能做到呢。”使者走了以后，孔子说：“好一位使者呀！好一位使者呀！”孔子看似称扬使者，实则称誉的是当时有名的贤人籧伯玉，称誉的是籧伯玉改过修身的精神。

2017年5月9日　丁酉年四月十四　星期二

你会读书吗

程子曰：“今人不会读书，如读《论语》，未读时是此等人，读了后又只是此等人，便是不曾读。”程子名程颐，是北宋理学家、教育家。他说当时的人不会读书。为什么这么说呢？他举了一个例子说，比如读《论语》，没读以前，是这个样子，读了以后仍然是这个样子，一点儿变化没有，这就和没读一样。此话的意思是，读了以后就要按照圣人的教导去做，就应该变得和以前不一样。

宋初的宰相赵普曾经说过：“半部《论语》治天下。”半部《论语》就可以治天下，那我们读《论语》何以治不了自己呢？如果真的用知行合一的态度去读的话，何用半部《论语》呢？就是一条圣人的教诲，甚或“仁、义、礼、智、信、孝、悌”等任意一个字做到了极致，不仅可以治自己，而且是可以有利于天下的。扪心自问，我们读了那么多的书，自认为懂了那么多的道理，但是行得如何呢？比如说，我们共产党的领导干部，如果把“全心全意为人民服务”一句话做到知行合一了，那就是党的优秀干部。

程子在一千年前说当时的人不会读书。那现在呢，是否不会读书的人越来越多了呢？

2017年5月10日　丁酉年四月十五　星期三

应把底线画出来

做人应该有底线。底线就是在任何时候、任何情况下都不损人。有人监督、别人知晓的情况下，不损人；独处、无人知晓的情况下，也不损人。损人会得到好处、会升官发财，不损人；不损人会受到排斥、会受到打击，也不损人。

这条底线不能突破，突破了就会堕落。底线要坚守，但不能停留在这条底线上，在此基础上要向上攀升。就是说要向下有底线，向上无止境。底线是不损人，向上攀升就是不仅要不损人还要利人，进而做到舍己为人。如果能够这样持之以恒地做下去，就距离圣贤越来越近了。

2017年5月11日　丁酉年四月十六　星期四

听话要听谁的话

我们从小就被告知要听话。听话要听谁的话呢？我认为要听四方面人的话。

第一，要听父母的话。尽管“天下无不是的父母”这句话有点绝对了，而“天下没有不爱自己子女的父母”这句话却是千真万确的。父母的话尽管不见得百分之百正确，但都是应该恭恭敬敬去听取的。这不仅是孝顺的体现，也是生活的必需。毕竟，“不听老人言，吃亏在眼前”，是有道理的。

第二，要听党的话。具体来说就是要听组织的话，听政府的话，听党纪国法的话。这些话如果不听，向下保不住不犯错误，向上断不能做好事业。

第三，要听古圣先贤的话。这是我们民族和人类的老人、祖先，他们是道德、智慧的象征，不听他们的话何以做人、何以立德呢？听他们的话，就要认真读经典，学习优秀传统文化，并去勤而行之。引申了说，不仅要听古圣先贤的话，一切道德、智慧的老师朋友的话都要听。

第四，要听自己良知的话。人人心中都有良知，都有道德判断力。就是坏人做坏事的时候，也是偷偷摸摸的，不愿让别人发现，这就说明他也有良知。那么，你说话做事的时候，要听听自己灵魂深处的良心、良知的话，就是说要请示一下你的良心。

要听话，首先要善于问话。日常生活中有事，要问问父母；工作上有事，要问问组织；修行上有事，要问问古圣先贤；而在一切时候有事，都要问问自己的良心。问了就要好好去听，听了就要好好去做。如果当面百依百顺，背后我行我素，这能叫听话吗？

2017年5月12日　丁酉年四月十七　星期五

求与修

世人有太多的追求，求名、求利、求地位，终生奔波，有求皆苦，苦不堪言。当然，若是正当地求，也无可厚非。但有些事情是可以求来的，有些事情是求不来的。就是求来的事情，说到底还是该来的，不该来的，无论你如何求也是求不来的。

想要的东西如何就来了呢？那要认真地去做、去修，修到因缘具足了，好事自然就来了。如果没有修到，那争也争不来。在这个意义上讲，不必去求，而要实实在在去修。我们常讲“求之不得”，就是说只靠求，就是强求也是得不到的。那怎么得到呢？舍得，舍了才能得到。舍，就是奉献，就是修行。一分耕耘一分收获，是世间不易的规律。舍出去了不仅会得到，而且会心情舒畅。

当然，通过正当的方法去追求也是必要的，但不要用错了地方。古语云“求名求利不要求人但求己”，还是要在自己身上下功夫。这种求，求而不求，不求而求，不求自得，是更高层次的求，是求素质提升、求道德增进、求广利社会，这种求就是修。

2017年5月13日　丁酉年四月十八　星期六

要做真正的强者

什么是真正的强者呢？我们看一看古圣先贤是怎么论述的。

《道德经》云："胜人者有力，自胜者强。"《易经》上讲："天行健，君子以自强不息。"可见，强者是指能自己战胜自己的人，而不仅仅是能战胜别人的人。实现强者的途径是自强，而不是他强。自我塑造、要自强，就要道德自新，素质日新，"苟日新，日日新，又日新""作新民"，以达到"止于至善"的境界。即真正的强者必然是善者，最高境界是至善者。我们常讲善有善报，但从来没有说过强有强报。只有力量上的强大，而无道德作支撑，就如同水库里的水没有水坝拦阻，会泛滥成灾一样。

《道德经》上又讲："强梁者不得其死，吾将以为教父。"是说强暴的人死无其所，我把这句话当作施加教育的宗旨。应该说这是振聋发聩之言。孔子认为真正的强者是达到宽柔以教、和而不流、中立不倚、中庸境界的人。或者说，真正的强者是思想道德的强者，而不仅仅是外在力量的强者；真正的强者是能战胜自己的人，而非仅仅战胜别人的人：真正的强者是自强不息的人，而不是靠别人扶植起来的人。

2017年5月14日　丁酉年四月十九　星期日

母亲节的反思

我有一位同事说："谁也别吹大话，说自己是孝子。你能把父母对自己的恩情拿出十分之一来回报吗？没几个人敢这么说。"是的，他说的是实情。这个话题引起了我的反思。我想接着给自己再提几个问题：你能把对子女付出的十分之一拿来孝敬父母吗？你能把对配偶关心的十分之一拿来关心父母吗？你能总是像恭敬上级领导那样恭敬父母吗？你能总是像对待同事的谦和态度那样来与父母说话吗？说实话，没几个人敢问心无愧地说：“我做到了。”

过去我自认，大家也还公认，我还算个孝子。但是若按以上标准衡量，面对孝子这个称呼我是感到汗颜的。我有时候反思，我的身体状况、婚姻、家庭，我的子女们，还有我自己的事业之所以都还不错，我很感恩祖上有德，感谢父母的养育、教育之恩。就是说，我这些不错，得益于我的比较孝顺。如果说我这方面还有遗憾的话，可能都与我的孝道行得不够圆满有关。随着年龄的增长、父母的离去，我产生了越来越多的感慨。

千善万善，不孝父母莫言善；敬天敬地，不敬父母莫言敬。如果有人看不起你，如果你的事业不够顺利，如果你的身体不够健康，如果你的家庭不够和睦，请认真地在孝道上反思一下做得怎么样。如果你想一切做得更好，也请切切实实地在孝道上下功夫。做到几分，便能得到几分。我负责任地告诉你，这不会错。

孔子曾经说过，孝是天经地义的事情。孝做到极致，是可以惊天地、泣鬼神的。孔子又说：“君子务本，本立而道生。孝悌也者，其为仁之本与！”凡事有根本，根本就是孝道。孝道这个根本坏了，其他能好吗？孝道这个根本好了，其他能不好吗？

2017年5月15日　丁酉年四月二十　星期一

想想在幼儿园学到的知识

有时我会突发奇想，若能把在幼儿园学到的知识都做好了，将不仅是个好孩子，而且是个好公民，甚至还可能是个好干部。你不信吗？下面请听我讲讲理由。

第一，幼儿园首先要学到的知识是，在家要听父母的话，在幼儿园要听老师的话。要真的做到了，坚持下去了，听父母的话不就是孝吗？听老师的话不就是忠吗？

第二，幼儿园学到的知识是，不要说谎话，说谎话不是好孩子。那么设想一下，不让孩子说谎话，你说吗？别说普通老百姓，就是一些干部有几个人敢说自己完全不说谎话呢？

第三，幼儿园学到的知识是，要和其他小朋友友好，不要争东西，不要打架。这不是谦和和互谅互让吗？这不就是搞好人际关系，搞好团结吗？试想一下，成人甚或一些党员干部，又有多少人敢说在这方面做到完全问心无愧了呢？

第四，幼儿园学到的知识是，自己的事情自己做，要帮助其他小朋友，要帮爸爸妈妈做一些事情。这不就是要勤奋努力吗？有谁把这种品德真正学到手，并坚持终身了呢？

第五，幼儿园学到的知识是，要讲卫生，要注意整洁。这不就是注意身体健康，注重养生吗？成人又做得如何呢？

第六，幼儿园学到的知识是要注意安全，注意交通规则，注意遵守纪律，危险的地方不要去。这不就是要遵纪守法吗？不就是要注意安全吗？试问一些摔了大跟头的成人甚或是党员干部，哪个不是在这些方面出了问题呢？

够了，还有很多，恕不一一列举。俗话说三岁看大，七岁看老。没错！幼儿园学的知识如果真的扎根了，是会受益一生的。那为什么有的小朋友学到的知识没有扎根呢？因为有些大人说一套做一套。所以孩子也就说一套做一套。一个人做得如何不全在你说得如何，也不全在学了多少知识，读了多少书，关键在于是不是真去做了。如果能把说的那些大道理，或者说在幼儿园学的那些知识落实一半，甚至三分之一，就是一个好人，就是一个好干部了。

2017年5月16日　丁酉年四月廿一　星期二

一辈子做好事与一件好事做一辈子

毛主席曾经说过："一个人做一件好事并不难，难的是一辈子做好事不做坏事。"在此，我还想说的是，一个人把一件好事做一阵子并不难，难的是把一件好事做一辈子而不懈怠。如果真的能做到这一点，也会取得非凡的成就，比如说，把孝敬父母、长辈这一件事做一辈子；还比如说，把友善兄弟、信义朋友、勤奋劳作其中的任何一件好事做一辈子；再比如说，把认真读书这一件事，把早睡早起锻炼身体这一件有意义的事做一辈子；甚至，把不说假话不骂人这件事做一辈子等，都会成为一个了不起的人。

不要小看一，一即一切，一切即一。无论把哪一件好事好好做起来，好好做下去，都会得到一切好的效果。举例说，把至诚地孝敬父母这一件事做好了，孝的虽然是自己的父母，但一切人都会尊敬你。要是不孝敬父母，虽然不孝敬的是自己的父母，但一切人都会看不起你。就是这个道理。

2017年5月17日　丁酉年四月廿二　星期三

不下功夫，不会有功夫

世人都羡慕有功夫的人，但肯吃苦、肯下功夫的人却不够多。

举例来说，我对许多高血压的人说，持之以恒地做几个穴位的按摩和锻炼深呼吸，有很好的作用，但几乎没人能下这个功夫。我对眼睛不好、颈椎不好的人说了自我按摩和其他的一些保健方法，这些肯定有效果，因为我是受益者。但，也几乎没人能坚持去做。还比如说，我曾对不少人讲打坐的奇异效果，劝大家坚持，但也很少人能坚持下去。再比如说，读书、学习、写文章，我一天都不间断地去做，得到了好的效果，我劝过很多人，但听我说的人，尤其是坚持写文章的人寥寥无几。许多人身体好的时候不去锻炼身体，身体有病的时候急着去锻炼，做了几天看不到效果就放弃了，或者身体好了就不再锻炼了。

人想做什么事情总有理由，想放弃也总有理由。我的体会是，只要下决心坚持去做，任何事情都是可以不断取得成效的。比如说，我几十年来大都在党政领导岗位上工作，责任够大的，工作也是够忙的，但我在读书、学习、写东西、锻炼身体等方面从未间断，也是很受益的。

2017年5月18日　丁酉年四月廿三　星期四

从咸、恒两卦看婚姻

咸、恒两卦与婚姻关系密切，或者说在某种程度上就是讲婚姻的卦。咸卦讲的是恋爱结婚阶段，恒卦讲的是婚后居家过日子的阶段。为何如此说呢？咸卦是泽山咸。上卦是兑，下卦是艮；兑为泽，艮为山；兑为少女，艮为少男；少女在上，少男在下。是讲感应的卦。少男少女是最容易产生心心相印的阶段，而互相爱慕恋爱应该是女为尊贵，男为谦卑，男的应该主动追求女的，女的应该尊贵矜持才是。俗话说的“凤求凰”是也。如果是女孩主动追求男孩的话，结果往往不太好，离婚率会比较高。因为男子都有一种虚荣心，太容易得到的女子可能不去珍惜。

恒卦就不同了，恒卦是雷风恒。上卦为震，下卦为巽；上为雷，下为风；雷为长男，风为长女；男在上女在下，男为尊女为卑。其与咸卦是相反的卦，也就是说把咸卦反过来就是恒卦。这一反一复道理就大变了。应用到婚姻上，象征着婚后生活中是男尊女卑的，是男应该主动的，女应该随顺的。只有这样婚姻才能恒久恒昌，否则女子如果还执着“恋爱时是你追的我嘛”，从而想一直主导下去，这样的婚姻非出问题不可。这是社会规律也是自然规律，是《易经》揭示出的大道理，都应该遵守。求婚时男对女的跪求，那是一时的，并且跪的是一条腿，双腿跪，是跪天跪地跪双亲的，那才是永久性的。

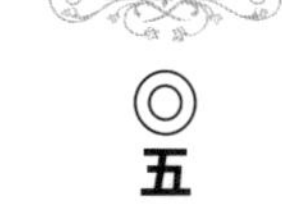

◎五月

2017年5月19日　丁酉年四月廿四　星期五

改改你的负面用语

有不少的人说话负面语言太多。举例来说吧，一方面都忌讳死，但另一方面却不断地在诅咒自己，比如说“气死我了”“烦死我了”等，不知道一天要死多少次。还比如说，一方面都忌讳病，而事在难办的时候，又常说“真令人头疼”“把我气糊涂了”等。还有，完成任务了不说结束，而说“完了，完了，彻底完了”；工作没干好会说“坏了”“糟了”“倒霉了”等。至于对别人不恭敬的语言那就更多了，比如说骂人“蠢猪”“笨蛋”“王八蛋”等。当面骂不在少数，背后骂难听话的更多。还有的说话不文明，玩笑话开得太过分，甚至常说一些下流的话，更别说骂人家祖宗八辈了。应该说，有这种语言习惯的人不在少数。习惯成自然了，自己也不觉得有什么不好，实则不仅影响自身形象和人际关系，还会造成对自己和他人的伤害。

在某种意义上讲，别说语言，连意念都是有能量的。现在，一些机器不仅可以用语言而且可以用意念、思维来控制了，这不就很能说明问题吗？说正面语言是利己利人的，说负面语言天长日久可能会招致负面的能量。我留心过一些说话难听、玩笑话开得过分的人，其形象和命运是会受到影响的。当然，要改习惯绝非轻而易举，但是对此引起重视，并下定改的决心则是第一步。

2017年5月20日　丁酉年四月廿五　星期六

让自己阳光起来

《圣经》上云："第一天，上帝说要有光，就有了光。"我要说，每一天，自己说"要有光"，于是自己就有了光。太阳有光，所以万物生长靠太阳。有些星球，比如说地球、月亮自身不发光，但可以借光，然后再放出光明。一些动物也有自带光，比如萤火虫以及一些深海的动物。人是宇宙间的精灵，人是满可以自带光、自发光的，然后照亮自己也照亮别人。这个光是智慧光、自性光、灵性光，这种光会随着身心修养状态的提升而提升。

既然如此，那为什么不好好地修养自己、提升自己呢？为什么不让自己阳光起来、光明起来呢？王阳明的临终遗言是"此心光明，亦复何言"。他还有诗句说"吾心自有光明月，千古团圆永无缺"。请看，此是何等的洒脱，何等的圆满啊！

2017年5月21日　丁酉年四月廿六　星期日

不要忽视可持续

前两天根据省政协党组安排，到阜平县就"创新职业教育，致力脱贫致富"工作进行调研。听取汇报和省政协委员讲的意见后，我也谈了建议。我重点讲的是可持续发展问题。

做人做事做学问都是一个永无止境的发展过程。或者说，不是折子戏而是连续剧，所以必须进行深谋远虑，不能搞短期行为。只有这样才能保证生机勃勃，后劲十足。由此，我还想到，现在许多人，包括一些领导干部，忙于事务，应酬、会议太多，谋划长远、做基础工作、读书学习不够，这是很令人忧虑的一件事情。在这样的情况下，如何保持可持续发展呢？

最近我与几位在一线工作的领导干部交谈，我提建议说："你再忙再累，有两件事情是千万不能忽视的：第一，读书学习；第二，身体健康。"如果这两条忽视了，身体状况和综合素质就是不可持续的，如果这样的话，其他一切都是谈不到的，那你会不断地贬值而不是增值，会没有后劲，甚至会被淘汰出局。这不是别人要淘汰你，而是自己淘汰了自己。

2017年5月22日　丁酉年四月廿七　星期一

诚敬，是自己的需要

诚敬，到底是谁的需要？我说，是自己的需要。你不信吗？让我来分析一下。

如果说，诚敬他人同时也是他人的需要的话，那诚敬万物则完全是自己的需要。比如，诚敬国旗、诚敬党旗，是国旗、党旗的需要吗？不是。有一句话叫作"人争一口气，佛争一炷香"，人争一口气是真的，但佛绝不会争香。敬天、敬地、敬祖国，包括敬佛等，敬的是一种精神，需要的是以诚敬的精神来敬，是以诚敬的对象来把自己的崇高精神引发出来，培育起来。

一个人把感恩心、诚敬心培育起来太重要了。重要性体现在哪里呢？起码有五个方面：一，诚敬才能树立自身的良好形象。二，诚敬才能学到真东西，接受到正能量。三，诚敬才能得到别人的诚敬，和谐人际关系，从而成就事业。四，诚敬才能把自己的敬畏心、谦卑心、精进心引发出来。五，诚敬才能达到《中庸》中讲到的“诚则明”的境界，向天人合一的境界迈进。

尽管诚敬如此重要，但绝不能抱功利心去做。诚敬便诚敬，不是为什么，本然如此。这么修就对了。

2017年5月23日　丁酉年四月廿八　星期二

为人何必多心眼

说人“缺心眼儿”肯定是贬义词，说人“心眼太多”更是贬义词，说人“坏心眼”则近乎对人的全盘否定了。在这个意义上讲，为人宁可缺心眼，不要坏心眼；不必心眼太多，有一个心眼就够了。一心一意就是全心全意。一心可以事百君，百心不可事一君。可见，百心不如一心。

一个人能够一心可贵，二人一心更可贵。二人同心，其利断金嘛。何止二人，万众都是可以一心的，即所谓的“万众一心”。佛陀曾经说过：“制心一处，无事不办”，是说只要能一心一意，是没有什么事情办不成的。

下面，再说说心与眼的关系。心眼心眼，心与眼的关系极大。眼睛有问题，与心脏、心态有关。要想眼好，必须心明，“心明眼亮”嘛！眼是照外的，心是省内的；用眼为看，用心为观。要内省反观必须少用目，故少目为省。心好了，不仅眼可以好，哪个方面都是不会错的。

2017年5月24日　丁酉年四月廿九　星期三

善行是分层次的

善行是分层次的，是有小善、中善、大善、至善之分的。所谓的“善”，是指不仅为自己，更要为他人着想，不仅为当前，更要为长远着想的行为。如果只为自己，那是自私自利；只为当前，那是急功近利。这样的做法纵然不能算恶，也不能算善。如果不仅为自己，而且为民族、为人类、为众生着想的话，善会越来越大。如果不仅为当前，而且为长远乃至为众生的千秋万代着想的话，善也会越来越大。如果不仅为众生长远的物质利益，而且为生态利益、精神利益、灵性追求着想的话呢，这样的善就是至善，就是无量无边的善了。

《大学》中讲的“大学之道，在明明德，在亲民，在止于至善”就含有这种意思。行善的过程，就是自身不断提升的过程，就是弃恶从善，由小善向中善，由大善向至善不断追求的过程。我们应该瞄准这个目标，终身努力。

2017年5月25日　丁酉年四月三十　星期四

越有修养的人话越少

话多话少与性格和身体状况有关系。性格外向的人话多，内向的人话少。身体状况好、精气神足的人反而话少，而话多的人，有些是因为身体阴阳失衡、气血沉不下去，老往上冒造成的。除了这两个因素外，与话多话少关系更大的是个人的修养状况。即修养好的人话少，修养欠缺的人话多。为什么呢？修养好的人知道话多的危害性：第一，开口神气散，耗能量。第二，言多有失，话多是非多。第三，语言是有能量、有因果的，在不明事理的情况下，难保说的话正确，这是要承担责任的。第四，也是更重要的，你说了那么多的话，不仅有用的没几句，还会导致别人反感，那不是费力不讨好吗？第五，本来几句话就能说清楚，说了半天都没说清楚，不也可以证明你的思维不够清晰、表达能力欠缺吗？

其实，这方面的古训和谚语很多。比如“沉默是金，雄辩是银，滔滔不绝是病”；比如“水深流缓，贵人语迟”；比如“君子讷于言而敏于行”；还比如说“话多不如话少，话少不如话好，话好有时不如不说”等。类似的语句还有“身教重于言教”“喊破嗓子不如做出样子”等，太多太多了。

总之，我们有一万条少说话的理由，没有一条多说话的理由。有的修行者，在长达几年乃至更久的时间里，是禁语不言的。修身有许多下手处，我觉得让自己少说话，尤其是少说那些没用的话，是一个重要方面。

2017年5月26日　丁酉年五月初一　星期五

有一顺百顺的事儿吗

我过去认为“万事如意”这句话，不过是一句套话、吉利的话而已，是根本不可能的。后来深想了一下，此事并非不可能。

首先说，如意是如自己的意。如果能有正知正见和平静的心态，如如不动地去做任何事情，是完全可以“万事如意”的，是可以一顺百顺的。“一顺百顺”，可不可以做到呢？就看自己了。若要做到的话，关键是在“一”上下功夫。如果在“一”上顺了，就可以百顺。一，是自己，而不是别人；是心，而不是别的。一，就是一心，就是真心本性。佛陀曾经说过“制心一处，无事不办”。如果不能百顺的话，说到底是因为不能一心。如果不能一心的话，就是有二心。这样的人就有点二，就是“二臣”，就会诸事不顺。

如果真能够一心去做事，在家就是孝子。孝顺孝顺，孝着孝着就顺了。在国就是忠臣，忠贞不贰，就无往不胜了。在社会上，就是个信义之人，而信义做到极致了，会心安、平安、幸福一生。这不就是一顺百顺的事吗？

2017年5月27日　丁酉年五月初二　星期六

功夫不负有恒人

《易经》上有句话叫作“不恒其德，或承之羞”，是说不能恒久地守持自己的德性，或许会蒙受耻辱。孔子说过“人而无恒，不可以作巫医”，是说如果没有恒心，连巫医都做不了。可见做有恒人的重要性。

“万事开头难”。开头固然不易，但坚持下去更难。所以虎头蛇尾的人总是那么多，所以善始善终就显得更加重要。我们常说“不忘初心”，什么意思呢？就是有太多的人，起初的发心和努力还是不错的，但是后来改变了初衷，结果一生就这么虚度过去了。

认准的事儿，坚持下去，一天也别隔断。“一分耕耘一分收获”是规律，植物界、动物界也是如此。比如说长得快的木头质地差，长得慢的木头会结实；生长期短的粮食不好吃，生长期长的粮食品质优。不要相信什么捷径，迷恋什么速成，这些都是靠不住的。

2017年5月28日　丁酉年五月初三　星期日

自己夸自己，害羞不

《庄子·山木》中有这么一段：阳子之宋，宿于逆旅。逆旅人有妾二人，其一人美，其一人恶，恶者贵而美者贱。阳子问其故。逆旅小子对曰：“其美者自美，吾不知其美也；其恶者自恶，吾不知其恶也。”阳子曰：“弟子记之！行贤而去自贤之行，安往而不爱哉？”意思是说阳子到宋国去，住宿在旅馆里。旅馆的主人有两个小妾，其中一个很美丽，一个很丑陋。丑的受宠，美的反倒不受宠。阳子问，这是什么原因呢？旅馆的主人回答说：“那个美的觉得自己很美，可是我并不感到她美。那个丑的觉得自己很丑，可是我并不感到她丑。”阳子说：“徒弟们，记住这句话，要是一个人做了一件了不起的事儿，却去掉自己很了不起的心理，那么他到哪里去不受欢迎啊？”

我第一次读到这段文字的时候就产生了强烈的共鸣，并铭记在了心里。铭记归铭记，而要做到谈何容易呢？何以见得？记得是在我小孙女三四岁的时候，我给她编草编玩儿，她高兴地说：“爷爷编得真好！”孩子一夸我，我有些忘乎所以了，于是下意识地却是洋洋自得地说：“想不到爷爷编这么好吧？”这时，她马上回我一句：“自己夸自己，害羞不？”

这件事引起了我的思考，说明我的傲慢自得的心理是如何根深蒂固。如果不是孩子童言无忌提醒我，我可能还感觉不到。此时，我又联想，在我担任领导期间，不知有多少时候，我暴露了这种自得的丑态呢。

2017年5月29日　丁酉年五月初四　星期一

谢谢你，我的镜子

到泰山旅游，青帝宫院内有一中年男子在做“以名作诗”的生意。我看了一下，字尚可，语句也算通顺，但我看到有些诗中有比较明显的不合适乃至错误处。出于好意，想提醒他，但又怕他不愿意接受，遂策略地问他：“我想给你提个建议，你愿意听吗？”他有些轻视和不耐烦地说：“你要愿意说，我就愿意听。你要不愿意说，我就不愿意听。”这个态度和语句只能让我自缄其口了，毕竟话不投机半句多嘛。此事让我悟出了好多道理。且不说他错过了一次听取善言改进自己的机会，倒是他这个镜子照出了我的一些影子，给了我反思的机会。

唐相魏征说：“以人为镜，可以明得失。”我以此镜为鉴，反思了以下三个方面：第一，我在工作、生活中，肯定有不少不足乃至失误的地方，那我能主动地去征求别人的意见吗？第二，这些不足乃至失误，当局者迷，但是别人可能看得一清二楚，若是自己的态度不够谦虚的话，别人会给你指出来吗？第三，别人委婉地给我指出缺点，我能真诚地接受并感谢吗？以上这三问，恐怕哪一条我都做不到，这会错过多少改进自己的机会啊。

孔子曰：“三人行必有我师焉，择其善者而从之，其不善者而改之。”我在青帝宫遇到的这位先生不仅是我的镜子，也是我的老师。

2017年5月30日　丁酉年五月初五　星期二

求人不如求己（一）

有一则故事，说的是一位信佛的居士每天礼拜观音菩萨。有一天早晨去礼拜时，发现有一人也在那里礼拜，一看竟然是观音菩萨。他就问：“怎么你在拜自己呢？”观音答：“求人不如求己啊。”

这个故事的寓意很深刻。世人求天求地求神仙，说到底求的都是自己。“求名求利莫要求人但求己”，这是千真万确的真理。就算求别人求到了，第一，是你值得别人帮助，第二，是在你努力的基础上才能求到。否则，别人帮你既不会长久，帮了你也未必是好事。靠山山会倒，靠人人会跑，还是自己最可靠。

我们常说“在家靠父母，在外靠朋友”，父母对我们最好了，但他们既不会跟我们一辈子，也不会事事为我们包办。靠朋友固然没有错，但是别忘了，还有一句话说“世上没有永恒的敌人，也没有永恒的朋友，只有永恒的利益”。这句话冷峻是冷峻了一点，但还是有道理的。试想一下，你既不争气，又帮不了别人，朋友凭什么无条件地帮你呢？人贵自立自强，别老想着靠别人。大树底下固然好乘凉，但大树底下不仅不长庄稼，连草也长不好。

2017年5月31日　丁酉年五月初六　星期三

求人不如求己（二）

求人不如求己，没错，但求己也有一个“求什么”和“怎么求”的问题。先说求什么。求名求利求地位，求偶求子求富贵，这些只要从正道上去求都是正常的，但这只能是“末”而不是“本”。再进一步讲，求学问求知识求才能，这种求，层次更高一些，但这些也只是“干”而不是“根”。什么是根本呢？《大学》上讲“君子先慎乎德。有德此有人，有人此有土，有土此有财，有财此有用。德者本也，财者末也。”德本财末，这个财既指财富，也指才能。就是说，道德品性、真心本性才是根本。

下面说说怎么求。所谓求，就是要认真地去做，而不只是说；是认真地向内修，而不是向外求；是在自己内在上持续地下功夫，而不能奢望一蹴而就，一劳永逸。否则，只能是缘木求鱼。

《大唐西域记》中记载，释迦牟尼佛来到人间的第一句话是“天上天下，唯我独尊”。“唯我独尊”的“我”字，并非单指释迦牟尼佛本身，而是指的众生都具有的真心本性或曰德性。求自己，其实就是求的这个。

六月

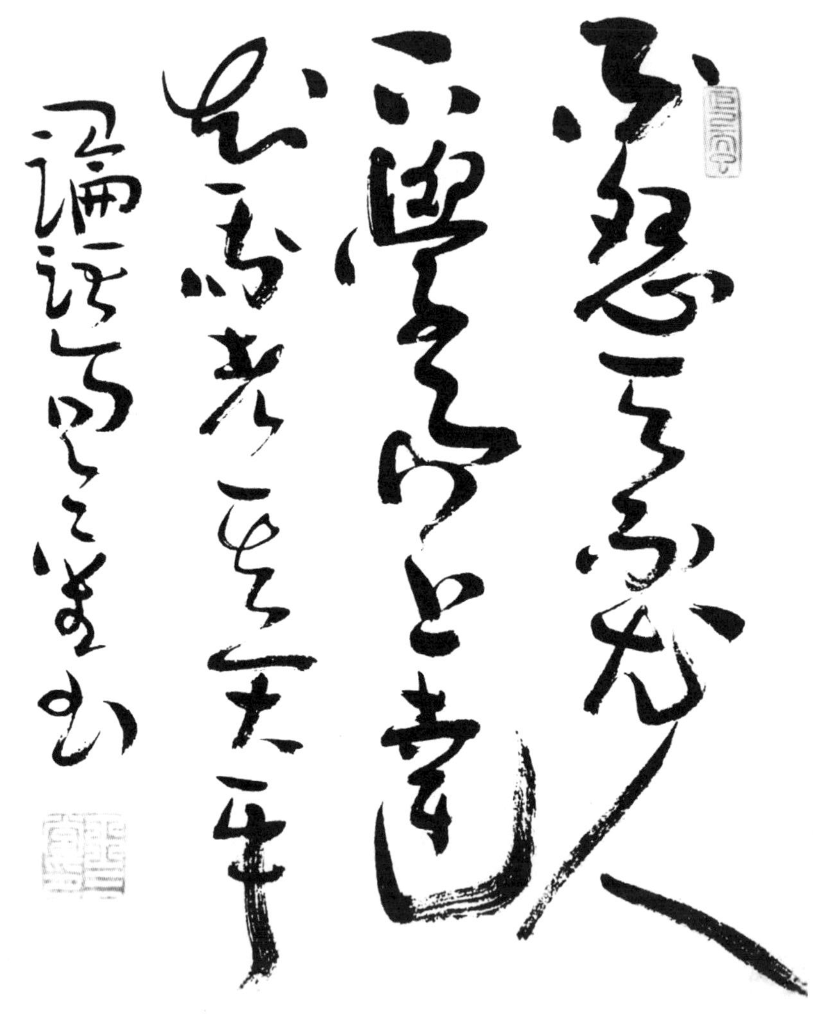

不怨天不尤人，下学而上达，知我者其天乎

2017年6月1日　丁酉年五月初七　星期四

从几句古语，体悟天地大德

《周易·系辞传》中有一句名言“天地之大德，曰生”。这句话的意思是，天地最大的美德就是孕育出生命，并且承载维持着生命的延续。这是中国古代哲学对生命的礼赞。《周易》上还说“生生之谓易”，是说永恒不断地创造、诞生出新的事物，这就是变易的功劳。

在中国许多古语中，都体现着这种护生、重生和尊重生命的精神。比如“劝君莫打三春鸟，子在巢中盼母归”“为鼠常留饭，怜蛾不点灯”等等。这些都比较好理解，有些就并非人人都知其深意了。比如说为什么要“网开一面”呢？是说不要对动物赶尽杀绝、竭泽而渔，要在渔猎的时候留下一面，让强壮的、有繁殖能力的动物能跑出去。

为什么古代杀人要秋后问斩呢？因为古人认为“王者生杀，宜顺时气”。秋冬是肃杀凋零的时候，而春夏是生机勃发的季节，所以春夏是不能行刑的。还有“推出午门斩首”“午时三刻斩首”等，这是什么道理呢？因为一年有四季，一天也有四季，早晨是春天，正午是夏天，而行刑必须要过了一天的“春夏”才可以的。

我在西欧考察时曾经遇到过猎人，他们打猎时只能打杀年老的动物，否则就是违法，要追究责任。还有按规定打鱼时是不允许打小鱼的，这不仅体现天人合一的观念，也体现生态保护的思想。

2017年6月2日　丁酉年五月初八　星期五

由水管崩裂引发的联想

早上起来，妻子在动及水管的时候，水管崩裂，水流不止，屋里顿时一片汪洋。水还漏到了楼下，人家也找了上来。我们急忙找水管开关，却怎么也找不到，只能眼睁睁看着，等物业工的到来。幸亏物业工很负责，到来后及时关了开关，水流才得以止住。

此事引发了我的联想。第一，住到一个新房里，首要的是知道水暖气电的开关在哪里，以备急用。第二，出门的时候一定要关掉所有该关的开关，以防意外。第三，要多学一些家庭常用的手艺活，尽量不去或少去求人。

由家庭生活我又联想到了社会生活。出门在外，与人交往，或者到一个新单位、新地区，一定要先了解可能涉及的禁忌和法律规章，这也是开关。还有，作为一个公民、一个党员，起码要掌握与你密切相关的党纪国法、规章准则，并认真遵守，这也是开关。如果这些开关你不知道，关不住，那就像开车只知油门不知刹车那样危险，那就难免会发生像我家发生这样水流成灾的问题了。

2017年6月3日　丁酉年五月初九　星期六

谨慎你的起心动念

南怀瑾先生讲，有一种仪器，在一个人打坐时，便可以显示出颜色来。如果这个人心里想着不好的事儿，仪器上马上显示黑色、蓝色。如果他有好的想法，白一点儿的光或者黄色的光就来了。这是用光学、声学可以测验出来的，现在科学已经并将证明这一点。

以上讲的是光的事儿，关于气的事儿也是如此。农村普遍流传着“猫头鹰叫会死人”的说法，经过科学研究证实，不是猫头鹰叫会死人，而是要死人了猫头鹰才叫。为什么呢？因为有人要死时，身上会散发出腐臭之死气，这种死气会吸引猫头鹰来叫。可见，人不仅会散发不同的光，还会散发不同的气。比如，积极进取的人散发的是朝气，正派廉洁的人散发的是正气，有学养的人散发的是雅气，百无聊赖的人散发的是暮气，恶人散发的是杀气等等。我们老家评价一个人的时候，会说他的人气如何如何。说某人的人气不好，这是近乎全盘否定的评价。

综上所述，不管是光也好气也好，决定因素是这个人的身心尤其是心的状况，是这个人的修为状况。为人只要存好心、说好话、为好事、做好人，就一定会散发出好的气息、气色和光色。以上这“四个好”中，根本的是存好心，是谨慎你的每一个起心动念，也就是说要做到孔子说的“思无邪”。

2017年6月4日　丁酉年五月初十　星期日

什么叫好学？听听孔圣人怎么说

讲到好学，一般认为，肯定应该是“头悬梁、锥刺股”“闻鸡起舞”，孜孜不倦地去读书、学习等等。是的，没错，这些是好学，但这些不是最重要的。那最重要的是什么呢？我们听听孔圣人是怎么说的。

《论语》载，哀公问："弟子孰为好学？"孔子对曰："有颜回者，不迁怒，不贰过。不幸短命死矣！今也则亡，未闻好学者也。"意思是，鲁哀公问孔子："你的学生中谁是最好学的呢？"孔子回答："有个叫颜回的学生好学，他从来不迁怒于别人，也从来不重犯同样的错误。不幸短命死了！现在没有这样的人了，没有听说谁是好学的。"

首先，孔子认为颜渊好学，除了颜渊之外，再没有好学的人了。可见好学在孔子心目中的标准是多么的高啊。其次，为何说颜渊好学呢？孔子没说他如何用功、不知休息等等，只说了两条：不迁怒、不贰过。这两者讲的都是在心性修养上下手的功夫。"不迁怒"指的是与人交往，"不贰过"指的是个人修行、改过迁善的精神。做到此，真的就距离圣人不远了。

我们很难达到这个境界，"虽不能至，心向往之"，向此努力，是应该追求的。

2017年6月5日　丁酉年五月十一　星期一

什么是真学问？听听古圣先贤怎么说

什么是真学问呢？我们听听古圣先贤是怎么说的。

《论语》载，子夏曰："贤贤易色，事父母能竭其力，事君能致其身，与朋友交言而有信，虽曰未学，吾必谓之学矣。"意思是说，一个人能爱好贤德胜过其好色之心，侍奉父母能尽心尽力，事君上能尽职尽责，交朋友能诚实守信，纵使他自谦说没有学问，我必说他很有学问了。

学习这段古训，我有三点体会：第一，学问主要体现在行动上，而不是口头上。第二，学问主要体现在对父母的孝、对国家的忠和对朋友的信上，体现在家庭上、工作上和社会交往上。第三，学问主要体现在道德品行、学识修养上，而不只是具体的知识和技术的掌控和操作上。如果做到了以上三点，即使你没读过多少书，也是真有学问。否则，纵使你才高八斗、学富五车，也可谓是个没有学问的人。

2017年6月6日　丁酉年五月十二　星期二

生命之光

重温南怀瑾先生《易经系辞别讲》一书时，读到一段文字，很受启发，在此与大家分享。

南先生讲："根据现代科学的研究，我们每个人，乃至万物，凡是活的生命都有光。过去大家看到菩萨、上帝的画像上，都有一个光圈。现在科学研究，已经可以看到人的光圈。人的光圈约有一寻——就是八尺左右，换句话说，你的手臂有多长，你周身上下就有这么大的光圈。人体光圈有各种不同的颜色，而且这些颜色是随你的心情在变化的。如果你动了一个坏念头、恶念头，你光圈的颜色就变黑了；你心里有个善念头，你光圈的颜色也是亮的。光有几种，最好的是金色，佛经上所谓的金色晃耀，就是圣人的境界。其他还有红光、黑光、白光、蓝光、黄光等。"

南先生以上论述的核心是，你散发的光色、气色如何，取决于你的思想念头。那么我们敢不保持正心正念、善心善念吗？

2017年6月7日　丁酉年五月十三　星期三

礼之用，和为贵

《论语》上有一段话："有子曰：'礼之用，和为贵。先王之道，斯为美。'"意思是，有子说，礼的应用以和谐为贵，古代君主的治国方法和宝贵的地方就在这里。"和"是儒家所特别倡导的伦理、政治和社会原则，孔门认为礼的推行应用要以和谐为贵。中国传统文化从某种意义上讲，就是"和文化"。

我们常说"和气生财"，其实何止呢。做生意的，和气可以生财，家庭和睦，不仅可以生健康，还可以生孝子贤孙；政界和顺，不仅可以出政绩，还可以出干部。和谐是可以分不同层次的，体现在夫妻叫和美，体现在家庭叫和睦，体现在社会叫和谐，体现在国家叫和平。这些都应该建立在个人修养的基础上，即个人身心要和悦。如果失和，就容易出问题。身心不和难以健康，夫妻不和令人悲伤，家庭不和易出问题孩子，做生意不和把钱赔光，班子不和两败俱伤，国家不和受人欺负，社会不和百姓遭殃。

我们应从自身做起，从每一个家庭做起，为和谐社会建设做出努力。

2017年6月8日　丁酉年五月十四　星期四

什么叫痴

痴由一个知道的知和一个病字旁组成，是说，痴不是没有知识，而是说这种知识是病知识。这有两层含义：第一，你的知识是过期的、变质的知识；第二，你所掌握的知识本身就是一种错误的认知。

知识过期、认知错误不可怕，更新更正就是了。所以要不断学习、更新观念，所以要与时俱进、与日俱新，所以要“苟日新，日日新，又日新”。这样就不痴了，就是个有思想、有活力、有智慧的人。怕就怕墨守成规、固执己见，抱着病知识不放，不接受新知识、新理念，那就是个痴人。这样的人，如果仅仅是个一般人员的话，充其量是个可悲的人；如果是个领导干部的话，那就不仅可悲，而且可怕了。

2017年6月9日　丁酉年五月十五　星期五

劝君莫做昧心人

“昧”就是不明白、愚昧、蒙昧等等。愚昧与蒙昧有相近的意思，但亦有所不同。蒙昧有时指未开化的原始状态，而愚昧是指不明事理。

就“昧”的形成来看，分两种情况：一种是未经开化和不明事理的状态；另一种是故意装糊涂、昧良心。因此，千万不要“昧”。

如果“昧”了，如何办呢？分三种情况：对蒙昧的，要启蒙，蒙以养正；对愚昧的，要经过教育开启智慧；对昧良心的，还要辅之以必要的惩罚。否则，非走上违法犯罪道路不可。

“昧”的根源在哪里呢？我们可从“昧”这个字上来分析一下。“昧”是由一个“日”字、一个“未”字组成的。太阳没有升起的、光未显出来时的状况就是昧。此日非彼日，此日是指心中之日。心中之真心本性、心中之智慧若未明、未出，处于遮蔽状态时，就会愚昧，就会做出昧良心的事儿来。

昧，说到底，昧在心上。知道了根源就知道了对治的方法。方法就是把阴霾除去，让心中之太阳日日升起、时时朗照；就是要做个明白人，做个有智慧的人。

2017年6月10日　丁酉年五月十六　星期六

弘一大师希望失败

有希望失败的人吗？有，比如弘一大师。在此我们来分享他的一段文章。

弘一大师说：“我的性格是很特别的，我只希望我的事情失败。因为事情不完满，这才使我发大惭愧，晓得自己的德行欠缺、修养不足，那才可努力用功，努力改过迁善。一个人如果事情弄完满了，那么这个人就会心满意足、洋洋得意，反而增长他功高傲慢的念头，生出种种的过失来。所以，还是不希望完满的好。无论什么事，都希望它失败，失败才会发大惭愧。倘若因成功而得意，那就不得了。”

说实话，我读到这段文字后真的有醍醐灌顶的感觉。弘一大师希望失败，我理解有以下几方面的原因：

首先，是他要求自己的标准高，他没有把成功当成功，而是把某些成功当成了失败，从而警醒自己。第二，是因为他怕成功来得太容易会骄傲和自我满足，从而放松、放纵了自己，所以他希望失败。第三，是他想时时升起大惭愧，时时改过迁善，不断地提升自己，这样有利于自己修行，所以他希望自己失败。

希望成功未必能够成功，可能会导致更大的失败，尤其太容易得到的成功绝非好事。希望失败激励自己，反而不容易失败，还可能会取得更大的成功，起码在个人修养上是这样。弘一大师在个人修行上警醒惕厉自己，他在人格上达到了近乎完满的境界。我记得，他还把自己说成一事无成、一钱不值的“二一老人”。如果他是“二一老人”的话，我们的学识修养还值得一提吗？

2017年6月11日　丁酉年五月十七　星期日

幸福与名利地位，没有必然关系

到维明路小学接小孙女放学，碰到一位大我三岁的退休职工也来接他家孙女，我俩就聊上了天。他家是南宫人，儿子、女儿自谋职业，生活自立，他每月的退休金近3000元，老伴是农村的，没有收入。我说：“你的日子过得够紧巴的。”他忙说：“不紧巴不紧巴，我们也花不了几个钱，我们比农村的老百姓过得好多了。”他黑黑的脸庞，瘦小的个子，满面的笑容，精神矍铄，一副知足常乐、幸福感蛮高的状态。

人幸福不幸福，是一种心理感受，与个人的修养水平有关，与名利地位、升官发财没有必然或说没有多少关系。有所得是一种幸福，无所求也是一种幸福；积极进取是一种幸福，知足常乐也是一种幸福。突然，我觉得，做本分人，干本分活，挣本分钱，过本分生活就是一种幸福。

某大贪官的小媳妇犯事儿之后，曾说，当时她最大的愿望是能过大多数人过着的生活。她说，大多数人过着的生活想必是不错的生活。可这对她来说已经成为一种奢望。为什么呢？因为她把福报预支了，吃过头了。南宫的那位老者，他过着的就是大多数人过着的不错的生活。

2017年6月12日　丁酉年五月十八　星期一

切莫耍贫嘴

耍贫嘴是很惹人讨厌的一件事情，给人一种轻浮、不可靠、没正经事的感觉。轻者影响人际关系，重者影响事业发展和个人命运，不可等闲视之。我曾留意过身边一些耍贫嘴的人，发现没有一个是可以干成大事的。

耍贫嘴，由三个字组成。首先说“耍”。“耍”就是不正经、耍笑、闹着玩。猴子可以耍，狗熊可以耍，老虎狮子都可以耍，就是不能耍人，耍贫嘴也是耍人的一个方面。然后说“贫”和“嘴”。

因为贫才去耍嘴，因为耍嘴才会越来越贫。也就是说，越贫越耍，越耍越贫。贫嘴的贫不只是物质上贫，更体现在精神、思想上的贫乏和庸俗。因为没有真才实学，所以才去耍贫嘴。

“水深流缓，贵人语迟。”正常的话尚且不宜多言，何况耍贫嘴呢？增强自身修养的下手处很多，一个重要方面在于少说话，尤其体现在“切莫耍贫嘴”上。

2017年6月13日　丁酉年五月十九　星期二

从“升米恩，斗米仇”悟劝人

“升米恩，斗米仇”是指如果在别人危难的时候给予他很小的帮助，他会感激你。可如果给别人的帮助太多，让他形成依赖，一旦停止帮助，反而会让他记恨，成为仇人。这句话在提醒人、劝告人方面也是有用的。比如说，他做错了，提醒、劝告他一次，他可能会感激你，起码不至于反感你。如果说他两次三次，他不仅不感谢你，可能还会反感抵触你，甚至可能成为仇人。“有再一再二，没有再三再四”，这话在劝人上也是适用的。俗话说“话不投机半句多”，说半句都多，还是不说为好。

我们常说，为人要说好话。什么叫好话呢？真话不见得是好话，为他人好的话也不见得是好话。好话就是在适当的时机、适当的场合，对适当的对象说适当的话。人家愿意听的时候，或征求你意见向你请教的时候，说话才有效果，否则会费力不讨好。你劝说人家一次，未必是恩人，但要是劝三次的话，则有可能成为仇人。

对此，圣人早有教诲。《论语》上说“事君数，斯辱已。朋友数，斯疏已”，是说一件事情如果反复劝解，轻则导致疏远，重则招辱。

2017年6月14日　丁酉年五月二十　星期三

快乐“三法”

追求快乐有方法吗？有，基本的方法有三：

一是助人为乐。奉献者是快乐的。人的不快乐，深层根源是自私与狭隘，要真的做到忘我了，把自、他融为一体了，心情会越来越舒畅，何乐而不为呢？

二是知足常乐。追求快乐，就要追求可持续性的长久之乐，而常乐的前提就是知足。靠贪得无厌地去追求名利地位的乐是绝不可长久的，这和渴了喝咸水一样，会越喝越渴的。正如佛陀所说：“知足之人，虽卧地上，犹为安乐；不知足者，虽处天堂，亦不称意。”

三是自得其乐。真正的乐绝不是别人给予的，所以别把快乐寄托在别人身上，那是根本靠不住的。你要想快乐，任何人都无法使你不快乐；而你要是不快乐，任何人也无法让你快乐。

2017年6月15日　丁酉年五月廿一　星期四

万事如意与万事如理

“万事如意”的说法，从一般意义上讲，是不可能的。但若对修到大境界的人来说，可以把所遇到的任何事都看成是如意的，那么这句话就是可以实现的。

我还想说的是，此话不仅是一句祝福的话，还可理解为是阐述哲理的话、劝善的话。即，世上的万事万物都和你发出的意念是一模一样的，即万事都如你的意一样。你是善意，遇到的就是善人、善事、善报；你是恶意，所遇到的就是恶人、恶事、恶报。就是说，万事如你的意一样。

如果从这个角度理解，倒是换个说法显得更明白，也更不容易引起误解，即万事如理。就是说，要想万事如意，必须做到万事如理。如什么理呢？如真理、如道理、如天理，若万事都如此理去做的话，怎么会不如意呢？只有万事如理，才能万事如意。

2017年6月16日　丁酉年五月廿二　星期五

劝君多积德

俗话说“一口吃不成胖子，一锨挖不出井”，恶报是一点一点积累起来的，善报也是一点一点积累起来的。同理，健康和疾病也是一点一点积累起来的。就拿疾病来说，是一口一口酒，一支一支烟，一口一口吃不该吃的食物，一天一天睡得太晚，一日一日不锻炼身体，一年一年怨气怒气积累起来的，如果这样下来不得病是不可能的。而健康也是由于一天天、一年年地好好吃饭、好好睡觉、好好锻炼身体、保持好的心态累积起来的。

善报恶报也是这个样子，都是由于一个个心念、一句句话语、一件件事情积累起来的。行善积德也好，积功累德也好，都强调个“积”字。“勿以善小而不为，勿以恶小而为之”，“善不积不足以成名，恶不积不足以灭身”，说的都是这个道理。

你想健康吗？想有好的命运吗？请按以下四句话来做：未生善法令生，已生善法令增长；未生恶法令不生，已生恶法令断除。若能如此，恭喜你，你就等好吧。不仅你会好，你的后代会一代比一代好。

2017年6月17日　丁酉年五月廿三　星期六

对德不配位者来说，升官发财是一场灾难

首先，来看两则事例。第一则事例，一位缺德少才、说不成话、写不好字的干部，因为会巴结领导被提拔到了重要岗位后，遂愈发地胡作非为、贪污腐败，终被查处，锒铛入狱。说实话，这个官升得不仅对他的家庭，而且对党的事业都是一场灾难。说到底，也是提拔他的领导把他给害了。第二则事例，是一个日子过得紧紧巴巴，但却其乐融融的家庭。男主人因抓彩票中奖，其人不知道有钱该怎么花，遂染上了赌博恶习。时间一长，

不仅这笔钱没有了，而且把所有的家产全部输完了，还欠了巨额的赌债。他躲债不敢见人，媳妇也与他离了婚，可以说是倾家荡产、妻离子散。

这两个事例说明，名利为水，德为坝。坝必须高于水，德必须高于才。坝涵不住水会泛滥成灾，德蓄不住财会导致灾难。为人必须首先把德修好，把人做好，这样就算本事不大，还可以本本分分地做人做事，本本分分地过日子啊。

领导或者家长，对待德不配位的下级或子女，千万不要委以重任，或给其财产太多，那样是在害他。对这样的人，让其干点现成活，过点紧巴日子，就是对他最大的爱护。

2017年6月18日　丁酉年五月廿四　星期日

但行善事，不问前程

好好种地，是我的事，至于收成好不好，是老天爷的事，与我无关；好好存善心，是我的事，至于有无善报，是命运的事，与我无关；好好说话，是我的事，至于他人以什么态度待我，是他的事，与我无关；好好做事，是我的事，至于结果如何，是综合因素，与我无关；好好工作，是我的事，至于能不能得到提拔重用，是组织上的事，与我无关。

但行善事，不问前程；但行善事，自有前程。行善不行善是我的事，有没有前程那是别人的事。我行善是因为应该行善，并非是因为想得到前程而行善；我不为恶是因为不应该为恶，并非是因为怕得不到前程而不为恶。

2017年6月19日　丁酉年五月廿五　星期一

这位青年，令我肃然起敬

这次回老家，邂逅了我村一位青年农民。他的行为举止深深打动了我，令我肃然起敬。

他叫王渊博，今年31岁，在他15岁的时候，年仅40多岁的父亲抛下了80多岁的爷爷、多病的母亲和年幼的妹妹，突发疾病去世。家庭因过于困难，无法维持生计，母亲无奈，在本村改嫁。从此，渊博不仅承担起了照管年迈爷爷、年幼妹妹的重任，而且还对母亲的行为深表理解，尽孝有加。

他勤奋耐心，把家打理得井井有条。后来他结了婚，谁知爱人又患上了脑部疾病，做手术花去了7万多元。这对生活本就拮据的家庭来说，无疑是雪上加霜。紧接着，爷爷又因年迈有病卧床不起，生活不能自理，照顾爷爷的任务也落在了渊博的身上。

他没有被压垮，一边照顾爷爷、妈妈，一边与别人合伙开了一家农家饭店，还搞了出租车，挣钱还债，维持生计。他爱人因为身体不好，结婚多年没有生育，渊博毫无怨言，对爱人反而更加爱护照顾。因为渊博家庭本来贫困，他是倒插门到爱人家的。爱人家只有这么一个宝贝女儿，岳父岳母也要他来照顾。可想而知，他肩上承担着常人无法想象、无法承担的担子。

昨天晚上我们见到了他，他瘦瘦的、高高的个子，精干英俊的面庞，诚恳平和的表情，给人的印象太深刻了。他说，医生讲，他爱人的病很容易复发，这样的话，岳父岳母的后半生，乃至养老送终就完全靠他了。说这些话的时候，他出奇的平静，平静得好像是在讲别人家的事情。

我们被深深地感动乃至震撼了。我遂与爱人、妹妹和表弟，去了渊博的家，看望了他的爷爷。没有想到的是，他们家窗明几净，他爷爷的被褥干净整洁。从他爷爷的状况，你没法想象这是位93岁的、卧床十几年的老人。渊博爷爷用含糊不清的语言，极力地赞扬着他这个宝贝孙子和孙媳妇。说他十几年卧床不起，他们从来没有懈怠过，从来没有嫌弃过，从来没有对他说过不恭敬的语言。我们交口称赞渊博。渊博说，这是我应该做的，谁让我是这个命呢。从始至终，渊博没有一句豪言壮语，没有一点怨天尤人，一切都是那么自自然然，平平静静。

渊博是个平凡的不平凡人。说他平凡，是说他是一个普普通通的山区青年农民。说他不平凡，是说他站在了道德良知、大孝大爱的至高点上。作为孙子，他对爷爷；作为儿子，他对母亲和父亲的亡灵；作为女婿，他对岳父岳母；作为丈夫，他对妻子；作为哥哥，他对妹妹，都尽到了最好的责任，承受了最大的担当。说到这里，我要诚心地说一句，祝渊博好人有好报，祝好人一生平安。

2017年6月20日　丁酉年五月廿六　星期二

你有福气吗

疾病是什么？疾病是对你不正确生活方式的善意提醒和强制性矫正，小病如果不矫正会导致大病乃至绝症。挫折是什么？挫折是对你不正确行为方式的善意提醒和强制性矫正，小的挫折如果不矫正会导致大的挫折，乃至彻底失败。环境危机和生态问题是什么？是大自然对人类不正确发展方式的善意提醒和强制性矫正，小的问题如果不矫正会导致大的问题，乃至成为人类的整体性危机。

无论个人身心，还是人类社会、自然界，都有自己的规律和独特语言。疾病、挫折、灾害都是一种语言。遗憾的是许多人读不懂、不重视这种语言，不知道反省自己。如果这样下去，屡教不改，那么受到惩罚就是不可避免的事情了。

有的人不碰南墙不回头，但碰了南墙知道回头还不错，如果碰了南墙也不回头，那头破血流就是不可避免的。可贵的是什么样的人呢？是不碰南墙，或者是看到别人碰了南墙之后，自己也知道及时回头，调整改进自己。

《周易·系辞下》中说："不见利不劝，不威不惩；小惩而大诫，此小人之福也。"意思是说普通人碰到难堪，受到了小的惩罚，从而受到了大的警诫，这是他的福气。有没有福气就看你受到警诫后，能不能改正错误。

2017年6月21日　丁酉年五月廿七　星期三

《道德经》中的养生思想

《道德经》十三章中，把贵生与天下联系在一起，提出"贵以身为天下，若可寄天下；爱以身为天下，若可托天下"，认为不珍惜自己生命健康的人是不能为天下主的。这与庄子讲的"天下由来轻两臂，世间何苦重连城"，即把两条手臂看得比天下还重，宁可失去天下国家也不失去手臂的道理是一样的。

怎样养生呢？老子认为首先要摈除物欲。书中第十二章说：“五色令人目盲；五音令人耳聋；五味令人口爽；驰骋畋猎，令人心发狂；难得之货，令人行妨。”意思是说对物质的过分追求不符合天道，这样的人就要早死。所以，有道的人只要能满足基本的生活需要就可以了，不必追求更多。

《道德经》中还讲到摄生的内容，即讲究养生功夫。第五十章中讲到“善摄生者，路行不遇兕虎，入军不被甲兵”，意思是说猛兽和兵器对于善于养生者都避而远之。第五十五章中说：“含德之厚，比于赤子。蜂虿虺蛇不螫，猛兽不据，攫鸟不搏。”这是什么道理呢？是说道德深厚的人和婴儿一样天真无邪，这样的人，毒虫、凶兽、猛禽都不会伤害他。这说明养生的最高境界是道德的圆满。

有人认为这不太可能，我却劝大家不要轻易否定。再说了，我们知道世间还有道德如此圆满的人生，树立个标杆去追求，总是好的。

2017年6月22日　丁酉年五月廿八　星期四

有病与求医

求医的学问很多，但有两点是最重要的：一是应求有经验、有医德、有修有证的医生；二是应求你诚心信任的医生。信，很重要，《圣经》上讲信者得救，这话用在求医上也是适用的。

求医很重要，但前提是应对自己的生理、病理、心理以及生活起居情况有个基本估计，这样才能说得清楚，以便医生判断。另外，一定要读懂医生的每一句话，乃至语气、表情和肢体语言，以使自己受到启发、引起警醒。再一个重要的方面，是医生的诊断建议一定要和自己的实际情况结合起来，再做出自己的判断。在某种意义上讲，最了解自己情况的是自己。

有人说“最好的医生是自己，最好的药物是食品”，也就是说，有病找医生，吃药打针乃至做手术都是必要的。但是，这些必须建立在自己良好心态和科学生活方式的基础上才能起到作用。否则，自己不调整、不配合，任何医生和药物都是无能为力的。从这个意义上讲，病人遇到好医生是病人的福气，而医生遇到明白的、灵光的、善于配合的病人也是医生的福气。

得病，必然有原因，有得病的环境和土壤。如果这个环境土壤不改变，治好的病如何能保证不复发呢？就是说只割韭菜是不行的，必须把韭菜根挖掉才行，这个挖根的工作主要还是靠自己去做。

2017年6月23日　丁酉年五月廿九　星期五

在根底上下功夫

树，无根底便无法存活，更无法生长；人，无根底便无法立足，也无法发展。凡事要在根底上下功夫。

人有四条根：血脉之根在祖先，因此必须孝祖；政治之根在群众，因此必须深入群众；生命之根在自然，因此必须亲近自然；文化之根在传统，因此必须学习传统文化。否则便会成为无源之水、无本之木。

下面重点说一说文化之根。中国传统文化有三条根，即儒、释、道。这三种文化中，儒、道是本土文化，而释虽为外来文化，但在唐代已经完全实现了本土化，成为中国传统文化中不可或缺的一部分。或者可以说，中国的佛教文化是已经儒、道化了的传统文化。在这三种文化中谁最根本一些？我们还是听听鲁迅先生怎么说的吧。他说“中国的根底全在道教”，这句话是对道教文化地位与作用的高度评价。

在先秦时期，道家、儒家是密不可分的。儒家的创始人孔子就曾向道家创始人的老子请教问道。因此，在某种意义上可以说，儒学也是从道学发展而来的，只不过各自关注的侧重点不同而已。中国的根底在道教，而道教的根底是道，信奉的主要经典是《道德经》，这样推理，说中国文化的根底或曰根底之一在《道德经》、在道德，也不为过。

既然如此，作为一个中国人，要在根底上下功夫，就必须要在道德上下功夫，这便是题中之意了。道分天道、地道、人道。人法地，地法天，天法道，道法自然。人必须要依道而行，要天人合一。如此做，如此行道，才是有德行，才会有所得。失去了这个根本，一切无从谈起。

2017年6月24日　丁酉年六月初一　星期六

我向往道德的生活

“向往道德的生活”，这是我近年来越来越强烈的愿望。或问，你以前过的不是道德生活吗？我答，是，但道德的生活的追求是永无止境的。

道是宇宙本体、天地正道和自然规律。在天为道，在人为德；共性为道，个性为德。依道而行，即为有德。知道就要行道，知道多少行多少，行多少就能得多少。

道德的生活是什么样的生活呢？就是道法自然、无为无不为的生活；就是本色、本真、本然如此的生活；就是遵章守法、从心所欲不逾矩的生活；就是与人为善、助人为乐、自立立人的生活；就是宁可缺名、缺利、缺地位也不要缺德的生活；就是不跟风、不随波逐流更不同流合污的生活。

这种生活说起来容易做起来难，但难能才可贵。认准了目标持之以恒地做下去，尽管难，但总会距离这个目标越来越近。

2017年6月25日　丁酉年六月初二　星期日

和你聊聊“路”的话题

左面一个足，右面一个各，为路。是说各个人迈开自己的足去走，便成了路。

路是修出来的，也是走出来的。鲁迅先生说：“其实地上本没有路，走的人多了，也便成了路。”我说：“其实地上本来有路，都不去走了，也便没有了路。”

路有正路、邪路，直路、弯路，老路、新路等等。要走正路，不要走邪路；要走直路，少走弯路；要走着老路，探索着新路。一时走了错路、邪路不可怕，要紧的是幡然悔悟，归于正路；就是走点弯路，也不可怕，贵在总结经验教训；一条旧路走不通了，不见得是坏事，那是告诉你需要开创新路。

路有共同的路，各自还有各自的路。共同的路共同修，各自的路自己修。要走路先修路，不修路迟早会走投无路，甚至会走上绝路。《红楼梦》上讲的“眼前无路想回头”，大体就是这种情况。别人可以为你修路，可以为你指路，但无论如何不能代替自己走路。

世界上最重要的路是智慧之路、福德之路和觉悟之路。一个有大乘思想的人不仅自己，还要立志与更多的人共同来走这样的路。那就要向古圣先贤请教、学习，听从他们的教诲，按照他们指引的这条光明之路，奋然前行！

2017年6月26日　丁酉年六月初三　星期一

和你聊聊“化”的话题

“化”字的使用频率是很高的，比如，消化、文化、变化，中国化、地方化等等。

“化”非常重要。人们讲到变化时会说“千变万化”，也就是说，变一千次需要化一万次，说明化比变更难。比如吃饭，吃一顿饭，最快的几分钟就可以完成，但没有几个小时是消化不了的。吃了饭如果化不了，就是消化不良，就是脾胃有病。

文化也是这样，学写字容易，念一篇文章也不难，难的是把他化掉。化在哪里呢？化在言行举止、喜怒哀乐和日常工作、生活当中去。如果有些人满口仁义道德，满肚子男盗女娼，就不能算个文化人。没有被文化掉，就是顽固不化。

人的秉性各有不同，要想命运好，就必须用古圣先贤的教导来化性子。学了传统文化化不了自己，那叫食古不化；学了现代文化化不了自己，那叫“食今不化”。

马克思主义传到中国，必须实现中国化才能指导中国的实践。还比如说佛教，本来是印度文化，传到中国，因为实现了中国化，才成为中国优秀传统文化的重要组成部分。同理，我们学习任何知识和文化，也必须与自己的实际结合起来，将其转化为自己的东西。

2017年6月27日　丁酉年六月初四　星期二

这些道理，越早明白越好

以下这些道理越早明白越好：

第一，名利地位重要，事业发展和价值实现更重要。

第二，事业发展重要，身心健康和悦更重要。

第三，工作单位重要，家庭亲情和子女健康发展更重要。

第四，聪明才智重要，品德修养更重要。

第五，外在环境和物质条件重要，内心的清净和问心无愧更重要。

2017年6月28日　丁酉年六月初五　星期三

对“权力”一词的新感悟

权力，本来是指职责范围内的指挥或支配力量。单从字面上理解，“力”暂且不说，“权”主要是指权变、权且、权衡等，这些都说明权是暂时的、变化的、相对的。即是说，就算你权倾朝野，位极人臣，也有失势的一天。

有没有永久、不变的、绝对的力量呢？有，那就是道德的力量、人格的力量。权力可以得到，也可以失去，别人可以给予也可以夺走。而道德和人格是别人不可予夺、永恒存在的。所谓修行，就是要修别人永远拿不走的东西。

2017年6月29日　丁酉年六月初六　星期四

对“地位”一词的新感悟

地位，位子再高，也要建立在地上，也要脚踏实地，不能是空中楼阁。再说，何为“位”呢？人立是也。是说，要有地位，必须把人立起来。把人立起来，即要把道德信仰、目标追求、人格立起来。这样，才会有位子。否则，位子与你无缘。就算侥幸得到了位子，第一，不会太高；第二，不会太久；第三，不会牢固。

孔子讲过“三十而立”的话。这个立，就是指个人的价值观、道德目标已经牢固地树立起来，不会被外力所动摇了。我们达不到圣人的水平，三十立不起来，四十、五十呢？起码要瞄准这个目标去努力才是。

2017年6月30日　丁酉年六月初七　星期五

感悟“做生意”

“做生意”这种说法很有意思，明明是在做买卖，为什么叫做生意呢？明明是想生利，为什么说是生意呢？其中大有深意。

首先，说出发点。生意，生意，生意从何升起呢？当然从心意升起。第二，说过程。买卖做好做不好，决定性的因素是什么呢？从始至终，决定性的因素是心意。第三，说归属点。做生意的目的当然为利益，但利益绝非仅仅是为了赚钱，也包括素质增进、境界提升和灵性追求等，还包括对社会所做的贡献。即《大学》上讲的“仁者以财发身，不仁者以身发财”，就是说，仁义的人，发财是为了修身，而不仁义的人，只知发财不管其他。

生意，意真诚了、正确了，自然就会生意兴隆。否则，只会是舍本逐末，断无做好生意之理。

下面，再讲讲这个“意”字。“意”字由立、曰、心三部分组成，“立”指的是身体，“曰”指的是语言，“心”指的是心意。一个生意的“意”字，身、口、心全具备了。故要做好生意，就必须心存善、口言善、身行善。如果能做到这一点的话，做的就是善业，善业就会有善报，怎么会做不好生意呢？

七月

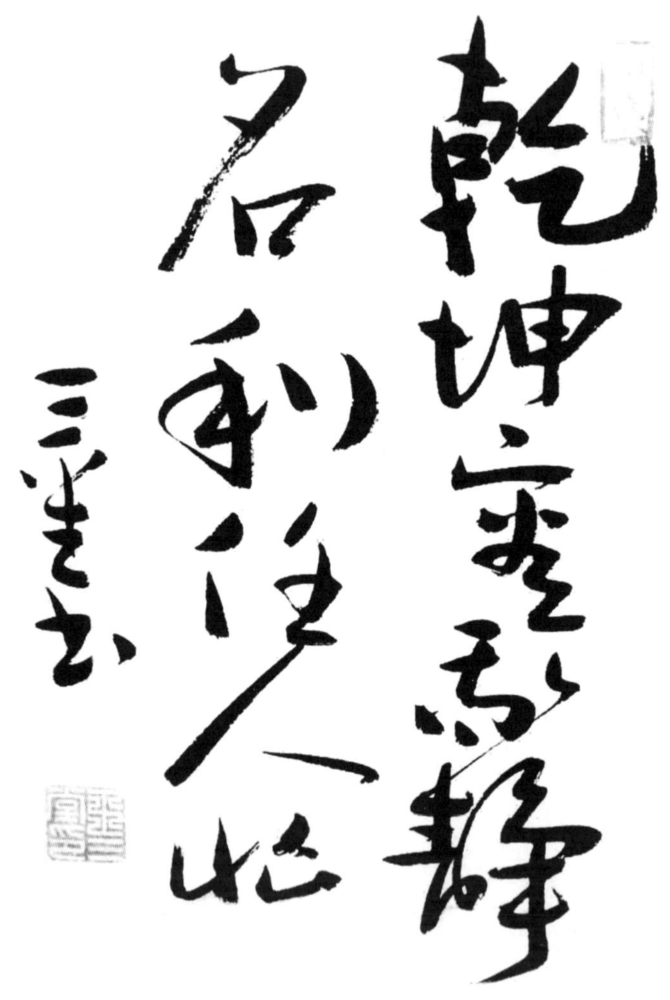

乾坤容我静，名利任人忙

2017年7月1日　丁酉年六月初八　星期六

没有什么了不起

字写得好、画绘得好，没有什么了不起；诗写得好、文章写得好，也没有什么了不起；就算事情做得好、政绩突出，还是没有什么了不起；有名有利有地位，仍然没有什么了不起。帝王的地位够高了吧，但在道家看来，“帝王之功，乃圣人之余事”。照这样说，圣人该了不起了吧，更不是。就拿孔圣人来说，他从来没有把自己当成圣人，他说：“若圣与仁，则吾岂敢。”他说自己是空空如也，说自己五十而学《易》才能没有大的过错。正因为他没有觉得自己了不起，别人才把他当圣人，才觉得他了不起。

常人不见得是至人，但至人却是常人。所以，还是平平常常做人为好。如果有一点特长，有一点成绩，别人忽悠你，你就觉得自己了不起了，那就是器宇太小。若觉得自己了不起了，那你便真的起不了了。

2017年7月2日　丁酉年六月初九　星期日

要把备胎准备好

开车上路一定要有备胎，因为有备无患。其他事情也一样，在向上冲的时候，一定要把退路准备好。并且应该有备选的第二、第三方案，这与汽车准备备胎的道理是一样的。

讲到这里，我突然想起了“闯”这个字。这个字蕴含着什么样的意思呢？第一，闯要有一马当先的精神，闯字中间是个马字嘛。第二，向上冲的路是艰难的，且有绊脚石，因为左上方有一点。第三，如果闯不上去的话，向下还有退路，就是说下面是有口的。破釜沉舟有时也不失为一种可取的方案，但那大都是在确无退路、万不得已的情况下采取的。

行事是如此，其他方面也充满着这样的例子。比如，人身体的许多器官都是成双成对的，这就是备胎。即使有些器官是单个的，当人一旦有病切除一部分的时候，不仅本身有再生功能，而且其所属系统和其他器官还有代偿作用。这些都是身体的自救功能和备选方案。

2017年7月3日　丁酉年六月初十　星期一

要知难而进

一般地讲，做好事都比较难。何以见得？请看日常说的一些话，比如说“好难听”“好难吃”“好难做”等等。这些话，有两重含义：第一是说这些事的困难程度比较大；第二是说凡是好的事都是很难的。不信你看，有讲“好难听”的，没有讲“坏难听”的；有讲“好难办”的，没有讲“坏难办”的等等。难听的话往往是好话，要听；难办的事往往是好事，要办；难吃的药往往是良药，要吃；难走的路往往是好路，要走。

毛主席说过“世上无难事，只要肯登攀”，俗话说“一勤天下无难事，一懒天下万事休”，讲的都是这个道理。“难能可贵”，越是难能的才越可贵。事难办，不要怕，一点一点去做，做着做着就不难了；工作很多，别着急，一件一件去做，做着做着就做好了。别畏难，别躲着难事儿走。要迎难而上，知难而进。不怕难的难一阵子，怕难的难一辈子。

2017年7月4日　丁酉年六月十一　星期二

你会休息吗

提出这个问题，大家会觉得奇怪，谁不会休息呢？其实未必。这个问题有两个方面：一是，你是只会忙忙碌碌地打消耗战呢，还是会劳逸结合呢？二是，所谓休息，你是只注重身体的休息呢，还是注重身心并重的休息呢？

先说第一个问题。不少人一味地强调加班加点，这些做法值得思考。因为这会使学习、思考、研究问题和提升自己的时间相应减少，从而会使可持续发展的能力受到影响。再说第二个问题。你休息的质量如何呢？这要从休息这两个字说起。“休”字由人和木组成。是说一个人累了，倚在树上就是休。什么意思呢？休息是要有好的生态的，是要与大自然融为一体才有好效果的。再进一步讲，自然有生态，社会、政治也有生态。要休息，就需要效法树木花草和自然生态，像它们一样生机勃勃。休息的“息”字由自和心组成。自心为息。真正的休息是要在自心上下功夫的，要让心平静和平和下来。息还有一层含义，即一呼一吸为息，即休息要在呼吸上下功夫，才能使休息效果好。按此标准衡量，我们真的会休息吗？

2017年7月5日　丁酉年六月十二　星期三

干部要增强抗“忽悠”能力

时下，爱忽悠人的人，是越来越多了。忽悠的对象嘛，肯定是领导干部居多。原因很简单：一是，有那么多的领导喜欢别人忽悠；二是，有那么多的人靠忽悠领导得到了好处。在这二者中，第一个是根本原因。那为什么有的领导喜欢被别人忽悠呢？这又有两个原因：一是不清醒。别人一忽悠就忘乎所以，不知道自己姓什么叫什么了。二是不自信。别人不忽悠就找不到当领导的感觉。这两者中第二个方面是主要的。试想一下，学富五车、满腹经纶的领导能不清醒吗？需要别人忽悠吗？故要提高抗忽悠能力，还是要在提高内在素质上下点实实在在的功夫。

当然，警觉还是要提高的，因为有些人的忽悠水平也在不断提高，手法也是不断变换的。我听到过这样一个故事，说的是某人升官了，赴任前去拜辞老领导。老领导问：“你准备好了吗？”该人说：“我准备了十顶高帽子送人。”老领导批评说：“你怎么能这样忽悠人呢？”该人说：“老领导啊，你不知道，当今的这些领导啊，像你这么不喜欢别人给戴高帽子的有多少呢？”老领导一听，说：“那倒是。”该人拜辞领导，出门即慨叹说：“销路不错嘛，已经送出去一顶了。”看来，这抗忽悠能力的提高还真不是个简单事儿。

2017年7月6日　丁酉年六月十三　星期四

避名如避祸

司马迁在《史记》中说："天下熙熙，皆为利来。天下攘攘，皆为利往。"这足以说明名利对世人巨大的、普遍的诱惑性。名利，说到底为名也是为利。对一般人来讲，对名利的向往只有程度和谋取方式的不同。名是与实相对的。名与实相副的程度，决定了人的境界和对祸福的避趋。名实相副的是正常情况，实胜于名的会得福，名不副实或有名无实的迟早会招祸。古语云"君子爱财，取之有道"，那我们也可以说，君子爱名也是取之有道的。想要名吗？那就请你好好做人、好好做事，做好了迟早会实至名归的。有名无实，肯定会图虚名招实祸。

再进一步讲，修到更高的层次，就算把人和事做得很好了，也未必要图名。做一件好事，不图名不图利，积的是阴德。阴德会报在长远，报在子孙。如果图名图利，那就当下回报了，回报了就没有了，这是阳德。俗话说"人怕出名猪怕壮"，猪壮了会挨宰，人出名了会遭谤，名愈高而谤愈烈。智者不仅不会去做图虚名招实祸的事儿，而且应该有"避名如避祸"的精神。

2017年7月7日　丁酉年六月十四　星期五

传统文化是宝藏

中华优秀传统文化是取之不尽、用之不竭的宝藏，中国几千年的智慧全在里面。若信、若学、若践行，就等于把你几十年的人生与几千年中华智慧宝库的源泉接通了。

传统文化是宝藏，真信，必会看到更好的世界。

传统文化是宝藏，真学，必会得到更好的收获。

传统文化是宝藏，真践行，必会得到更好的命运。

信要真信，学要真学，行要真行，这样才会有真效。“信、学、行”是永无止境的。信得越深，学得越好，行得越久，收获就越大，层次就越高。认真去践行，这些传统文化会潜移默化地影响你的生活、工作和修为，影响你的家庭、亲属和所有与你有关系的人，会让大家都变得灵光起来、智慧起来。

2017年7月8日　丁酉年六月十五　星期六

关于唠叨的话题

爱唠叨的人总有唠叨的理由，即“因为我是为他们好，所以唠叨”。这种想法可以理解。但要想一想，唠叨有用吗？其实没什么用。

凡事讲个因缘。因缘成熟了，一句顶一万句；因缘不成熟，一万句不顶一句。别说成人，就是稍微大一点的孩子，也不会不知道什么是对、什么是错，何必反反复复去说呢？当然，作为亲属或者是孩子，如果遇到爱唠叨的长辈或者是父母，也应给予理解，因为他真的是为你好。千万不要烦父母，更不能顶撞父母。

由此想到我小时候父母对我的态度。他们固然教育我，有时也批评我，甚至打我、骂我，但他们对我是民主的、放手的，不唠叨、不干预我。我上学的时候，父母从没有说过你要好好读书，但我还是好好读书了；参加工作后，父母从没有说过你要好好工作，但我还是好好工作了；小时候上山砍柴，经常有出危险的情况，但父母从来没有说过你要注意安全的话，但我还是很注意安全的。我不是说父母对我的这种方式适合于一切孩子，也不是说父母任何时候、任何情况下都不要嘱咐孩子。但我父母的这种方式对我是有用的。因为，我再愚钝也不至于不知道人应该好好学习、好好工作和注意安全。

父母教给我的是什么呢？是身教重于言教，是好好做人、好好做事的良好德性。我受益的是他们为我们积下的福德和传承下来的良好家风。

2017年7月9日　丁酉年六月十六　星期日

行善积德，是对子女最好的关心

没有不关心子女的父母，但并非所有的父母都知道如何是对子女最好的关心。父母一般都认为，给子女找好学校、好工作，为子女积攒钱财就是关心。没错，这是关心，也的确很重要，但却不是最重要的。须知，有了好学校、好工作，他未必好好学、好好干，有了钱财他未必会去珍惜。如果他不珍惜或曰是个败家子，给他的钱越多就越是一场灾难。林则徐说过："子孙若如我，留钱做什么？贤而多财，则损其志；子孙不如我，留钱做什么？愚而多财，益增其过。"此乃至理名言。

那什么才是对子女最好的关心呢？我们来看一看两千多年前，备受世人尊崇的孔圣人祖上是如何做的。孔子的姥姥家当年为什么要把大女儿四十多岁的孔子的父亲叔梁纥选为女婿呢？因为他们知道孔子祖上积了大德，知道他家必出超世圣人。孔子祖上不仅世代为贵族功臣，更重要的是其行善积德，举世闻名。何止这些呢？他祖上谦卑有加、勤俭节约的精神更是无与伦比的。他的祖上曾在家庙的鼎上铸名训如下："一命而偻，再命而伛，三命而俯。循墙而走，亦莫余敢侮。饘于是，粥于是，以糊余口。"意思是说，每逢有任命提拔时都越来越谨慎，一次提拔要低着头，再次提拔要曲背，三次提拔要弯腰，连走路都靠墙走。生活中只要有这只鼎煮粥糊口就可以了。

须知，祖上是树根，后代是树干、树叶、花果。根深根壮，树自然长得好，而根要坏了，树能长得好吗？根如何能扎牢呢？最重要的是把地搞肥沃，把土培厚，这是靠祖祖辈辈行善积德才能做到的，这才是对子女、对后代最好的关心。

2017年7月10日　丁酉年六月十七　星期一

不要怨天尤人

如何能够把心安定下来呢？很重要的一个方面是，不要怨天尤人。

怨天尤人，第一是不应该的，第二是毫无作用的。为什么呢？首先，世界上没有无缘无故的事情。凡是你遇到的事情都是有因缘的，怨天尤人就是不明道理。再说，怨有用吗？没用。没用的事情为什么还去做呢？那不是犯傻吗？不如意的事情来了，第一是坦然面对，第二是反省自己，改进自己。如此而已。孔子说过："不怨天，不尤人，下学而上达，知我者其天乎？"这是多么达观智慧的态度啊。

2017年7月11日　丁酉年六月十八　星期二

尽量莫做后悔事

难受的事情很多，其中之一就是后悔。后悔的难受不仅在于程度往往很重，正如俗话说的"把肠子都悔青了"，还在于它一旦发生就追悔莫及，因为世界上没有卖后悔药的。因此，凡事要考虑好，尽量莫做后悔事，尤其是在大的方面更要注意。

最值得注意的事情是什么呢，我简列以下几点：父母在世时一定要尽孝，免得后悔；子女小的时候一定要好好教育，免得后悔；年轻的时候一定要好好学习，积极上进，免得后悔；遇到做善事的因缘千万别错过，免得后悔；有了工作岗位千万要敬业尽职，免得后悔；有人做错事了该提醒的一定要提醒，免得后悔；有人倒霉了该关心的一定要关心，免得后悔；一生当中一定要堂堂正正、清清白白地做人，免得后悔。

后悔，悔都在事后。如果事前好好想想，谨慎一点，在助人上该出手时就出手，在索取上该收手时就收手，这样，后悔就会大大减少，这样，到你谢幕的时候会坦然地说：“我人生无悔。”

2017年7月12日　丁酉年六月十九　星期三

多做些扬眉吐气的动作

扬眉吐气，是形容人高兴痛快的样子。这种状态是人人向往的，但扬眉吐气的时候似乎并不是太多。那有没有弥补这些缺憾的办法呢？有。就是别总是受外界环境的影响，有了高兴事情的时候才去扬眉吐气，而要自己多做些扬眉吐气的动作。

怎么扬眉呢？这有点像气功讲的“展慧中”的动作，就是让自己的眉毛向上扬，把眉打开，做眉开眼笑的动作。按照李谨伯先生讲，只要长期地做这个动作，天长日久会习惯成自然，就可以接到人气了，心情也就更加舒畅了。至于说吐气嘛，就是要深呼吸，把肺部、腹部的废气、污浊之气全都吐出来，这样才能把新鲜空气吸进来。吐气要尽量地吐尽，只有吐尽了才能吸足。这样练得时间长了，可以使呼吸“深、长、柔、缓”，这对保持积极的心态和身体的健康都是十分有利的。

2017年7月13日　丁酉年六月二十　星期四

听到有人说你坏话时

一般地说，人在当面总是会说许多好听的话，而在背后总免不了说人的坏话。谁人背后无人说，哪个人前不说人嘛。

听到有人背后说坏话的时候，一般人肯定是三种反应：第一，生气；第二，找理由辩解；第三，找对方的缺点进行还击。这样做不仅于事无补，而且可能会把事情搞得越来越糟。

那应该怎么做呢？不妨用以下心态和对策处之：第一，自己本来有不好，人家说说有什么不可以？第二，就算他说的事情不存在，提醒你一下有什么不好？第三，你听到的只是说你坏话的很少的一部分，没听见的多着呢，你生气能生得过来吗？第四，就算他是别有用心的，那也犯不着用别人的错误惩罚自己啊。第五，你看开了不计较他了，甚至感谢他了，那对你的性子不是一种磨炼吗？修养水平不就提高了吗？

当然，以上是就一般情况讲的，我不是说在一切情况下都做无原则的忍让。比如，对恶意中伤陷害者，应当举报，应当与其交涉，这当另作别论。

2017年7月14日　丁酉年六月廿一　星期五

可悲的事情

世界上很可悲的事情，就是认为自己比他人好；更可悲的事情，就是总想把他人改变成和自己一样好；比这还可悲的事情，就是改变不了他人自己就生烦恼。

其实，自己远没有自己认为的那么好。因此，应把主要精力用在改变自己上。其次，千万别设想去改变他人，因为他人很难改变，也没有人愿意接受他人的改变。更重要的是能否影响和改变他人，在于因缘和综合条件的具备。人家改变了那是人家愿意改变，是条件成熟了，与你没有多大关系。人家没有改变那是条件不具备。在这样的条件下，你要生气非但于事无补，还会既伤害别人又伤害自己。

2017年7月15日　丁酉年六月廿二　星期六

古圣先贤，从不自以为师

听了我的上一讲，有人说："我看，未必吧。古圣先贤不也是在诲人不倦地教育人吗？"我说，不是那样的。

第一，古圣先贤从来没有觉得自己比别人好。比如孔子，他就否认自己是圣人，认为自己空空如也。

第二，古圣先贤从来没有想去改变别人，不会做上门买卖去教育人，反而认为“人之患在好为人师”。弟子虚心请教，就随时给你讲，要不请教，是不会主动给你讲的。所以，大部分的经典都是问答体的。就是讲的这些内容，他们也没有强求你一定要照办。佛陀讲经 49 年，说法 300 多回，最后他说自己没有说过一个字，若有人说佛陀有所说法，即为谤佛。

第三，古圣先贤从来没有因为别人不听自己的教诲而去生气烦恼。认为，你问，我就讲；你不问，我就不讲。或者说，机缘成熟了，我就讲；机缘不成熟，我就不讲。你听我的，我不会欢喜；你不听我的，我也不会生烦恼。他们在任何时候都是清清净净、如如不动的。

古圣先贤的智慧福德几近圆满，都是如此之谦逊清净的态度，我们哪有资格自以为是呢？我们不在自己身上下功夫，而老想去改变别人，不是把劲儿使反了吗？别人不听自己的，自己就生烦恼，这不是缺乏智慧吗？

2017年7月16日　丁酉年六月廿三　星期日

什么叫有福气

有福气不见得是吃得好，而是吃什么都津津有味；

有福气不见得是穿得好，而是穿什么都潇潇洒洒；

有福气不见得是听好听的，而是听什么都悦耳动听；

有福气不见得是看好看的，而是看什么都赏心悦目；

有福气不见得是事事顺利，而是能以清净心面对一切；

有福气不见得是有名利地位，而是问心无愧地做人做事。

有福气者绝不仅仅追求物质享受，而是重在追求精神提升。追求物质享受的所谓福气，福气之后是堕落空虚；追求精神提升的福气，福气过后是更大的福气。

2017年7月17日　丁酉年六月廿四　星期一

学富五车与才高八斗

纵然学富五车，若不去践行，不与自己的生活、生命发生关联，也无异于书橱，于己于人意义不大；纵然才高八斗，若不以德性统御，则有可能如泛滥之洪水，足以损己损人。

就算学富五车，尚有六车、七车，永无止境。但若学一点、做一点做到极处可以一通百通。就算才高八斗，尚有九斗、十斗，天上有天。但若道德品行做到圆满，自然无量无边。

说到做到、知行合一，方为实学问；德才兼备、为国为民，才是真君子。

2017年7月18日　丁酉年六月廿五　星期二

自己该怎么做就怎么做，别人爱怎么说就怎么说

你这么做，他那么说；你那么做，他这么说。你干，他说；你不干，他更说。你干好了，他说“早该如此”；你干砸了，他

说“早知如此，说他也不听”。应该采取什么态度呢？应该是自己该怎么做就怎么做，他人爱怎么说就怎么说。请注意，前提是“做应该做的事情”。什么是应该做的事情呢？要按天理良心，问心无愧地去做。做了就好了，至于别人说什么，与我无关。

一个人只有一双手，但众人有无数张口。想用一双手捂住无数张口，不但捂不住，还耽误自己干活。别管他的口，只管自己的手。真的干好了，历史自有公论，群众自有公论。其实，公论不公论也是见仁见智的。从前有一位画家想画出一幅人人都喜欢的画。经过精心工作，把画好的作品拿到市场上，在画旁放了一支笔，附上一则说明，说：“亲爱的朋友，请把你认为这幅画的欠佳之笔标出来。”晚上，画家发现，整个画面都做了标记。他的心情十分不快，于是决定换一种方式试试。他又画了一幅画，要求观赏者把最为欣赏的地方做上标记。结果，上次被指责的地方，这次都画上了赞美的标记。画家不无感慨地说：“无论你怎么做，总会有人说好，有人说不好。”那应该怎么办呢？还是那句老话：“走自己的路，让别人说去吧。”

2017年7月19日　丁酉年六月廿六　星期三

进　与　退

到底是进好还是退好呢？这要具体情况具体分析。知难而进，勇者也，知难而退，智者也。明知山有虎，偏向虎山行，勇气固然可嘉，但须有打虎的本领。否则，无疑是给老虎送肉吃。

“退”字由“艮”和“走”组成。艮是山，遇到不可攀越的大山就应该退出来，寻找绕过去的道路。唐朝大文豪韩愈，字退之，大概也有这个意思吧。

《红楼梦》上有一副对联：“身后有余忘缩手，眼前无路想回头。”此联告诉我们，你在向前走、向上攀的时候，应该把退路准备好，免得回头时无路可走。《道德经》上讲：“功成名遂身退，天之道也。”势不可使尽，福不可享尽。见好就收，为人知足，是智慧之举，是天之道也。

天在春夏的时候生成万物，在秋天的时候收获万物。但到了冬天就“身退”了，就藏起来了。这是为了积蓄力量，为来年的事情做准备工作。

2017年7月20日　丁酉年六月廿七　星期四

明理讲理，但别认死理

明理的人，自己活得幸福，也给所有与其打交道的人带来幸福；不明理的人，自己活得很痛苦，也给所有与其打交道的人带来痛苦。

有的人明理也讲理，但有些认死理，这也会活得很痛苦。须知，事是死的，理是活的。宋儒程颐说：“散之在理则有万殊，统之在道则无二致。”意思是说“道”这个宇宙的基本规律是不会改变的，但“理”却千差万别。比如说，理有大道理、小道理，硬道理、软道理，甚或“公说公有理，婆说婆有理”。这些理，在某个角度来看，确确实实都有一定道理。再说，理不仅是不断发展变化的，而且是因时因地而异的。若把自己一时所认准的理看作是唯一不变的正确的理，把他认死了，进而非要让其他人也认可你的理，那是非碰钉子不可的，是会给自己和他人招致痛苦的。

2017年7月21日　丁酉年六月廿八　星期五

感悟“孝”“教”两个字

“孝”字是由“老”字的上半部分，加上下面的“子”字组成的。上面代表老人、父母，下面代表子女，象征着了女是父母的传承，子女理应恭敬父母的意思。“教”字是由“孝”字和“文”字组成的。本义是什么呢？即教是关于孝的文化，教化人主要是教人行孝。如果不孝顺就是基础的教育没有做好，就是没有教养。

孝顺，孝着孝着你就笑了，不仅你笑了，你的家庭子女就都笑了。孝顺，孝着孝着你就顺了，不仅你顺了，你的家庭子女也都顺了。

《中庸》上讲“修道之谓教”，是说教育就是修道。教育不要停留在口头上，而要落实在行动上，落实在修道上。修什么道呢？一个重要方面就是修孝道。

2017年7月22日　丁酉年六月廿九　星期六

好人与坏人

好人往往不知道坏人有多么坏，坏人往往不知道好人有多么好。好人往往认为，别人也与自己一样好。坏人也往往认为，别人也与自己一样坏。

好人往往会想，做好人多好啊，为什么有些人不做好人呢？坏人往往会想，做好人多吃亏啊，有些人为什么要做好人呢？好人受人尊敬了，他会想，这有什么了不起啊，本来如此嘛。坏人受人批评了，他会想，真讨厌，怎么会有这么多人和我过不去呢？

好人没有得到好报，他会从自己身上找原因，说："是我自己做得不够好。"坏人没有受到惩罚，他会侥幸和沾沾自喜："你看我多有能耐啊。"好人得善报了，他会加倍努力做好人。坏人得恶报了，他会怨天尤人，抱怨社会不公。

有些好人好得不够坚定，当看到好人不得好报时，他会犹豫。有些坏人坏得还不太严重，在他屡屡碰壁的时候会转而学做好人。

我劝世人，做好人便坚定不移地做好人，并非是因为想得到好报才做好人。不做坏人就不做坏人，并非是为了怕受到恶报才不做坏人。尽管我们坚信，"天道无亲，恒与善人"，但是绝不能仅凭善良的愿望去等待。我们不仅自己要做好人，还要教化更多的坏人能够转变成好人。必要的时候，要与坏人作斗争。因为只靠教化，有时候对有些人是不起作用的。这就需要辅之以行政的惩罚和良好的机制，以及技术手段的应用。这样多管齐下，好人必会越来越多，坏人必会越来越少。

2017年7月23日　丁酉年闰六月初一　星期日

一体同观

“妻贤夫祸少，子孝父平安”，此言不谬。但不仅如此，不仅妻贤可以夫祸少，夫善也可以妻祸少。不仅子孝父平安，父慈也可以子平安。在根本上说，父子、夫妻是一体的。父子自不必说，就是夫妻之间，虽无血缘关系，但在某种意义上讲，更是一体的。在《圣经》上讲，女人是由男人的一根肋骨做成的，男女一旦结婚就成为一体了，就合二为一了，不能轻易离弃。何止形式上不能离弃呢？在精神上、道义上也应该一生负责，融洽相处。

我们做任何事情都应该想一想父母，想一想子女，想一想丈夫（妻子），想一想兄弟姐妹。凡是他们希望自己做的，就去做；凡是他们不希望自己去做的，就不去做。凡是能为他们增光的，就去做；凡是会给他们抹黑的，就不去做。帮助了他们就是帮助了自己，伤害了他们也就伤害了自己，因为大家是一体的。

在儒家文化里，人与人是一体的；在道家文化里，人与自然是一体的；在释家文化里，众生是一体的；在《易经》文化里，天人是一体的。如果我们有了这种博大的胸怀和视野，就会活得很豁达、很自在。

2017年7月24日　丁酉年闰六月初二　星期一

传统文化是一个整体

中华传统文化说到底，是由儒释道为主，其他文化融汇而成的文化形态。就是说，中华传统文化是一个系统、一个整体。学习传统文化尽管不可能面面俱到，但也不能把它割裂开来，肯定一个方面而否定另一个方面。

在这方面，有些人的认识是有偏差的。比如说，在儒释道三种文化形态中，往往重视学术文化层面的传统文化，而忽视宗教层面的传统文化。在学术文化层面，往往重视儒家、道家文化，忽视释家文化。在儒道文化中，往往重视儒家文化而忽视道家文化等等。这样，层层递减下来，他们所认为的传统文化就很难称为完整的传统文化了。

作为一个学者或者是领导干部，可以不信道教，但不可以不了解道家文化；可以不信佛教，但不可以不了解佛家文化。正像可以不信基督教，但了解一点基督教文化是必要的。亦如我们反对资本主义，但了解资本主义文化不仅有益无害而且大有必要一样。不要认为，谁看了几本佛书、讲讲释家文化就认为他是信佛，更不能看谁在读《道德经》就认为他是道教徒了。这就好像有人读了几本马克思的书就认为他是马克思主义者了，读了几遍党章就认为他一定是共产党员了一样荒诞不经。有这种思维方式的人怎么能学好传统文化呢？

2017年7月25日　丁酉年闰六月初三　星期二

什么叫好话

一般地讲，好话应该好听，但好听的不一定就是好话，甚至可能是坏话。好话应该和颜悦色地说，但和颜悦色说的也并不都是好话，说不定是坏话。

那什么是好话呢？好话不是想说什么就说什么，也不是需要说什么就说什么，而是应该说什么就说什么。想说什么就说什么的人，不够成熟；需要说什么就说什么的人，是滑头；该说什么说什么的人，是实事求是说话的人，是负责任说话的人。比如说，好就说好，不好就说不好。如果实在是不好，宁可不说话也不说好。该赞成就赞成，该反对就反对，如果实在不方便反对的话，宁可不说话也不去赞成。就是说，能说真话就说真话，无法说真话，宁可不说话也别说假话。

说到底，说的是不是好话，关键看是不是诚心诚意地为对方好，是不是深入地了解了情况、把握了契机后说的话。能做到这一点，刺耳的话、批评的话甚至骂人的话都是好话。否则，悦耳动听、花言巧语的话也不是好话。当然，在这个基础上，有话好好说，注意方式方法地去说，效果会更好，也是自身素养的一种展示。

2017年7月26日　丁酉年闰六月初四　星期三

本然如此

道家讲："人法地，地法天，天法道，道法自然。"所谓"道法自然"，不是说道之上还有个自然，这个自然也不是指的自然界的自然，而是指自然而然的本然状态。

宇宙是如此，社会是如此，人生也是如此。在这里我们不说宇宙社会，可简单讲讲人生的道理。比如说，人应该效法自然，应有容人之量，此量是应该效法虚空法界的，是无所不容的。如果说小的能容，大的容不了，易的能容，难的容不了，这便不好。再则，容便容了，自然而然，不要这个事本来难容，自己强迫自己勉强去容，这便不是本然如此了。还有，容便容了，没有什么了不起，不是因为想让别人赞美，或是怕别人嘲笑自己肚量小而去容，一切本然如此。

容人如此，助人也如此；行善积德如此，学习工作亦如此。一切自自然然，一派本然如此的状态，这样便活得很洒脱自在。存好心便存好心，本然如此；说好话便说好话，本然如此；为好事便为好事，本然如此；做好人便做好人，本然如此。春天的鸟语花香，夏天的莺飞草长，秋天的累累硕果，冬天的万物闭藏，本然如此。

不要把幸福建立在外界环境和物质享受上，因为这些是靠不住的。也不要把幸福建立在别人的赐予上，因为这也是靠不住的。幸福应该建立在自己内心的强大和平静上，建立在本然如此的心态上。

2017年7月27日　丁酉年闰六月初五　星期四

莫使自己受污染

不正当手段得到的财物叫赃物，不正当手段得到的款项叫赃款，不正当手段得到的官位叫赃官，不正当手段得到的名誉叫臭名。以上这些东西是脏的、臭的，会遭人嗤之以鼻。靠不正当手段，即使得到的官位再高，得到的钱财再多，也是不牢靠的，最终会失去。不是现在失去就是将来失去，而且会加倍地偿还，自己还不完子孙接着还。这是宇宙规律，不会错的。

辛辛苦苦得来的钱财是干净的钱财，堂堂正正得来的名誉地位是清官清名。即使钱财再少，官位再低，也是干净的，会受人敬重，最终会积少成多、积低成高。善报不见得都在当下，也会在将来；不见得全在自身，也会在子孙。人生是一场永无止境的连续剧，演的时间越长，就会看得越明白。劝君要做清白人，莫使自身受污染，这样会使自己连续剧的剧情一集比一集更精彩。

2017年7月28日　丁酉年闰六月初六　星期五

最终都去了该去的地方

人人都想去向往的地方，但最终都去了该去的地方。人人都怕下地狱，没有人不想上天堂，但最终还是有的人下了地狱，有的人上了天堂。

下地狱不是因为魔鬼的蛊惑，上天堂也不是因为上帝的犒赏。上天堂是因为行善积德，下地狱是因为作恶遭殃。这要看你该不该，不是看你想不想。

害怕不想去的地方，那就别去胡作非为。向往想去的地方，那就去积累福德资粮。

2017年7月29日　丁酉年闰六月初七　星期六

说　事　儿

为人总要做事儿。事有大事、小事，好事、坏事等等。能做大事就做大事，即使做不了大事，也可做点小事；能做好事就做好事，即使做不了好事，也别做坏事。没事别找事，有事要做事，遇事别怕事，和事别挑事。

有的事没人做，有的人没事做。没事做的人无事生非，往往去找做事人的事儿，使做事的人无法好好做事。领导者的任务，就是让没事做的人去做没人做的事，使他们别去找有事做的人的事儿。对于有事儿做并且把事儿做好的人，应该给予奖励。对于不做事还找事、无事生非的人应给予惩罚。这样，无事做的人和无人做的事会大大减少，好好做人、好好做事的人会大大地增加。

2017年7月30日　丁酉年闰六月初八　星期日

请开通正能量的号码

我们常讲宇宙，宇是空间，宙是时间。宇宙在空间上是无边无际的，在时间上是无始无终的。在无边无际的空间中，存在着无边无量的大小星系，在无始无终的时间里，在向人类、在向我们每一个人发射着光和能，或称为信息。进一步讲，在我们的身上，存在着与他们无二的结构和信息。现在，科技发达了，在我们的太空中还有着很多人造卫星，有无数的电台、电视台、手机等信息信号充斥在空间里，密集地、错综复杂又有条不紊地运行着。在这无数的信息中，与我们发生直接的、能感觉到的有关联的信息微乎其微。再进一步讲，世界上有几十亿人，相当多的人拥有手机，在发短信、发微信、打电话等。那么多人有手机，但与你有联系的就那么有限的一些人。有那么多宗教信仰的神灵，你信仰的可能也就那么几位。有那么多的文化典籍，但对你产生重大影响的可能也就那么几部。为什么呢？形象地说，因为你存着他的电话号码，你有他的微信号，与他们有沟通的方式。你相信他们，经常与他们建立联系，建立友谊，所以关键时刻，他就可能帮助你。

可见，真诚地信仰什么理想，真诚地读点什么书，真诚地交些什么样的朋友，换句话说，你开通和接通什么样的电话号码，加上谁的微信号，与谁建立友谊关系，是非常重要的。既然如此，为什么不开通正能量的渠道，为什么不接受正能量的信息呢。

2017年7月31日　丁酉年闰六月初九　星期一

从字、词感悟水的重要性

想"清清净净""潇潇洒洒""活活泼泼"吗？这些都离不开水。因为这些字都有水字旁，而且这些水都是干净的水。干净的"净"字怎么写呢？由两点水和争斗的争组成。有水则净，无水则争。未来，最大的争斗可能因水而起。"活"字也能说明这个问题，有水则活，无水则舌，就是说如果没有水就要发生口舌之争了。再说，就是"凑合""混日"，没水也是不行的。水亏为污，水杂为染，水里如果有虫的话则视为浊，那就更不得了了。

水是生命之源，地球上百分之七十以上的面积是水，人体的百分之七十以上是水分，这些都是对应的，天人合一嘛。而现在地球上的水，不仅地表水，而且有些地方的地下水也减少了，也污染了。这样下去，人类能有好吗？不可能的。按五行相属来说，人体的肝心脾肺肾，肾属水，而肾是先天之本。水是地球的肾，现在很多地方，有水皆污，无河不干，甚至已经影响到了江河湖及近海。这怎么得了呢？如果地球之肾出了问题，地球的总体情况能不堪忧吗？

有人说，我们若再不重视生态环境，再不注意节水和水环境保护，那么最后一滴水将是人类的眼泪。这话绝非危言耸听。人有忧患意识很重要。生态和环境问题则是关系全人类生死存亡的大问题，应该忧患。生态环境问题需要做的事情很多，其中一个重要方面是水环境保护和水资源的节约。为了自己也为了子孙后代，为了国家也为了全人类，请从自己做起，从当下做起，好好地节水吧，好好地节约资源、保护环境吧。

八月

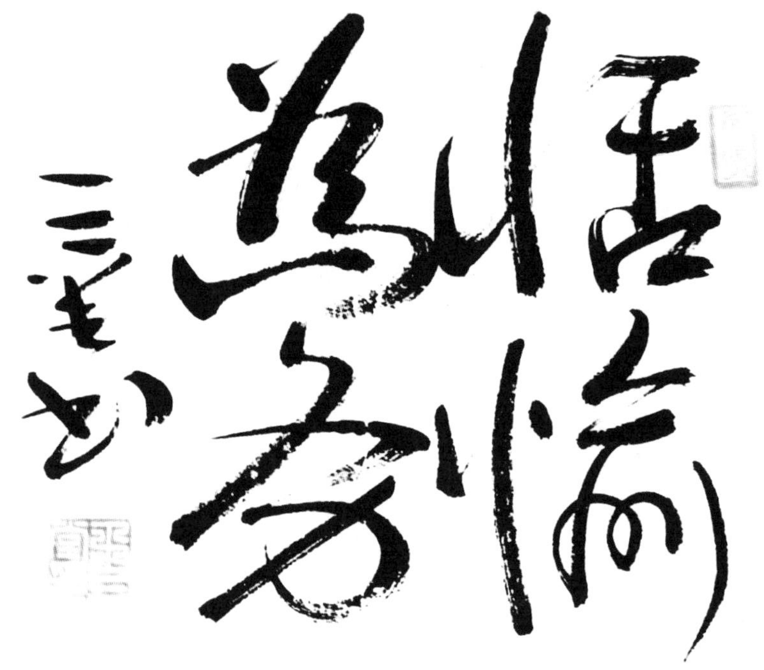

恬愉为务

2017年8月1日　丁酉年闰六月初十　星期二

从身体悟道理

中国传统文化讲“身国同构”“治国如治身”，是说，人的身体与国家的结构及运行规律是无二无别的。如果能把保养身体这件事做到极致的话，那么也就掌握了治理国家的基本道理。

如果细想，身体器官的造化是蕴含着许多大道理的。比如说，为什么人有一个脑袋一个心脏呢？是让你聚精会神、一心一意地做人做事。为什么人有一张口呢？是让你少说话，不说二话，不两舌。为什么人有两只眼睛、两个耳朵呢？是让你多看，全面地看，不要顾此失彼；多听，兼听则明，不要偏听偏信。为什么人有两只手、两条腿呢？就是让你多干活，两手抓，多走路，多深入下去。两只手、两条腿还有一个意义是，这样必定是一前一后、一出一入，一阴一阳，这样才能平衡，才合于道。

就此话题说下去，万物皆平衡，万物皆阴阳。《易经》讲“一阴一阳之谓道”。阴盛阳衰与阳盛阴衰都不好，阴阳平衡才是好的。大自然在人体的造化上与宇宙一样，是无处不体现阴阳平衡的大道理的。

举例来说，两只手，左手是阳，右手是阴，是一个平衡。一只手上五根手指，这个“五”是阳。两只手十根手指，这个“十”是阴，也是平衡。一只手上五根手指，大拇指是阳，其余四根手指是阴，又是一个平衡。大拇指属阳，但它有两个指节，又属阴，这是阳中有阴。其余四指属阴，但都有三个指节，又属阳，这是阴中有阳。类似的还有很多，真的是奇妙无比。

“处处留心皆学问”，“处处思悟皆道理”。既要思悟外在的东西，也要思悟我们自身。

2017年8月2日　丁酉年闰六月十一　星期三

办法困难一样多

过去流行过一句话：“只要思想不滑坡，办法总比困难多。”此话有道理，但也不尽然。有困难固然有办法，但解决了既有困难，新的困难就又会出现在面前，这是一个永无止境的过程。所以，很难说办法与困难谁多谁少，可以说是一样多。

南宋诗人杨万里有诗曰：“莫言下岭便无难，赚得行人空喜欢。正入万山圈子里，一山放过一山拦。”此诗可谓对人生哲理悟解得彻底。但我们还是有理由相信，虽然“一山放过一山拦”，但最终还是会“过了一山又一山”的，不是还有句话叫作“没有过不去的火焰山”吗？我们遇到困难的时候，时常会垂头丧气、一筹莫展，其实大可不必。因为任何时候、任何情况下，总会有办法的，不是这种办法就是那种办法。愚公移山困难够大吧，但是愚公却很乐观，慢慢地一点一点挖呗。就算一时无法解决，放一放、拖一拖也是一种办法，这总比气急败坏要好。

还有一种人总在想，克服了这个困难以后就一帆风顺了。其实这是根本不可能的。克服了小困难，说不定更大的困难在等着你呢。只要你在生存，在生活，在向前发展，在向上提升，就总会有困难和问题。再说，就算你不前进、不提升就没困难了吗？根本不是的，那样可能会积累更大的困难和更多的问题。

正确的态度应该是什么样子的呢？应该是不要盲目乐观，也不要消极悲观。要不急不躁、不屈不挠，以平常心面对和处置一切，这样在不知不觉中境界提升了，困难也就一个一个地化解了。大道自然，自然化生万物不是用的这个办法吗？孔子曰：“天何言哉？四时行焉，百物生焉。”请看，这是何等潇洒智慧的胸怀啊！

2017年8月3日　丁酉年闰六月十二　星期四

你会越来越好

读什么样的书，就会成为书中那样的人；找什么样的老师，就会成为老师那样的人；与什么人同行，就会成为同行者那样的人；与什么样的人为友，就会成为朋友那样的人。更重要的是，起什么念，说什么话，做什么事，就成为什么样的人。有人说，一个人的素质是与其关系最好的五个人的平均素质。此话有意思。

还有人说，你想成为什么样的人，就成了什么样的人。因此说，管好你的心念，管好你的口，管好你的手，选好书，选好老师，选好朋友，选好同行者，那么路会越走越宽，越来越好。

2017年8月4日　丁酉年闰六月十三　星期五

把没用的事情，降到最低限度

老子《道德经》中有一句话说“治人事天莫若啬”，“啬”

是节俭的意思。意思是说，治理百姓和保养身心没有比爱惜精神更为重要的了。此乃至理名言。

如果真的按此话去做了，你的事业、身体不可能不好。换句话说，人的许多方面不够理想，都与没做到这点有关系。不信吗？举例说明：你起了那么多的想法，有用的有多少？你说了那么多的话，有用的有几句？你做了那么多的事情，有用的有几件？恐怕不多。若你是个领导，你开了那么多的会，讲了那么多的话，发了那么多的文件，管用的又有多少呢？恐怕不太多。

当然，不可能我们每个想法、每句话、每个行动都有用，但把没用的事情降到最低限度，是应该努力去争取的。在这方面，我们应该向上天学习。上天不做任何无用的事情，他规规矩矩、按部就班地去做，所以能天长日久，所以能化生万物。

2017年8月5日　丁酉年闰六月十四　星期六

为何不听圣人言

前几年，一位刚刚履新的县委书记找到我，向我求教如何做好县委书记。我说：“虽然我也任过县委书记，但也做得不够好，很难讲出什么来。这样吧，我们学习一段圣人的教诲吧。”他说：“好。”我说道：“《论语》载，子夏为莒父宰，问政，‘子曰：无欲速，无见小利；欲速则不达；见小利则大事不成。’”说的是孔子的弟子子夏在鲁国做了官，有一天回来向孔子请教，孔子说：做事不要急于求成，不要只看眼前利益。如果一味地求快，结果反而达不到目的，贪图小利就成不了大事。

当时他听得还是认真的，但没想到的是，过后不久，他就在急于求成和贪图私利上出了事，被查，锒铛入狱了。再后来又听说他得了重病。说实话，当时我的心里很不好受，一是感到有些意外，第二是感到很痛心。在我的印象中，他是个聪明人，也是个有能力的人。现在回想起来，当时学习圣人这段话的时候，他没有听进去。何止他呢，许多人学习传统文化，根本没有与自己的工作、思想、生活结合起来，所以也不会有真实受益。

学习传统文化，学习圣人的教诲，不在多而在精，不在说而在做。如果你把这一条圣人的教诲知行合一，真的去做了，那么，第一，不会犯错误；第二，会是一个好干部。

2017年8月6日　丁酉年闰六月十五　星期日

不要讳疾忌医

脸上有了脏东西，自己看不见，别人提醒一下，把他去掉了，你会感谢对方的提醒。

身体上有了病，自己不知道，医生查出来了，为你治疗，在这样的情况下，不仅很少有讳疾忌医的，还会感谢医生。

思想上有了脏东西，做人上有了毛病，自己不知道。这个时候，他人尤其是明眼人，则看得一清二楚。人家提醒你并指出改正的方法，在这个时候许多人会抵触，就是说会“讳疾忌医”。照此下去，不仅会出丑，思想上的病情会加重，而且还可能导致身体上的疾病。不仅会导致身体上出问题，还会导致政治上出问题。这怎么能不引起高度重视呢？

2017年8月7日　丁酉年闰六月十六　星期一

请珍惜自己的磨刀石

磨刀，当然要有磨刀石。磨刀石，首先，肯定是硬的，是耐磨的。第二，应是粗涩的，摩擦力大的。用一块玻璃板当磨刀石，当然不行。刀要磨好，除了选好磨刀石之外，刀还需是把好刀。若是个剃须刀，是经不住磨的；若是块废铁造的刀，磨也磨不出来。

这给我们什么样的启示呢？是说要健康成长，除了应该具备成功的潜质外，还要不怕挫折。要主动到最艰苦的地方去接受锻炼，经受挫折。没有磨刀石磨刀，再好的刀也无异于一块废铁。不经磨炼，再好潜质的人也会废弃掉。经过挫折的人未必能成功，但没有经过挫折的人难以成功，尤其不会有大的成功。挫折未必使坚强的人更坚强，但顺利足以使平庸的人更平庸。挫折未必使人一定成功，但却会使人更加成熟。顺利也许会容易得到成功，但往往会使人变得更加浮躁和缺乏深度。这就是磨刀石给我们的启示。

2017年8月8日　丁酉年闰六月十七　星期二

品品这个“品”字

我认为，“品”字的三个“口”，应该体现在口德、口才和口福上。

先说口德。口德就是讲话要讲道德，对人要与人为善、成人之美。不仅要手下留情，而且要口下留情，不恶口、不两舌、不妄言、不绮语，不道人之恶、不揭人之短等等。下面说说口才。有口才不是指口若悬河、辩才无碍，更不是油嘴滑舌、夸夸其谈。这样的人不仅不能算是口才好，搞得不好还有可能会出口伤人，会招人嫉妒。有口才是指说得对、说得好，能在适当的场合、适当的时间，对适当的对象说适当的话，即说诚恳、负责、有价值的话。再说口福。有口福不是能吃到好的、贵的，而是吃什么都香甜；不是大吃大喝，而是能适度地吃、适度地喝。

做到以上三点，就不仅是个有品位的人，生活和生命品质会大大提升，而且还值得别人去品味。这和官大官小、钱多钱少没有关系。一介平民可能品位高雅，位极人臣也可能俗不可耐。

品字三“口”，不是平行并列关系，上面一个“口”是口德，下面两个“口”是口才和口福。口德是统御口才和口福的。有了口德，口才越好，功德越大；没有口德，口才越好，可能厄运越多。有了口德，口福会越来越大；没有口德，口福会被糟蹋个精光。

2017年8月9日　丁酉年闰六月十八　星期三

请把事情分四类

现在活得累的人似乎不在少数，且呈越来越多之势。其中或许有“欲赋新词强说愁”类型的人，但大多数是真的累。在此我要问一句：你累得有价值吗？因为，有相当一些人是无用功导致的累。那我就再问一句：“有没有活得不累的方法呢？”我说

“有”。什么办法呢？请把自己的工作、生活来个梳理，把事情分为四类：第一类，不可做的事情；第二类，可不做的事情；第三类，可做可不做的事情；第四类，不可不做的事情。

第一类，不可做的事情，坚决不做。这不仅可以省下精力，还可省去许多麻烦。第二类，可不做的事情，尽量不去做，可省下一部分精力。第三类，可做可不做的事情，如果没有时间，就不要去做；如果有时间，就去做一下，这又可省下一部分精力。这样可把精力和时间，集中起来做第四类，即不可不做的事情。

什么是前三类事情呢？简单地说，就是胡思乱想、胡言乱语、胡吃海喝等等这样的事情。同时让那些无用的会议、讲话、应酬，无用的文件、信息等等这些事情，尽量少占用时间。什么是不可不做的事情呢？第一，高效率工作的事情。第二，读书学习的事情。第三，锻炼身体的事情。第四，加强自身修养的事情。第五，教育子女后学的事情。如果真的这样做了，不但活得很轻松，而且还会有意义。

2017年8月10日　丁酉年闰六月十九　星期四

我们比井蛙强多少

世人多嘲笑井蛙，说“井里的青蛙只知道碗大的天”。没错，井蛙看到的天是不大，但我们人类看到的天又有多大呢？我们看到的天也是一小片，也是有限的。人类有限的知识与宇宙无穷的奥秘相比，简直不成比例，在自然宇宙面前我们人类不也是井蛙吗？我们对井蛙的嘲笑其实与“五十步笑百步”没有什么不同。

把此理引申了来说，世人常常以自己的长项去嘲笑别人的短项，以自己的优点去嘲笑别人的缺点，这是毫无道理的。每个人甚至每个众生的存在都是自然或曰神的造化，都是独一无二的，都是神圣的，是应该尊敬甚至敬畏的。

庄子说："惟虫能虫，惟虫能天。"就是说唯有虫子能做一条真正的虫子，唯有虫子才能全然地符合天性。因此，不仅永远不要去嘲笑任何人，而且也不要嘲笑任何众生。毛主席说过："卑贱者最聪明，高贵者最愚蠢。"意思是说认为自己高贵本身就是卑贱的表现，而认为自己卑贱也许就是高贵的精神。

2017年8月11日　丁酉年闰六月二十　星期五

举一反三与知二知十

首先，与大家学习两段《论语》上圣人的教诲。第一段，孔子曰："不愤不启，不悱不发。举一隅不以三隅反，则不复也。"意思是说，不到他努力想弄明白而不得的程度时，就不要去开导他；不到他心里明白，却又不能完善表达出来的程度时，就不要去启发他。如果他不能举一反三，就不要再给他讲了。这段话讲了老师和学生两个方面，对老师来说，对学生的教育和开导一定要把握契机和火候，要用启发式的教学法，不能喋喋不休地乱说一通。对学生来说，一定要认真听讲，独立思考，然后再去提问汇报，即要能够举一反三，不能学一是一、学二是二。这样的学生，老师是不会教你的。

第二段，《论语·公冶长》载："子谓子贡曰：'汝与回也孰愈？’对曰：‘赐也何敢望回？回也闻一以知十，赐也闻一以知二。’”意思是，孔子对子贡说：“你和颜回两个相比，哪个更优秀呢？”子贡回答说：“我怎么敢和颜回相比呢？颜回能够闻一知十，而我只能闻一知二。”在这里，子贡肯定是谦虚了，说自己只能闻一知二。但即使是闻一知二也不简单。什么是知二呢？我认为，不仅是老师教你一个道理，可以知道两个道理，更重要的可能是知正面也知反面，知当下也知未来，即可下由浅入深、由表及里、由此及彼的功夫，这也并非大多数人所能做到的。至于颜回的水平，则更非常人能够望其项背了，听说了一就知道了十，那是一种什么样的状况呢？我们没法去测度。我想，应该是听到了一个道理，即能正反、里外、前后、左右、上下，全面、立体地去思悟把握然后去行动，那么这也是《易经》的思维方式。我们虽然达不到这个水平，但树立这样的目标去追求总是好的。

2017年8月12日　丁酉年闰六月廿一　星期六

读书、体悟与践行

读三本一般的书，不如读一本经典书；读三本经典书，不如把一本经典书读三遍；把一本经典书读三遍，不如读通一段经典教导。通达，通了想不发达都不可能；一通百通，没有百通是因为一处也没通。

别人告诉你三条道理，不如自己体悟出一条道理；自己体悟出三条道理，不如认真践行一条道理。一打纲领不如一个实际行动。千条理，万条理，只说不做毫无道理。

2017年8月13日　丁酉年闰六月廿二　星期日

从字悟理好做人

首先，说说“人”字。人字是由一撇一捺组成的。撇在左，捺在右；撇在上，捺在下；撇在前，捺在后。此暗合什么玄机呢？撇为德，捺为才。德为上，为先；才为下，为后。说明德才兼备、以德统才方为真正的人。人字的撇是出头的，象征头；而撇捺两画是向两边发展的，象征两条腿，说明基础要广大，要扎实，才能向上出头。出头是以左边这一撇出头的，说明德为主，才为辅。

下面说说“从”字。从字有两个人组成，一前一后，一左一右，一主一从。说明如果两个人相处就必须讲主从、先后秩序，不能乱来。

再来说说“众”字。三个人怎么相处呢？一人在上，二人在下。在上为主，是领导；在下为从，是下属。下边的人必须服从上边的人。下边的两个人也必须是一前一后，后边的人服从前边的人。这是规矩，是秩序。否则，会乱套的。在中国文化中“三”不仅仅是指三个，而是多和众的意思。众人相处就应该遵从这个规则。

最后说说“伴”字。伴由“人”与“半”组成。是说一个人独处的时候，尽可展示个性，如果两人相处，就必须考虑对方的感受，就要去适应对方。怎么适应呢？要保留对方能接纳的这一半，去掉对方不能接纳的另一半。各自以“半人”的姿态去相处，就成了伴。伙伴或者是伴侣想要处得好，必须是每人保留一半，一半加一半等于一。这样才能和谐相处，才能相处得和一个人一样。

2017年8月14日　丁酉年闰六月廿三　星期一

对待圣贤教诲的四种态度

孔子讲“君子有三畏”，其中之一为“畏圣人之言”。这个畏指的是敬畏、尊崇的意思。对圣贤的教诲采取什么态度，对其家庭、事业、命运的影响是至关重要的。那么大体上有几种态度呢？可简单分为四种：

如果把圣人的教诲画作一条向上伸展的直线的话，第一种，遵从圣贤的教诲。其人生轨迹与圣贤教诲之向上的直线是重合的，即他把圣人之言用于指导自己的生活、工作及修为，效果当然是最好的。第二种，有时与圣贤教诲的直线相交叉，但是信而不真，行而不切，时断时续的。第三种，其人生轨迹与圣贤教诲是平行线，各行其道，永不发生关联。这是令人遗憾的。最差的是第四种，他与圣贤的教诲背道而驰。这样的人生是悲惨的、不幸的。在此，我们应该力戒第三、第四种态度，而把第二种态度向第一种态度提升。若此，乃为你及你的家庭、你的现在及你的未来之大幸者也。

2017年8月15日　丁酉年闰六月廿四　星期二

常养四根命自优

树若无根本，不仅不能正常生长、无法抵御风暴，还会倾倒、枯死。人若无根本，既不能成人、成长，更不会成才、成功。人的根本在哪里呢？在四个方面：

第一条根是血脉之根，这条根来自父母祖辈。要扎牢此根，就必须孝敬父母祖辈。

第二条根是生命之根，这条根来自大自然。要扎牢此根，就必须回归大自然，保护生态。

第三条根是政治之根，这条根来自人民群众。要扎牢此根，就必须深入群众，与众生融为一体。

第四条根是文化之根，这条根来自传统文化。要扎牢此根，就必须学习践行中国优秀传统文化。

如果这四条根得到常养，把根扎牢了，何虑营养不充足，何虑身体不健康，何虑事业不成功，何虑命运不优化。

2017年8月16日　丁酉年闰六月廿五　星期三

算命是不自信的表现

算命有没有道理呢？不能说一点道理都没有。因为事物发展总是有规律可循的，而规律是可以把握的。有真正把握了规律的人，对你所疑惑的事情或迷茫的未来进行一些预测，或许能给你一些启迪。

问题是有道行的算命者不在多数，而骗人的算命者则不在少数。更重要的在于，算命有用吗？为了说明这个问题，我们先来认识一下什么是“命”。命是一种趋势性的力量，是规律性的发展趋向。这种力量和趋向是由你的起心动念、所作所为形成的。既然如此，那用算吗？你的昨天、前天用的是善心，行的是善行，明天一定是善报，否则就可能是恶报。

“积善之家，必有余庆；积不善之家，必有余殃”“善有善报，恶有恶报”。今天是昨天决定的，明天又是昨天和今天决定的。不满意你的今天，那就从当下做起，行善积德，你的明天、后天就会一点一点地好起来。这比算命管用得多啊！也就是说命运掌握在自己手中。

许多人看过《状元与乞丐》这部戏，讲的就是这个道理。算命即使算得准，说你的前途好，若今天、明天不努力，不行善了，那能好吗？不会的！因为命运也是随时在变化的。算命的说你前途不好，若今天、明天幡然警醒、勤勉行善，命运又会转好。有句话叫作“智者不卜”，就是说智慧的人是不去卜卦的。为什么呢？因为他已掌握了改变命运的方法。而算命恰恰是不自信的表现，一是对自己的所作所为不自信，二是对自己的智慧不自信。

2017年8月17日　丁酉年闰六月廿六　星期四

你对自己的现状满意吗

你对自己的现状满意吗？恐怕没有人回答完全满意，甚或回答不满意的也不会是少数。那再问一句：“你想改变得更好一点吗？”那肯定会众口一词地说：“当然想。”

那你可能就要问我了：“能改变得更好吗？”我说：“能。”如何改变呢？第一步，请把不满意的地方一一列出来。第二步，认真地分析一下导致这些不满意的原因。第三步，针对这些原因，一点一点地去改进。如果不知道如何去改进的话，就去找古圣先贤和现实生活中的智者或者是榜样去请教。第四步，知道怎么做之后，坚定不移地做下去，不彷徨，不懈怠，持之以恒地努力。做着做着，就发现你的现状变得越来越好了。

2017年8月18日　丁酉年闰六月廿七　星期五

认准的事就做下去

你勤奋耕耘却遭遇了大旱，结果颗粒无收，不管他，继续勤奋耕耘，最终获得了大丰收；

你好好做人却受到了攻击，被说得一无是处，不管他，继续做好人，最终赢得了众人的称赞；

你好好做事却遭到了失败，还败得一塌糊涂，不管他，继续好好做事，最终得到了成功；

你好好读书却怎么也读不通，不管他，继续读下去，最终得到了一通百通的奇效。

认准的事就做下去，这是成功的要诀。这和吃饭的道理一样，你饥饿难耐，吃了一个馒头没饱，继续吃，吃了第二个还没饱，接着吃，吃了三个也许就饱了。吃饭尚且如此，遑论其他。

2017年8月19日　丁酉年闰六月廿八　星期六

还是清醒一点好

不是因为公鸡叫天才亮，而是因为天要亮公鸡才叫。即使你把公鸡杀掉，天照样亮。

不是因为有人告发，贪官才被查，而是因为他贪了才被告发。即使此人不告发，彼人也会告发。

不是因为有了张屠户，才有猪肉吃，而是因为有人要吃猪肉，才有了张屠户。没有了张屠户，自有其他的屠户顶上来。

不要以为别人离了自己没法过，也不要把自己的不顺归罪于他人。离了你，别人没准过得更好，而不顺利，则要在自己身上找原因。

人还是要清醒一点好。

2017年8月20日　丁酉年闰六月廿九　星期日

别说没时间锻炼身体

人的一生，值得做的重要事情并不是太多，但锻炼身体肯定是其中一件。若没有时间锻炼身体，上天可能会让你花时间去生病，这也是一种平衡。

许多人不注重锻炼身体，常说的一个理由是没有时间，但忙并不能成为不锻炼身体的理由。换句话说，忙也并非不能锻炼身体。不信吗？且听我道来。散步、打球、游泳等等是锻炼身体，但别忘了，对身体更好的锻炼是保持好心情；到健身房可以锻炼身体，但别忘了，在任何时候、任何地方也都是可以锻炼身体的。就是说，锻炼身体是完全可以融入工作、生活之中的。

为什么这么说呢？因为锻炼身体或者说保养身体，最重要的是“四好”，即“好好吃饭，好好睡觉，好好锻炼，有好的心态”。除了好好锻炼以外，其他的“三好”，哪一项与工作生活有冲突呢？或者说，即使再忙再累，也不能不吃饭、不睡觉、不有好心情吧。

再说锻炼身体。比如说，你多到基层走一走，这不是在锻炼、在散步吗。就算是开会，还可以正襟危坐，甚至可以盘腿打坐，这可是锻炼身体很有效的方法啊。还比如说，任何时候都可以采取深呼吸和腹式呼吸的方式，这也是锻炼身体最好的方式。再忙，也不会顾不上呼吸吧。

2017年8月21日　丁酉年闰六月三十　星期一

在洗心上下功夫

身上有了脏东西，要随时清洗。思想上有了脏东西，也应该及时清洗。清洗身上的脏东西重要，清洗思想上的脏东西更重要。身上有了脏东西很少有不去清洗的，思想上有了脏东西不去清洗的人却不在少数。

清洗身上的脏东西，其他人可以帮着做，但清洗思想上的脏东西却要靠自己。古语云“洗心革面”，你想要革面吗？首先要洗心。《易经》上讲“圣人以此洗心，退藏于密”，圣人都需要洗心，何况我们凡夫呢。《大学》讲“苟日新，日日新，又日新”，这个“新”绝非是指外表，而是内心。看来，我们真的应该在洗心上下点功夫。

2017年8月22日　丁酉年七月初一　星期二

凡事要留有余地

衡量一个人是否成熟，有一条标准是，说话做事是否留有余地。比如说干工作，或给别人办事，即使很有把握，也最好别把话说满，因为你不知道这个期间会发生什么新情况。还比如说，对待再不好的人，批评或评价他的时候也别全盘否定。因为，第一，他不可能一无是处；第二，你对他也不可能真的了解。说绝话就等于把他、也把自己都逼上绝路了。

表扬人也一样，别把话说满。否则可能会让他骄傲，再说，你说的也未必准确。还有人和事都在发生着变化，为什么要把话说满呢？表扬人也好，批评人也好，一次说话没有说到位，还可以接着说，但说得过头了，和泼水一样，是无论如何收不回来的。《红楼梦》上有一句话叫作“身后有余忘缩手”，这是应该切记的。古人有言，“势不可使尽，福不可享尽，便宜不可占尽，聪明不可用尽”，此乃至理名言。

2017年8月23日　丁酉年七月初二　星期三

喝好人生垫底酒

京剧《红灯记》中，李玉和有句台词说：“有这碗酒垫底，什么样的酒都能对付。”引申开来，我们还可以做如是想：碰到了相当难处的人，就笑笑说：“这样的人我要能处好，以后什么样的人都能对付。”遇到非常难办的事，就笑笑说：“这样的事儿我要能做好，以后什么样的事儿都能对付。”遇到人生的大挫折，就笑一笑说：“这样的挫折我要能战胜，以后什么样的挫折都能对付。”须知，这不是阿Q的精神胜利法，也不是说说而已，而是真的应该以这种心态去面对一切。再说了，有时精神胜利法也不失为一种可取的态度，这总比精神失败法要好得多吧。

不能不承认，现在不少人的思想是比较脆弱的，概因没有喝到人生的垫底酒。让他们吃些苦，进行点挫折锻炼，是大有裨益的。应该看到，经过惊涛骇浪的人可以“不管风吹浪打，胜似闲庭信步”，而没有经过挫折的人，稍遇不顺利就可能万念俱灰、自毁前程。

我们常说“怕吃苦的吃一辈子，不怕吃苦的吃一阵子”，此言有理。当然，肯吃苦的人不是说今后就真的不会吃苦了，而是说他吃了大苦之后，再遇到其他的苦就不能算苦了，甚至以苦为乐了。因此，喝好人生垫底酒，吃得人生苦中苦，是很重要的。

2017年8月24日　丁酉年七月初三　星期四

要时时归位

人往往很健忘，有时一件很重要的东西刚刚放起来，一转眼就忘了地方。有没有一种解决此问题的办法呢？有，就是把重要的东西放在固定的地方，不要乱放。每次用了之后，要时时归位。

由此事产生联想，处事乃至处理思想和情绪又何尝不可以如此呢。那把思想和情绪归在什么位置呢？应该归在“零”的位置，即宁静淡泊、阴阳平衡的位置。好事来了，别忘乎所以，把它归零；坏事来了，别懊恼丧气，也把它归零。须知，别说生气，就是兴奋太过，也是伤身的。有些东西，在当时觉得太令人激动或生气了，但过一段时间再看，都不过如此。即，都基本归零了。那早知今日，何必当初呢，何不随时都把它归零呢？

有一则小故事说，君王让某位大臣说一句令得志者和失意者都能冷静下来的话。这位大臣说：“这一切都是暂时的。”君主对此话大加赞赏。可以说，这是一句让人不平静的情绪归位、归零的至理名言。

2017年8月25日　丁酉年七月初四　星期五

我敬重不巴结人的人

不少人活得累，不全是因为身累，主要是心累。心累的原因很多，巴结人是一个重要因素。什么是巴结呢？巴结就是奉承讨好别人。为什么要巴结人呢？是既想得到别人的好感和帮助，但又不自信。巴结人有用吗？有用，也没用。对喜欢巴结的人有用，对不喜欢巴结的人没用；近期有用，长远没用。就算有用，得到了一些好处，但既会让人瞧不起，又会对自己的身体健康造成负面影响。

我在政界工作几十年，见过了太多巴结人的人和被人巴结的人。我见到了不少靠巴结人走红的人，也见到了更多红了又黑了的巴结人的人；见到了不少不巴结人因而吃亏的人，也见到了更多暂时吃亏但最终受人敬重和得到重用的人。我看到巴结人的人就累，看到被巴结的人也累。

巴结人不仅是不自重，也是对人的不尊重；而不巴结人不仅是自重，而且也是对人的尊重。我发自内心地敬重那些不巴结人的人。

2017年8月26日　丁酉年七月初五　星期六

永不言晚

记得我在三十多岁时，县里动员我们上农业广播学校，我积极报名参加。有人说：“报什么名啊，人过三十不学艺嘛。”当时我想这个说法太消极了，要说人过五十、六十岁不学艺还差不多。后来，才觉得我当时的想法仍然太消极了。现在我六十多岁了，仍然求知欲很强，我觉得“学艺”是不分什么年龄的。有人曾经问我：“你的学习进行到什么时间呢？”我毫不犹豫地回答：“进行到生命的最后一刻。”

世上不乏青年乃至少年成才的例子，但大器晚成的人似乎更多一些。再说了，就算不成才，学了总比不学强。有人说，人的脑潜力或曰自性是个宝藏，人与人之所以看上去大不一样，说到底，就在于对自性宝藏开发的程度不一样。据说，天才如爱因斯坦等也只开发了脑潜力的百分之几。那我们呢，就更少得可怜了。这个浪费，那个浪费，对脑潜力的浪费才是最大的浪费。拿破仑曾经说过：“中国是头沉睡的雄狮，一旦醒来，世间将为之震动。”我要说：“每个人都是一头睡狮，一旦醒来，别人也会为之震动的。”

如果你还年轻，请尽早努力，不要虚度光阴。如果你年事已高，也别言晚，开发一点是一点。这样才是对自己，也是对社会负责的态度。

2017年8月27日　丁酉年七月初六　星期日

批评人“三忌”

批评人不可随意。第一，可以批评人懒惰，忌批评人蠢笨；第二，可以批评人本事小，忌批评人长相丑；第三，可以批评人才能弱，忌批评人品德差。

懒惰和本事小是后天形成的，经过批评是可以有所改进的。批评他，他不仅可以接受，或许还会成为你的朋友。因为他会认为你是为他好。蠢笨和长相丑是先天形成的，你批评他，不仅无法改变他，且会很伤他自尊。他会认为你是在嘲讽他，可能会与你成为仇人。说人才能不足，一般皆可接受，但没有一个人承认自己品德不好。说人品德差近乎对人的全盘否定，他搞不好是会与你翻脸乃至为敌的。

以上“三忌”，当面要忌背后也要忌，千万不要信口开河、出口伤人。须知，出口伤人看起来是在伤别人，其实是在伤自己。

2017年8月28日 丁酉年七月初七 星期一

别忘了祝自己平安

话说当年孙悦一曲《祝你平安》唱响了大江南北，引起了强烈共鸣，可见人们对平安的向往。对人一生最好的祝福是平安，对人一天的祝福往往也是从早安开始到晚安结束。既然如此，我们在祝福别人的同时，也别忘了每天乃至每时每刻祝自己平安。

平安，要安全、安定、安康，前提是“平”。“平”固然是指语言要平、行为要平，但更重要的是心平。心平则气和，心静则土净，人平则境平，己平则人平，这是因果不虚的事情。祝福平安重要，践行平安更加重要；身平是结果，心平是前提。

2017年8月29日 丁酉年七月初八 星期二

境界提升的标志

境界提升的重要标志之一，体现在负责精神的不断提升上。

具体讲就是：凡事不仅对自己负责，而且对他人负责；不仅对人类负责，而且对众生、对自然生态负责；不仅对当代负责，而且对千秋万代负责；不仅对人类的物质生活，而且对精神生活、灵性生活负责等等。

做到以上种种负责，随着范围的扩大和层次的提升，人的胸怀也会不断地拓展，境界也会不断地提升。有人说："我人微言轻，负责有什么用呢？"此言差矣。人的肉体生命不可能永恒，但精神生命可以永恒；做事不可能圆满，但存心可以圆满。用一种高尚负责的精神和心态去思考和做事，不仅自己而且他人乃至天地万物都是可以感受到并受到影响的。不是有一句话说"人心生一念，天地尽皆知"吗？

2017年8月30日　丁酉年七月初九　星期三

好书与好友

我感恩一切人，更感恩朋友。我感恩一切朋友，更感恩介绍值得交的新朋友的朋友和给我推荐值得读的新书的朋友。交了一个值得交的好朋友，就是打开了一本值得读的好书；读了一本值得读的好书，也就是交了一个值得交的好朋友。好友是书，好书是友。

比如，我的好朋友杨先生给我推荐了钟永圣先生的系列好书，我读后感到和遇到好朋友一样高兴。通过一个难得的机缘，与钟永圣先生见面之后，我又感到在我面前展开了一本精彩的好书。还比如，我的好朋友侯先生，给我介绍了好朋友、好老师刘有生善人，这就在我面前打开了一本精彩的好书。经由刘善人这个好朋友、好老师，我又读到了他精彩的书，与他的书成了好朋友。

希望我的好朋友们，能给我推荐更多值得交的好朋友和值得读的好书。

2017年8月31日　丁酉年七月初十　星期四

以谁为榜样，就成了谁的样子

要做圣贤，先学圣贤。学圣贤，就要读圣贤书，听圣贤话，照圣贤的教诲去做，做圣贤的好学生。如此做了，便可希圣希贤，便可渐登圣域。

不要认为圣贤只是古代才有，其实圣贤代不乏人。不要认为圣贤只是让我们顶礼膜拜的，其实我们都可以向圣贤的境界攀升。

众生皆有佛性，众生皆可成佛。“春风杨柳万千条，六亿神州尽舜尧”，只要真的以圣贤为榜样，真的向圣贤学习，就真的会离圣贤越来越近。以谁为榜样，最终就成了谁的样子。

九月

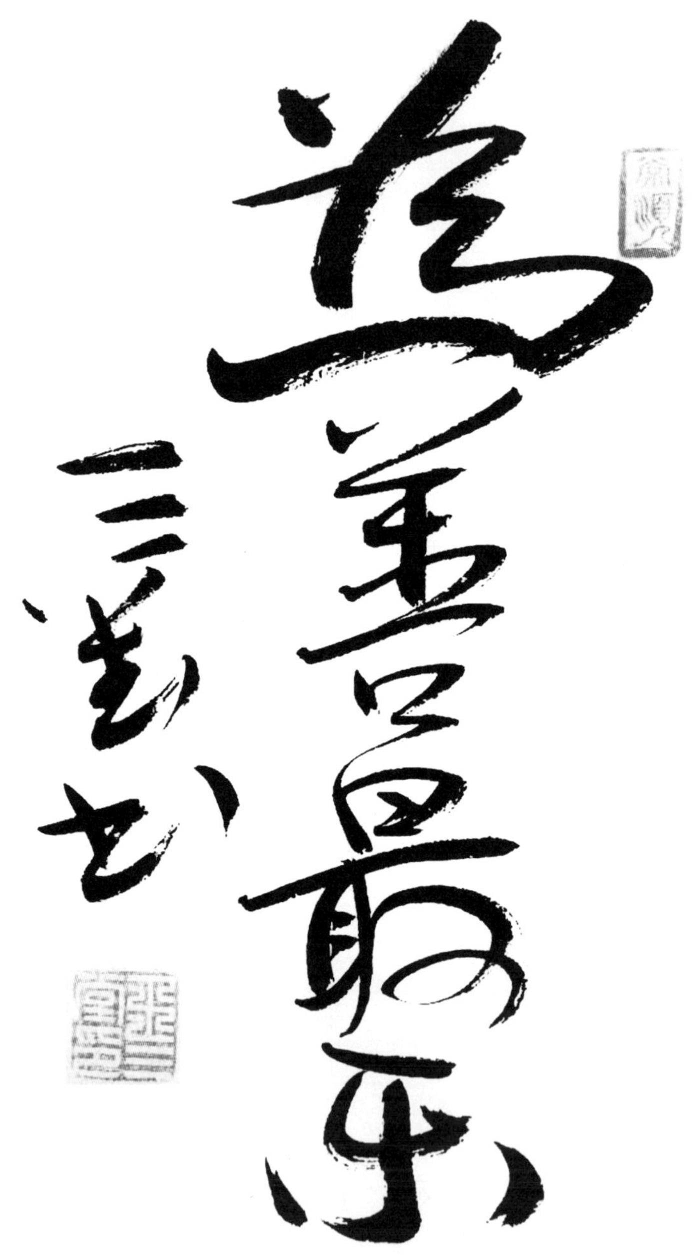

为善最乐

2017年9月1日　丁酉年七月十一　星期五

从“对牛弹琴”想到的

“对牛弹琴”是用来比喻对不懂事理的人讲道理或说事情，含有徒劳无功或讽刺对方愚蠢的意思。我想说的是，对牛弹琴到底有没有用且不论，单从做法本身来说，这是弹琴者的责任而不是牛的责任。因为，无论不知道对方是牛，还是知道了对方是牛还去弹琴，都是自己的不明理，又有何理由去讽刺对方呢？

在此，我还想说的是，若真的对着牛弹琴的话，会是一种什么情况呢？我认为，并非没有一点作用。因为琴声的美妙不仅仅是动物，就是植物也会有所感应的。起码，这比对它们发脾气或者是谩骂的效果要好得多。现在，不是有些搞养殖、种植的也在借助音乐进行饲养和培育吗？

这里的关键在于你用什么样的心态和动机去做这些事情。何止植物呢，科学家实验证明，水对人的意念都是有反应的。何止水呢，天地万物都是有感应的。不是有句古语说“人心生一念，天地尽皆知。善恶若无报，乾坤必有私”吗？天人合一，自他不二，宇宙大人身，人身小宇宙，讲的都是这个道理。从这个意义上讲，对牛弹琴都有作用，用真心对一些愚钝的人说话，怎么能没有作用呢？

2017年9月2日　丁酉年七月十二　星期三

千万莫骗人

“骗”字，左边一个马，右边一个扁，或许可以理解为，若骗人，马或者畜生都会把你看扁的。骗人，固然是在损害他人，但在骗任何人之前，自己都是第一个被骗的人，此即“自欺欺人”之谓也。从这个意义上讲，骗人就是骗己。骗人即使得手，即使永远不被发现，其后果也还是要自己承担的。因为骗人，良心上的自责和阴影是永远消失不了的。

欺心就是欺天，有因必然有果，没人能够逃得过去。再说，心有所思，身有所现，骗人的人，是会通过言行举止暴露出来的。可能能骗一般人，但骗不了明眼人；可能骗人一时，但不可能骗人永久；可能骗一个人永久，但不可能骗所有人永久。一旦露馅，一次即是百次，一时即是永久，后果可想而知。

2017年9月3日　丁酉年七月十三　星期四

必然与偶然

必然，是规律性的、深层次的、决定性的存在；偶然，是偶发性的、浅层次的、从属地位的存在。在某种意义上讲，世界上没有偶然的事情，因为任何偶然都是受必然所决定的。放到历史的长过程看，一些看上去扑朔迷离的偶然现象，背后皆有其必然的规律和原因。这就像价格是偶然的、瞬息万变的，而价值是相对稳定的。决定价格这个偶然性的，正是价值的必然性。

有些人常常慨叹，为什么我那么努力却总是不成功呢？为什么有些人看上去没费什么劲却成果颇丰呢？为什么不如意的事总是让我碰上，而有些人看上去却总是能遇到好事呢？其实，这些看似偶然现象的背后，绝对有其必然性，即一个人的德才综合素质。如果综合素质具备的话，你的身体、家庭、工作不会不好，即使一时不好也会逐渐向好。否则，若把成功的希望寄托在偶然侥幸取胜上，那成功的可能性就太偶然了。

2017年9月4日　丁酉年七月十四　星期五

有一本万利的事情吗

如果有人告诉你，有一本万利的事情，你不信，我也不信。如果有人告诉你，有无本生意，你更不信，我也更不信。是的，本事，有本方能成事。大本成大事，小本成小事，无本不成事，这是毫无疑问的。

如果我告诉你，在有些领域、有些方面，确实有无本生意和一本万利的事情，你信吗？我信，我认为你也会信。哪个领域呢？精神领域。比如说，读圣贤的书，听圣贤的话，这不需要多少钱。但若真信，真行，你得到的利益是大得无法衡量的。还比如说，善心善念，孝敬父母，诚信待人，这也用不了多少钱乃至是不花钱的。但若一生坚持做下去，何止一本万利呢。当然，行善积德是不能存有交换和获利的想法的。但不做获利想，不等于不能获利，或许能获大利。这就是无为而无不为的道理。

2017年9月5日　丁酉年七月十五　星期六

说说“容易”这两个字

“容易”这两个字，值得深思精悟。起码包含两重意义：

第一，凡事都要能容，即有胸怀、有涵养、有容量。有容乃大，容人则为人易，容事则处事易。俗话说“宰相肚里能撑船”，能撑船够大的，但还是有限的。人修到至境的时候，是完全可以大肚能容一切难容之事的。世界上最大的是心，最小的也是心。说小，连针尖麦芒也容不下；说大，可以与虚空等量齐观。这里的一切能使心量拓宽的学问方是真学问，一切能打开自己心量的功夫方是真功夫。

第二，有容量，容什么呢？一个重要方面，就是要容“易”。易者，变也。所谓容易，就是要容他变化的意思。一切以时间地点为转移，要与时俱进、与日俱新，要“苟日新，日日新，又日新”“作新民”，所以不能用静止的、绝对的思维方式去处人处事，那样是非碰钉子不可的。

2017年9月6日　丁酉年七月十六　星期日

追求融君亲师为一体的境界

有一种观点说，世界上没有永恒的敌人，也没有永恒的朋友，只有永恒的利益。这话用在一般性交往上或许是对的，但要用在一切领域，比如说亲属之间、师生之间等方面，则不仅是错误的，而且是有害的。

举例说，父母与子女之间，如果只有利益关系的话，子女能长大成人吗？父母老了之后谁去赡养呢？比如说，师生之间或曰圣贤与凡夫之间，如果只有利益关系的话，谁去探索宇宙真理，并承担教化众生的责任呢？再比如说，如果领导与群众之间只有利益关系的话，社会公共设施谁去建设，慈善事业谁去组织，弱势群体谁去救助呢？那样的话，社会将完全通行丛林法则，那将是多么冷酷和可怕啊。

社会无论如何发展，都是既需要法治，又需要道德；既需要利益调节，又需要人文关怀的。也就是说，世界上不需要回报的事情总得有人去做，大公无私的境界总要有人去追求。

谈到大公无私和不需要回报的人和事，我就想到了三种人。第一是父母，第二是圣贤之人，第三是有大德行的领导人。这三种人就是亲、师、君。父母是亲，圣贤是师，领导人是君。如果一个领导人，或言君，既有父母的慈爱情怀，又有智慧教化的资质，即把君、亲、师三者融为一体的话，那是会流芳千古的。比如说，孔子、王阳明就是这样的人。当然，一般人难以达到这个高度。但是有这个追求，力争做得好一点，总是可以的。过去，家家户户都供奉天、地、君、亲、师的牌位，这反映了老百姓发自内心的呼唤。天、地是无私的，君、亲、师都是应该效法天地的，道理就在这个地方。

2017年9月7日　丁酉年七月十七　星期一

只求理解别人，不求别人理解

“理解万岁”这句话能流行起来，说明理解太不容易了。自己理解别人不容易，求别人理解自己则更难；自己从嘴上表示理解别人不容易，发自内心真诚地去理解别人则更难。

理解不仅需要修养和胸怀，更需要智慧。为什么呢？理解，先要明理，从理上去解决。若双方不在一个层面上，比如说让幼儿园的小朋友去理解大学生可能吗？不可能。你理解别人都难以做到，那为什么要强求别人理解你呢？须知，求人理解本身就是一种奢望。如果别人不理解你，就痛苦烦恼，那更是不智之举。

人应该尽量多点换位思考，尽量地去理解别人，而不要求别人理解自己。理解别人就是解放自己，这样会活得很自在、很潇洒。自己好好做人，好好做事，问心无愧了，至于别人理解不理解自己，随他去，不必计较。别人理解你，那是人家的修养，可以表示感谢和钦佩。别人不理解你，那是人家的自由，与我无关。总之，别活在别人的看法中，别把自己的情绪建立在别人的理解不理解上。自己该怎么做就怎么做，别人爱怎么说就怎么说。如此而已。

2017年9月8日　丁酉年七月十八　星期二

节约的本质，是对大自然的敬畏

人生的价值是奉献。就是索取的要少，产出或奉献的要多。索取少的一个重要方面，就是生活要简朴、要节约。节约说到底是资源的节约，资源说到底是全社会、全人类乃至是众生和大自然的。许多资源是不可再生的，不要说你的东西你就可以浪费，因为你的东西也是公共资源；不要说别人的东西你就可以不节约，须知糟蹋的是别人的东西，损的却是自己的福报；不要说糟蹋财富只是当前的事儿，其实它关系我们的子孙后代；不要说浪费资源只是人类的事情，其实它事关一切生物乃至天地万物。因为资源枯竭之日，是谁也活不下去的。

应该认识到，小到一个细菌、细胞，大到宇宙天地，其结构及原理是无二无别的、是平等的，是自他不二和相互依存的。资源是众生所共有的，不是仅属于人类的，更不是仅属于哪一个人的。损害他人就是损害自己，浪费资源就是损害自然，而损害自然即是损害人类。所以，浪费的本质是对大自然的亵渎，而节约的本质是对大自然的敬畏。

2017年9月9日　丁酉年七月十九　星期三

最高境界是清净

杯子里放上污水，随着时间的推移，必然会越来越脏；杯子里放上干净的果汁，用不了多长时间也会变质；杯子里放上清水，即使到蒸发完，也是清净的。能保持长久清净不变质的不仅仅是清水，有些纯洁无瑕、质量上乘的东西，比如说上好的蜂蜜，也是可以近乎长久保存不变质的，而掺杂使假的蜂蜜是保存不了多长时间的。

人亦如此，有的人短时间可以升官发财，可以红得发紫，但若他是一个污浊的人的话，用不了多长时间就会由紫变黑。而唯有那些淡泊的人可以明志，宁静的人可以致远。即使很金贵的东西，若把它堆在镜面上，也会使镜子失照。而镜面上干干净净的时候，即可照天照地。

事的根本是人，人的根本是心，心的最高境界是清净。我们常讲“人要有定力”，定力其实就是一种清净的力量。修身，就是要把我们的心修好，把心上的污染一点一点清洗掉。党员要保持党性的纯洁，不也是这个道理吗？

2017年9月10日　丁酉年七月二十　星期四

一定要把电充好

要充好电，需要三个要素：一是充足的电源，二是充电设施，三是手机。三个要素具备，手机就不会断电。

人亦如此，即使精力再充沛，也需要去充电。人的“手机”和“充电设施”就是身心。而电源主要体现在四个方面：大自然、人民群众、中华优秀传统文化和祖先。这些电源是源源不断和满足供应的，永远不会枯竭。为什么有的人的电充得好，有些人总是充不好电，甚至处于断电状态呢？问题可能出在插头的接触不好，或者是充电设施不匹配上。那什么是最好的充电设施和插头呢？那就是谦虚好学的态度和永不懈怠的精神。有了这些因素，你的身体、工作乃至命运，便会与宇宙充足的电源和能量接通，便永远会动力十足、生机勃勃。

2017年9月11日　丁酉年七月廿一　星期五

不要求全责备

世界上没有十全十美的人，也没有十全十美的事儿。有一个词叫作“完美”，意思是说，完美的时候也就完了。不信你看，有谁见过在人完了的时候，在他悼词中还会提缺点的情况呢。这时候，他可以说是完美了。

一个人总是有优点也有缺点的。有的时候，优点就是缺点，缺点就是优点。比如说，老实是优点，但太老实了就可能意味着聪明不够；原则性强是好事，但原则性太强了就可能是灵活性不足等等。当然，我们不必去责备老实人聪明不够，也不必去责备原则性强的人灵活性不够，只是注意把老实人、原则性强的人用在相应的岗位上就是了。否则的话，双方都会徒增烦恼，因为人的性格是不大容易改变的。

讲到这里，突然想到人才的“才”字。“才”字是一个“十”字，加上一撇组成的。什么意思呢？就是世人都喜欢十全十美，这是“十”字的含义。但十全十美是不存在的，都是有欠缺的，能在左边加上一撇的人就成才了。那右边再加一捺不是更好吗？那不行，再加一捺就不是才，而是一块木头了。因此，别为自己的不完美而自责，也不要去求全责备他人。

2017年9月12日　丁酉年七月廿二　星期六

三个大打折扣

即使你富可敌国、权倾朝野，即使才高八斗、名扬天下，若在三个方面没有搞好的话，其人生价值会大打折扣，乃至会归于无有。哪三个方面呢？第一，品行修养；第二，身体健康；第三，子女教育。

首先，品德不仅是才能之本，也是财富之本，缺什么都不能缺德。一个人如果缺德，才能越大可能危害越大，财富越多可能灾难越多。第二，身体健康是一切工作的前提和载体。健康了，别人的未必是自己的，若失去了健康，自己的则全是别人的。第三，教育好子女不仅是对社会应尽的责任和义务，也是重要的奉献。如果没有教育好子女的话，输掉的不仅是现在，而且是未来。

2017年9月13日　丁酉年七月廿三　星期日

从“父母官”说起

人的一生，有两个方面的人是离不开的：一是父母，二是官。所以，人们往往把家乡的官员称为父母官。随着活动范围的扩大，家乡的概念也在不断扩大。所以，从某种意义上讲，各级官员都是可以称为父母官的。

人生而有父母，此即为家庭；人走出家庭，离不开大大小小官员的管理，此即为社会。父母是小家的代表，官员是国家的代表。人在家为孝，在国为忠，此乃为忠孝传家。

父母不能由子女选择，但父母官应该由老百姓选择。父母虽然不能选择，但天下没有不爱子女的父母；千百年来，因为父母官不能由老百姓选择，所以不爱老百姓的官员却不在少数。把家乡的官称为父母官，寄托了老百姓对官员关爱百姓的呼唤，但是不少的父母官辜负了老百姓的期望，不配父母官的称号。

现在时代不同了，共产党的干部是人民的公仆，宗旨是全心全意为人民服务。地方官不能以民之父母自居，而应该视人民为父母。但是为官者效法父母，心存父母对子女般的大慈大爱，这种情怀是应该有的。

2017年9月14日　丁酉年七月廿四　星期一

人生的要义

人生的要义是不断地提升自己，然后影响和带动更多的人一起提升。这是什么含义呢？既是儒家“自达达人”的圣贤追求，也是释家“自度度人”的大乘思想。

达人和度人不是有钱和有权人的专利，而是人人都可以做的事情。因为从某种意义上讲，自达就是达人，自度就是度人。这里的关键是至诚地为社会、为他人奉献的发心。因为，自己真的做好了，其他的人是不会不受影响的。这本身就是在达人、度人，本身就是对社会的贡献。因此，达人、度人的前提是自己把人做好，把事儿做好，也就是说不断地提升自己。

如何提升自己呢？要做的事情很多，基本要求是“向下有底线，向上无止境”。向下的底线是不损人利己，向上的追求是希贤希圣。在此基础上，应给自己提出要求，即在时间上说，自己和自己比，今天比昨天做得更好；在空间上说，自己和他人比，自己比他人做得更好。有了这样的追求，就会是生机勃勃的人生，就会是有意义的人生。

2017年9月15日　丁酉年七月廿五　星期五

做人要做这样的人

为自己着想不用学，人人都会，要学就学为别人着想。

抱怨别人不用学，人人都会，要学就学反省自己。

享受不用学，人人都会，要学就学吃苦。

懒散不用学，人人都会，要学就学勤奋。

自以为是不用学，人人都会，要学就学大智若愚。

好做的事不用学，人人都会，要学就学攻坚克难。

追求名利地位的事儿不用学，人人都会，要学就学高尚精神的追求。

容易做的事儿，容易则容易，但越走越难；艰难的事儿，艰难则艰难，但难能可贵。

向下的路熙熙攘攘，但却是衰落的路；向上的路冷冷清清，但却是成长的路。

要不畏艰难，向上攀升。做事要做这样的事，做人要做这样的人。

2017年9月16日　丁酉年七月廿六　星期六

从自己身上下功夫

人们常说，要自尊、自爱、自立、自强，但却很少或没有他尊、他爱、他立、他强的说法。可见，凡事要从自己身上下功夫。

儒家的基本要求是“己所不欲，勿施于人”，就是说，你自己不想要的，也不要强加给别人。你想得到而没有得到的，则应从自己身上找原因，即“行有不得，反求诸己”。儒家思想的最高境界是自立立人，而释家思想的最高境界是自度度人。度人是大乘，自度是小乘，度人的基础和前提是自度。而在某种意义上讲，自度也就是度人。

人长两只眼，总在向外寻找，其实最重要的是反观自省。向外看用的是肉眼，反观内省用的是心眼。人长两只耳朵，总在听外面的声音，须知“反闻闻自性”，倾听自己内心的呼唤才是十分重要的。人长一张嘴，总在评论和指责别人，须知反问一下自己做得如何，才是十分重要的。当认识到世界上百分之九十九的事情都是自己的事情的时候，修行才刚刚开始。当修行开始之后才进一步发现，剩下的百分之一也是自己的事情。我们常说，自在自在，你想自在吗？必须自己要在，自己都不在了，还谈什么呢？

2017年9月17日　丁酉年七月廿七　星期日

关于钱的话题

钱不是问题，没钱才是问题。不会挣钱是问题，不会花钱也是问题。钱来得不容易未必是问题，钱来得太容易未必不是问题。没钱是问题，钱少了也是问题，钱多了乱花则更是问题。能用钱解决的问题都不是大问题，用钱解决不了的问题才是大问题。尽管没有钱是万万不能的，但是金钱仍不是万能的。把钱垫在脚下可以登高，把钱用在修路上可以致远，但把钱背在身上则是包袱。放在家里的钱未必是自己的，投资出去的钱也未必是自己的，消费出去的钱不再是自己的，糟蹋了的钱更不是自己的。只有奉献出去、用在善行上的钱才永远是自己的。钱与有道德的人结合，对己对人都是一种幸运；钱与无道德的人结合，则对己对人都是一场灾难。

2017年9月18日　丁酉年七月廿八　星期一

给小蜘蛛提个醒

秋日，天气依然炎热。晨起，我惬意地在山间的林荫道上散步。走着走着，感觉脸上、胳膊上触碰到了细小的蜘蛛丝。此时，身体倒没有什么不适，但心里有一种愧疚感。这种愧疚感是对蜘蛛的愧疚，因为它不知费了多大的辛苦才织起来这些网，被我不经意间给破坏了。尽管我不是故意的，但定个过失损坏什么的“罪名”，却也没有冤枉我。

本来还想往前走的，但怕犯同样的过失，遂放弃了继续前行的打算，改走那不会遇到蜘蛛网的路线了。尽管如此，我还是由衷地想给小蜘蛛说声“对不起”，请原谅我的莽撞。同时也想给小蜘蛛提个醒：结网的时候，请避开人行的道路，免得你的劳动成果被毁于一旦。也许我发出的建议信息它未必能收到，但这样想了，也算是个自我安慰吧。

中国传统文化认为“天人合一”“众生一体”。地球是众生的共同家园，而不是人类所独有的，大家应该共生共荣。敬畏自然、关爱所有的生命，是人应有的修养和情怀。

2017年9月19日　丁酉年七月廿九　星期二

小蜗牛，小心点儿

秋日的清晨，下着蒙蒙细雨，在公路上悠然散步的我，习惯性地留意着周边的小生命，生怕无意中惊扰或伤害着它们。人来车往的路上，突然一只小蜗牛出现在我眼前。它慢慢地向前爬行，全然不知危险。我本能地把它捡起来，轻轻地放到一片树丛中去。

松了一口气的我，默默地告诉它："小蜗牛啊，你要注意，也要转告你的亲友和伙伴们，请千万不要到公路上去，那里对你们来说实在太危险了。"这时的我好像做了件大事一样高兴，前行的步履更轻盈了，精神也更清爽了。这也许就是践行传统文化中圣贤"天地之大德曰生"的教诲的作用吧。

2017年9月20日　丁酉年八月初一　星期三

人呆为保

"保"字，为什么由人和呆组成呢？要理解其义，要和郑板桥"难得糊涂"的话结合起来参悟。大家千万不要把"难得糊涂"这句话看轻了，认为难得糊涂，就是一味地糊涂就好，这可是大错特错的。郑板桥对此话的解释是“聪明难，糊涂难，由聪明转入糊涂更难”。可见他说的糊涂，是由聪明进入的糊涂，是大智若愚的境界。“人呆为保”的“人呆”也是这种境界，是形呆而心不呆。若此，不仅能自我保护，而且可以保护他人。世间可怕的是不聪明，比不聪明更可怕的是自作聪明和聪明外露。这样的人，不遭遇挫折和打击是不可能的，还谈什么自我保护呢？

说起这个“呆”字，也是大有深意的。呆者，口木也。不要小看呆者，呆者可能只体现在口木上，说不定心里明白着呢。有个词叫“呆若木鸡”，这句话绝非贬义词，是对达到最高水平的斗鸡的美誉。

讲到这里，我想起一件事。我在市里工作的时候，常有人说我“您的眼睛真亮，害怕与您对视”。当然，这或许有恭维我的成分。我是如何回答的呢？我说：“那您是批评我。”他说：“何出此言呢？”我说：“这说明我修养还很不够，有些锋芒外露，有些不够大智若愚啊！”是的，按“人呆为保”的标准来衡量，就是我呆得不够啊。

2017年9月21日　丁酉年八月初二　星期四

重要的是你要到哪里去

你现在在什么地方并不重要，重要的是要到哪里去。比如说一个人在十楼，但向下行，其目标在一楼。另一个人在一楼，但是上行，其目标在十楼。那么，二人的高度瞬间就会发生变化。人的社会地位也一样，某人现在身处高位且家财万贯，但腐化堕落，无所忌惮，瞬间可能成为阶下囚、穷光蛋。某人现在身处低位且一文不名，但德才兼备，奋勇前行，其前途则势不可当，不可限量。

看人看事别只看现状，要看形势。“形势”，形重要，势更重要。形是有形的，是现状；势是无形的，是形势。我们常讲势不可当，但没说过形不可当。解放战争初期，记者采访国民党的一个官员，让他谈谈对国共两党前途的看法。他巧妙地说：“国民党形大，共产党势大。”这个回答很是智慧。虽未明言，但是预言了国民党必败的结局。

任何时候，都不要自卑、不要懈怠、不要太看重有形的东西，而要把德才素质、精神状态这个“势”搞好，并且要永无止境地追求下去。

一切都在变化。过去讲“三十年河东，三十年河西”，现在发展速度加快了，河东、河西的易位未必需要三十年，有时可能是一夜之间的事情。在这些千变万化的世象当中，有不变的大道在其中。大道就是“我命在我不在天”。那我们为什么不瞄准要去的地方，自强不息地追求下去呢？

2017年9月22日　丁酉年八月初三　星期五

改善自己，完善自己

人，应该树雄心、立大志，不断提升自己。提升自己应该如何做呢？第一，改善自己。要找到自己的缺点错误，下决心去改。改一点好一点，改一点轻松一点。第二，完善自己。找到学习榜样，瞄准更高目标，认真学习，攀登不止。

有人说，我知道自己哪里不好，就是改不了，我也知道谁做得好，就是学不来。我说，那你说的知道就不是真知道。真知道就必然会真做，不真做就不是真知道。

世界上最好的朋友是自己，最大的敌人也是自己。你要不断地提升自己，你就是自己最好的朋友；你要懈怠放纵自己，你就是自己最大的敌人。没有哪个朋友能代替你修行，也没有哪个敌人能阻止你修行。任何事情没做好，都应该从自己身上找原因；想把任何事情做好，都必须在自己身上下功夫。认识不到这一点，就很难说是一个明白人；做不到这一点，就很难说是一个有本事的人。

2017年9月23日　丁酉年八月初四　星期六

任何“贪”，都是一种污染

贪者，今贝也。即贪是注重眼前的金钱和利益，缺乏高尚追求和长远打算的表现。什么是贪污？贪是一种污染。这种污染，既污染身也污染心，既污染自己也污染社会。污染轻了会导致不健康，污染重了会危及生命。

贪名、贪利、贪财、贪色不好，这是毫无疑问的。贪吃、贪喝、贪睡、贪玩也不好，这个也好理解。要注意的是，就是好事也不能贪，尤其不能太贪。比如说读书，贪多会嚼不烂，造成食古不化或食今不化。比如说工作，贪快好不好？也不好。因为任何事物发展都是有规律的，慢工出细活是有道理的。还比如说，贪功、贪政绩好不好？更不好。这样会导致急功近利、短期行为等。说到底还是以一种平常心、清净心做人做事为好，还是循序渐进、久久为功为好。

2017年9月24日　丁酉年八月初五　星期日

把好人生总开关

要想管好事，先要管好人；要想管好别人，先要管好自己；要想管好身，先要管好心。世间一切，以人为根本；人，以心为根本。不只电、气、热、水有开关，凡事皆有开关，人生也有开关。人生的开关在哪里呢？在心里。我们常讲世界观、人生观、价值观，这“三观”是总开关。“三观”的实质是什么呢？观者，观念者是也。观念者，心者是也。心分善心、恶心，真心、妄心，把好人生总开关，就是要时时提醒自己，关恶心开善心，关妄心开真心。

人，心情要好，心态要好，但做到这一点的前提是存心要好。如果存心不好，能有好的心态和心情吗？没有好的心情和心态，能有好的身体和好的命运吗？不可能。存心好了，做人自然会好；做人好了，做事自然会好；自己好了，别人自然会好。反之，如果存心坏了，做人做事一切都好不了。

2017年9月25日　丁酉年八月初六　星期一

给自己好心情，是一种本事

本事并不总是体现在一呼百应、功勋卓著等事功上，也体现在管理好自己上，体现在管理好自己的情绪上，即随时随地给自己好心情。

人人都希望别人关心自己，其实最关心自己的，是自己而非他人。关心自己的表现，很重要的是给自己好的心情而非其他。人人都怕别人伤害自己，其实最伤害自己的，是自己而非他人。对自己伤害最重的，往往是给自己坏心情而非其他。好心情是送给自己，也是送给家人、朋友、同事最珍贵的礼物。好心情是一份责任，也是一种义务。有了好心情，才能有好的身体、好的人缘，才能有好的决策、好的事业。

有人说，我也想有好心情，但是不遂心的事儿太多，不顺眼的人太多。我说，此言大错。事遂不遂心，人顺不顺眼，不在别人全在自己。觉得事不遂心、人不顺眼，说到底是因为自己修养不够、智慧不够，是自己的不好导致的，其中心情不好可能是一个重要原因。心情好了，一切会慢慢变得好起来。原来不遂心的事儿会变得遂心，原来不顺眼的人会变得顺眼。

固然，人逢喜事可以精神爽，但是不要忘了，精神爽了更易遇到喜事。不要把好心情寄托在外部环境和别人的身上，这样的话，好心情会遥遥无期。好心情不在别人，就在自己，不在明天，就在当下。人应该有本事，给自己好心情是一种大本事。

2017年9月26日　丁酉年八月初七　星期二

痛下决心

要干好任何事情都需要下决心。这个道理人人都懂，但真正能下定决心的人，却不在多数。究其原因，很重要的一个方面是你没感到痛。

痛下决心，感到痛的未必下了决心，但没感到痛的是很难下决心的。感到痛，就是要受到较强烈的刺激，有刻骨铭心的记忆。这种痛，第一种，是自加的、自觉的，例如看到颓废堕落者即痛心疾首，看到平庸甘于现状者则深自惕厉等等。第二种，是他人或他力加给自己的。比如，不勤奋努力，犯了错误，他人或组织严厉批评或惩戒你，你感到了痛，于是幡然惊醒，奋然前行。说个更现实的例子吧。开车违章了，若不扣你的分、罚你的款，就感觉不到痛，就下不了遵章守规的决心。在这个意义上讲，惩罚不是目的，但不惩罚有时就达不到目的。表扬是关心，批评也是关心，有时批评是更重要的关心。

有句话说“好孩子是夸出来的”，此言不谬，但仅仅靠夸赞是断然教育不出好孩子的。老师体罚学生固然不对，但要对学生连批评也不敢，必要的处罚也不敢的话，不仅孩子的抗逆能力会严重缺失，连他学习和做人的决心也是很难下定的。我们联想到被查的贪官们，要是之前能受点惩罚，让他们痛下决心、改邪归正的话，说不定还进不了监狱。《易经》讲“小惩而大诫，此小人之福也”，信然。

2017年9月27日　丁酉年八月初八　星期三

交一个朋友，开一扇窗户

交了好朋友意味着打开一扇窗户，而打开了这扇窗户，就看到了新的风景地。举例说，我的朋友，文化厅的贾占生，他曾是著名的京剧老师。我对戏剧是门外汉，况且也没想着去学唱京剧什么的。但戏剧的一些道白，或者说提高口语表达方面的素养，注意说话音调、音色技巧，甚或注意面部表情、肢体语言等等这些，对所有的人尤其是对领导干部，还有对现在搞讲座弘扬传统文化的我不是很有帮助吗？这不，我还真的是拜他为师了。他还向我推荐了一本1982年中央戏剧学院出版的《舞台语言基本技巧》的书，我看得津津有味。

尽管人都在说话，但会说话、话说得悦耳动听的并不多。尤其是领导干部，几乎天天在讲话、在谈话，若能懂点说话的技巧，有点这方面的基本知识和素养，不仅会为你的形象增色不少，更重要的是会使你的讲话效果有所增强。当然，讲话、说话好不好，主要的不在技巧而在思想性，在以理服人、以情感人。但在此基础上，若再懂点技巧的话岂不更好？俗话说，隔行如隔山，若能有缘交到不同行业的朋友，不向他学点东西千万别放过他。

2017年9月28日　丁酉年八月初九　星期四

不要给自己负面能量

常听人说："我要攒点钱，否则老了，有病了怎么办啊？"当然，人不可能不生病，老了更容易得病，而看病也的确要花钱。但这种说法却未必合适。攒点钱为什么要准备害病呢？这些可都是负面能量啊。攒钱去做其他的事情，最好做点善事、公益的事，生这样的意念、说这样的话不是更好吗？说不定这样想了，身体就真的可能更好了。

类似这样的事情还有很多。比如有的人开假票据，以重病医疗费的方式报账。还比如有的人开假病假条，并谎称父母、子女有病等。更有甚者，当年办二胎手续的时候，有的人谎称自己的孩子有重大残疾，骗取手续。甚或是为了达到某种目的，搞假离婚的人都有。这些不仅仅是在给自己负面能量，而且是在给自己的家人、亲属负面能量。

以上这些都是说出来、做出来的负面能量的事，至于意念、想法方面的负能量那就更多了。我们设想一下，如果他人诅咒我们或自己的家人有病有残疾，我们肯定会睚眦必报。那么，为什么我们自己要诅咒自己呢？希望自己和家人好，那就坚定不移地为他们输入正面能量，减少负面能量。修养，就要从这些方面的一点一滴下手。

2017年9月29日　丁酉年八月初十　星期五

劝君莫做留级生

在学校读书时，有些学生会被留级甚至被降级。在我的心目中，留级或降级是一件丢人的事情。因为我怕留级、怕降级，所以学习很刻苦。后来，走向社会了，这种刻苦学习的习惯一直保持了下来。其实，留级不只是学校里才有的事情，而是终生都会面临的问题。当然，这个“级”不仅是学校里的“级”，也不仅是行政级别或曰官的级别。有比这个级别更重要的是，你的学识、修养、境界和对社会的奉献。

职场的升迁，不确定因素太多了，而素质的提升与否则全是自己的事情。既然如此，我们就应该学学曾子的“吾日三省吾身”，时时地反省自己。看今天的你比昨天的你，今年的你比去年的你，德才素质的级别提升了吗？如果提升了，说明你没有虚度光阴。如果没有提升，则可认为你是留级生，更严重的会成为降级生，那就该感到汗颜。

学校里的年级是有限的，但境界提升的级别是无止境的。学校里的升级，毕业后即告结束，而人在社会上的升级是一辈子的事儿。提升有形的级别重要，提升无形的级别更重要。认识到这一点，我们就该下定决心，使自己的素质、境界的级别不断提升，永远不做留级生，更不做降级生。

2017年9月30日　丁酉年八月十一　星期六

别自寻烦恼

有自寻烦恼的说法，没有他寻烦恼的说法，说明烦恼都是自寻的。烦恼是什么呢？烦恼是指内心的烦闷苦恼或焦虑不安，是一种负面心理因素。

烦和恼是不同的。从字面理解，烦是火气上头，恼是恼怒入心。为什么烦恼呢？除了性格和生理的因素，主要取决于两个方面：一是对事理不明了、不明白，或言智慧不够；二是抗逆性、抗干扰能力差，或曰修养不够。由于这两个因素，所以没得到的想得到，得不到就烦恼；得到了不知足，不知足就烦恼；得到了怕失去，因此还烦恼；不想得到的遭遇了，遭遇了甩不掉更烦恼。烦恼的根本原因不外乎这些，其实这些事情对于明理的人和有修养的人来说，是完全可以不烦恼或少烦恼的。因为，凡事有因果、有规律，这是不以人的意志为转移的。好事或不好的事来了，不管你愿不愿意承认，这些都是该来的。俗话说“该来的终究都会来”。所以，好事来了别忘乎所以，坏事来了莫气急败坏。

“一切都是最好的安排”，此话有道理。因为，放在历史的长过程和大格局中来看，好事未必是好事，坏事也未必是坏事，好事的后面可能是坏事，而坏事的后面则可能是好事。其转折点，全在当事者的心态和处事方法，即任何时候、任何情况下，都以一种宁静积极和不烦不躁的态度去面对是至关重要的。

你要烦恼，任何人无法令你不烦恼。你要不烦恼，任何人也无法令你烦恼。爱烦恼的人总有烦恼的理由，而不爱烦恼的人总有不烦恼的理由。烦恼都是自寻的，那么我要说，寻点什么不好，为什么要寻烦恼呢？

十月

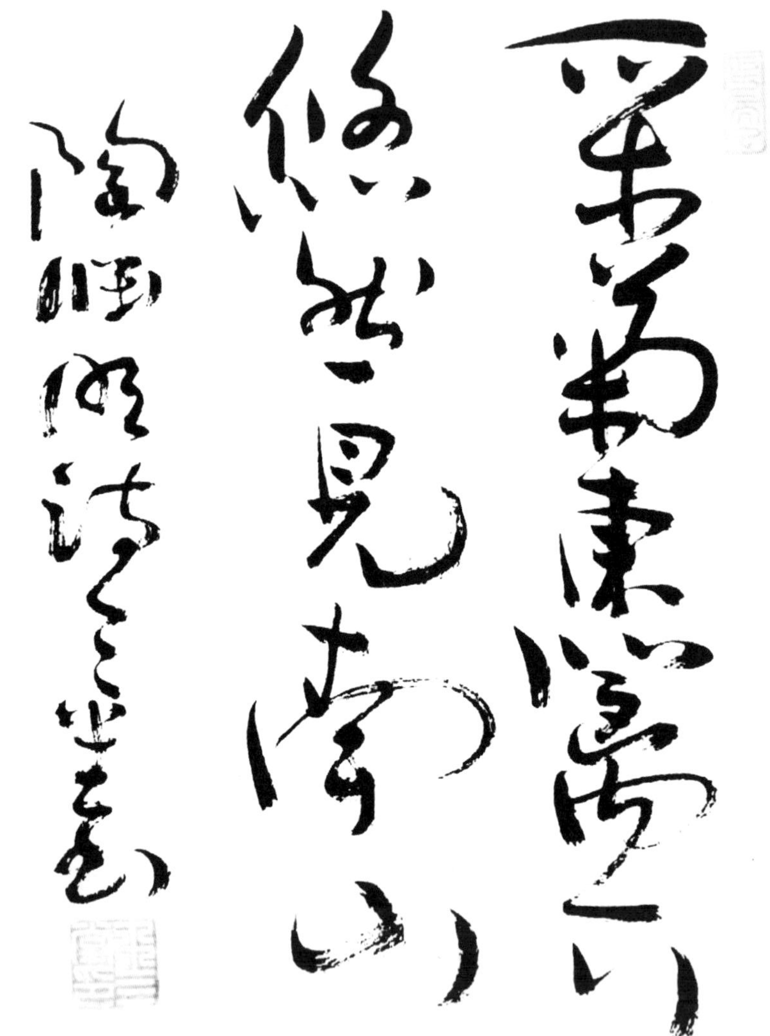

采菊东篱下，悠然见南山

2017年10月1日　丁酉年八月十二　星期日

大体相同就好

世人都喜欢情趣、爱好相同的人，而不喜欢不同的人，其实这是大可不必的。相同固然好，但不相同未必就不好，说不定会更好。如同性别一样，同性，同则同矣，但无法阴阳互补，无法孕育新的生命。这就是“异则相生，同则不济”的道理。说到同，也绝不是完全相同、等同才好，而是大致相同为好。儒家追求的理想社会状态是大同世界，这个大同世界也可理解为是大体相同的世界。孔子曰：“君子和而不同，小人同而不和”，这也是对大同的一种诠释。

人与人，组织与组织，民族与民族，国家与国家之间，是永远都不会完全相同的。重要的在于，爱其所同，敬其所异，即求同存异。重要的在于，各美其美，美人之美，美美与共，天下大同。须知，这不只是一种思维方式和生活态度，也是一种修养和境界，还是一种理想的社会形态。

2017年10月2日　丁酉年八月十三　星期一

做人做事不要过

凡事皆有度，失度必失误；凡事不要过，过了即是错。过失过失，过即失；过错过错，过即错。孔子说过：“过犹不及。”

就是说，超过和达不到的效果一样不好。人应该本本分分地做人做事，不过分、不过火、不过头。这个“不过”，主要应体现在不存过分之想、不说过激言词和不行过火行为上。

吃七八分饱是养生之道，说七八分话是保身之道，享七八分福是积福之道。反之，吃饭过饱会消化不良，说话过激会遭到攻击，而享福过头会招来灾祸。

犯了错误，有的要受记过处分。小过错记小过处分，大过错记大过处分，这是在警戒我们不要过分，过分了就要受处分。处分的目的，是为了把行为校正到正确的轨道上来。

2017年10月3日　丁酉年八月十四　星期二

做好人，就一直做下去

做好人看上去不是一切，事实上却是一切。真的把人做好了，事儿能做不好吗？自己真的做好了，能不影响他人吗？你若尚未立志的话，请立定志向坚定不移地去做好人；如果已经立定了此志向的话，那就百折不挠地做下去。不为叫好，不为回报，不为升官，不为发财，只是因为做好人是最值得做的事情。

做好人不是一帆风顺的，好人不是容易做的，有时候甚至比做坏人更难。但是，既然立定了志向去做好人的话，即使他人说三道四、冷嘲热讽，也要坚定不移地做下去。这样，终究会得到大家的认可，甚至包括你的敌人。否则，一有坎坷挫折就犹豫彷徨、改弦易辙，那就半途而废、前功尽弃了。

做好人的前提是明理，即首先要知道什么是好人，知道如何去做好人。那你问，如果我不明白的话，应该去问谁呢？我说要两问：一是问他人，二是问自己。问他人要问明眼人，要问古圣今贤。问自己，要问自己的良心良知，因为欺心就是欺天，自欺就是欺人。做人做事如果能对得起自己的良心良知的话，肯定是一个好人。

2017年10月4日　丁酉年八月十五　星期三

不要瞧不起任何人

有一个故事，说的是一个船夫载着两个人在大江上航行。这两个人，一个是哲学家，一个是历史学家。二人有些瞧不起船夫。哲学家问船夫："你懂哲学吗？"船夫说："不懂。"哲学家说："那你将失去三分之一生命。"历史学家又问船夫："你懂历史吗？"船夫说："不懂。"历史学家说："那你又将失去三分之一生命。"话至此时，江上狂风大作，情况危急，船夫问二人："你俩会游泳吗？"二人惊慌失措地说："不会！"船夫说："那你们将失去全部生命。"

当然，这只是个笑话，但道理是深刻的。世界上三百六十行，只有分工不同，没有高低贵贱之别。人在社会上生活，谁也离不开谁。比如说，即使你才高八斗、学富五车，但若家里的下水道堵了，非找物业公司修理工不可。再者，如《史记》中《孟尝君列传》篇里记录的，有时候能救人性命的未必是雄才大略的文臣武将，而是鸡鸣狗盗之徒。

谁也别自视清高，谁也别瞧不起谁。有的人看上去其貌不扬，但可能身怀绝技。再说，别看平时那么多人和你称兄道弟，但在关键时刻谁能靠得上，谁是真君子，还真不好说。古语云：“仗义每从屠狗辈，负心多是读书人。”此话未必尽然，但却也有几分道理。

2017年10月5日　丁酉年八月十六　星期四

服务他人与成就自己

慈父是在关心儿女中实现的，孝子是在孝顺父母中实现的，好老师是在教育学生中实现的，好医生是在疗治患者中实现的。同理，服务百姓才能成为明君，不普度众生想成佛绝无可能。服务他人就是成就自己，成就自己必须服务他人。树木向上生长必须向下扎根，人向外拓展必须向内练功。如果你只想成就自己而不想服务他人，必然是南辕北辙，缘木求鱼。

一心为自己，他人便不会为你；一心为他人，他人便会为你。老子曰：“以其无私也，故能成其私”，“反者道之动，弱者道之用”。无私才能成大私。世间一切，凡是自己甩出去的，不管好事坏事，最后都会返到自己身上来。作用力等于反作用力，此乃“天人一体、自他不二”之真理是也。

2017年10月6日　丁酉年八月十七　星期五

在内在素质上下功夫

苏轼一生坎坎坷坷，因此他希望儿子能平平安安有福气，无灾无难到公卿。有这么便宜的事儿吗？不可能。反过来说，如果无灾无难的话，苏轼还能成为苏轼吗？也不可能。

希望是一回事，现实是另一回事。世上往往不遂心事十常八九。我倒觉得，与其希望平安，不如把自己的心量修得大一点。遭遇同样的坎坷，有的人会一蹶不振，有的人却会觉得是小菜一碟。与其求无病，不如把自己的免疫力搞强。同样的传染病，可把有些人击垮，而另外一些人则安然无恙。与其求升官发财，不如把自己的德才素质搞强。素质好了，事业成功是题中之意，就算不成功也了无遗憾。如果素质不好，谁能保证侥幸得到的名利不会得而复失呢？

2017年10月7日　丁酉年八月十八　星期六

任何时候，都不要说没办法

爱说没办法的人可能真的就没办法了，而不说没办法的人可能就真的有了办法。从某种意义上说，任何事情在任何情况下都是会有办法的，不是这个办法就是那个办法。甚至一时解决不了的问题，把它放一放、拖一拖也是一种办法。某些事一时因缘不具足，无法解决，那就去深入调研分析找出症结，这也是一种办法。还有某些事一时无法完全解决，那就先去解决与此有关联的问题和容易解决的方面，为这个问题的彻底解决做些前期工作，这也不失为一种好的办法。另外，如果你解决问题的办法是错误的，那么换一种思路，或许有更好的办法。任何时候、任何情况下都要不放弃、不懈怠，不着急、不妄为，平心静气地去积累因缘和条件，去探索新的办法。如果能做到这一点，困难和问题就可能会一个一个地得到解决。

2017年10月8日　丁酉年八月十九　星期日

劝君莫忘四种恩

一个没有感恩心的人是可悲的人，可悲的人必有可悲的命运。感恩心修到极处，应该感恩一切。话虽如此，但总有些方面是最应该感恩的。正如孔圣人所言："不爱其亲而爱他人者，谓之悖德。"所以，人应该从感恩父母做起，向大处延展，这是通途要道。

顺着这个思路往下想，我觉得有四种恩是最重要的：第一是养育之恩，第二是教育之恩，第三是救命之恩，第四是知遇之恩。报父母养育之恩自不必说，这是第一位的。而走进学校，走向工作岗位，老师和党组织的教育之恩自当终身不忘。至于讲到救命之恩，遭逢险难被人救过命的情况毕竟少见。但我要说的是，人不仅有肉体生命，而且有慧命，如果没人救我们慧命的话，我们就有可能沦为行尸走肉。因此，古圣先贤、大德哲人，对我们不仅有教育之恩，也有救命之恩。说到知遇之恩，那是职场上有人对我们关心帮助、提拔重用，才使我们有所发展、有所成就。他们是我们生命中的贵人，每每想起来就感恩不已。

感恩当报恩。报恩固然可以体现在很多方面，但最重要的是要遵从恩人的教诲去做，做他们希望我们去做的事情。就是说，不要辜负他们的期望，使我们的生命层次不断得到提升。

2017年10月9日　丁酉年八月二十　星期一

你的学习发生了吗

现在谈学习的太多了，可以说无人无时无处不在谈学习。但如果我们问一句你了解学习的内涵，或曰学习在你身上真的发生了吗？这样一问，恐怕别说给自己打满分，连及格的也不会特别多。

什么是学习呢？从字面理解，学习是由“学”与“习”两个概念组成的。首先说“学”，读书当然是学，但学绝不仅仅是读书，真正的学应该是更大的学习观，应该是向人学、向事儿学、向自然学、向万物学等。再说“习”，这就更重要了。“习”当然包括复习、温习，但更重要的是实习，即践行。若只学不习或只习不学，都是不能称其为学习的。学习必须把知和行结合起来，这样的学习才是真正的学习，才是真正发生的学习。

学习起码分五个层次：第一是搜集和了解信息，这是最浅的层次；第二是掌握知识，大多数情况是在学校里学习或从书本中汲取知识；第三是将知识转化为才能，这是学习的中等层次；第四是将才能提升和应用到思维方式、工作方法和处世理念上，这是学习的较高层次了。而学习的最高层次是第五个层次，即触及灵魂、触及潜意识、触动三观，树立信仰，改变命运。只有到了这个阶段，才可以说学习真正发生了。否则，便可以说学习在你的身上没有根本性地发生。许多人的学习效果之所以不够明显，原因就在这里。

如果我们把前四个层次喻为冰山上的部分的话，第五个层次则是冰山下的部分。人与人之间的竞争，说到底是冰山下的这部分起着必然性、决定性的作用。

2017年10月10日　丁酉年八月廿一　星期二

最好的早期教育是什么

最好的早教是什么呢？或者说，有比一般意义上的早教更重要的事情吗？这两个问题是可以合起来回答的。我认为，比早教更重要的事情有两条：第一是父母自身教养和综合素质的提高，第二是祖上行善积德。须知，这两条是本，而对孩子实施具体的早教则是标。

举例说明，如果父母的综合素养不好，夫妻关系不融洽，家庭气氛不和谐，怀孕期间的心情不好，胎教再用力，效果也是会大打折扣的。再者，祖上行善积德那是在培厚福德或曰德土，如果德土厚实了，就是祖上有德。祖上是树根，子辈是树干，孙辈是树枝树叶，根深自然叶茂，自然会硕果累累，这样的家族生的孩子自然会聪明俊秀、品端行正。在这个基础上，再加上胎教、早教和其他良好的后天教育，效果当然会更好。

2017年10月11日　丁酉年八月廿二　星期三

人生的四个提升

人生的要义在于不断地提升自己，然后影响带动更多的人一起提升。提升是多方面的，但主要体现在四个方面：一是灵性提升，二是知识提升，三是能力提升，四是境界提升。这四个方面是融为一体的，很难完全分开，但还是有所区别，且在不同的阶段是有所侧重的。

第一个阶段，是灵性提升阶段。这很大程度上体现在婴幼儿期，主要的不是灌输知识，而是营造良好的成长环境和氛围，使其天性得到充分的发挥和提升，所谓“蒙以养正”是也。俗话说“三岁看大，七岁看老”，道家讲“赤子之心”，讲的都是这种状况，足见其重要性。

第二个阶段，是知识提升阶段。主要是在学校教育时期，很大程度上是为了完成人的社会化过程，着重理论知识方面的学习和积累。培根说：“知识就是力量。”从狭义角度来看，知识不是力量，知识只有在转化成能力之时才是力量。

第三个阶段，是走向工作岗位之后，把知识转化成为能力和本事，为社会作贡献的阶段。有相当一些人到此阶段会止步不前，但有一些优秀的人可以进入第四个阶段，即境界提升阶段。

第四个阶段，是人的理想、信念、道德、胸怀、远见等方面的提升。如果一个人不进入境界提升阶段，即使他权倾朝野、家财万贯，也可能是个不能免俗的人。

有境界的人是个什么状况呢？是毛主席在《纪念白求恩》一

文中讲的，像白求恩那样的人，即“一个高尚的人，一个纯粹的人，一个有道德的人，一个脱离了低级趣味的人，一个有益于人民的人”。四个提升既要靠自己立志，不断攀升，也要靠教育，通过教育引导和激励，使他们朝着这个方向发展。

2017年10月12日　丁酉年八月廿三　星期四

知有因缘不羡人

我在邢台工作的时候，有一次接待全国老年人骑自行车协会的同志们。百八十个人中，大的八十多岁，小的也有六七十岁，一个个身体倍儿棒，精神头倍儿好。我与大家见面时说：“别人都羡慕年轻人，我却很羡慕你们。为什么呢？因为老年人都曾经年轻过，但是年轻人未必都能老。”我讲完之后，大家报以热烈的掌声。

我讲的是实话，其实，人生在世，各有各的情况，各有各的因缘，不必总去与别人比高低，更不必去羡慕别人。“欲除烦恼须无我，各有因缘不羡人。”羡慕虽然不是负面情绪，但也没什么用处。羡慕太过了就是嫉妒，那会活得很累的。

“与其临渊羡鱼，不如退而结网”，这句话有道理。还是要把心情搞得平和一点，扎扎实实地做人做事为好。正像上面我讲的那件事儿一样，与其羡慕人家七八十岁了还骑着自行车满世界跑，不如从当下做起，把自己的心情搞好，把自己的身体锻炼好。

2017年10月13日　丁酉年八月廿四　星期五

不向他学点东西，别放他过去

社会是个大学校，无事不教材，无人不老师，无处不课堂。孔夫子曾说："三人行，必有我师焉。择其善者而从之，其不善者而改之。"既然如此，凡是你所遇到的、交往的任何人都要好好向他学习，别错过机会，或曰不向他学点东西就别放他过去。

比如，一次我去甘肃考察就遇到了三位老师。一位是摆主任，他教给我艰深书的一种读法，就是随意翻之，随性而读。还有一位是张秘书长，教给我治疗头晕和白头发的一种方法，就是每天认真梳头十分钟。还有一位就是清纯的讲解员，用行动教给我带着微笑是多么美好。至于不善者之反面教员也同样可贵，查处的那么多的贪官和坏人，他们以自己身败名裂的代价在给我们演出反面人物。我们若不向他们学点东西，吸取点教训，能对得起他们吗？

2017年10月14日　丁酉年八月廿五　星期六

莫　强　求

凡事莫强求，强求则不得。

不要强求植物，因为强扭的瓜不甜。

不要强求动物，因为强按牛头不喝水。

不要强求别人，因为捆绑不成夫妻。

不要强求自己，因为欲速不仅不达，还可能会招致大麻烦。

鲁迅谈他写文章的经验时说：“写不出来的时候不硬写。”硬写就是强求。何止写文章呢，我要说，读书读不进去的时候别硬读，事儿干不成的时候别硬干。“头悬梁，锥刺股”精神可嘉，但这种做法的效果如何很难说。再说打坐，也是一样，必须掌握好度，不能硬来。有一位打坐者双盘不成，却急于求成，让人用大石头把翘起的腿压下去，结果伤了筋骨，导致终生的遗憾。

当然，不强求不是听之任之，无所作为。求之不得舍则得，舍多少得多少；不要强求要勤修，修到什么程度得到什么程度。要记住，持之以恒、循序渐进，永远是修行的不二法门。

2017年10月15日　丁酉年八月廿六　星期日

别太在乎他人怎么说

我说的是别太在乎，不是不在乎。因为别人不是你，未必了解你，他说的也未必对。再说，众说纷纭，莫衷一是，太在乎了将无所适从，会一事无成。

有个故事说的是，父子两个赶着一头毛驴在路上走。一开始父亲骑着，路人议论说：“这个老人真不像话，孩子那么小，不让孩子骑而自己骑。”父亲于是下来让孩子骑上了。走了一段，又有人说：“这个孩子真不孝顺，自己骑驴不让父亲骑。”听了这个话后，父子两人遂都骑上了驴。谁知，还有人说：“这两人是怎么着了，这么小个毛驴，一个人骑还不行吗，还两个人都骑上。”二人实在不知道该怎么做了，就都下来，赶着毛驴走。这时路人更加讥笑说：“这两个大傻瓜，有驴不骑，都在地上走。”这个时候两人真的无所适从了。

世人真的是这样，在很多情况下，你这么做他那么说，你那么做他这么说，你做呢他说，你不做他还说。你做对了他说“早该如此”，你做错了他说“我早就知道这样不行，他就是不听”。要太在乎别人的说法，不仅什么事情都做不成，而且会活得很累、很痛苦。邓小平同志讲的“不争论”，即有此理。邓小平说“不争论”是为了抓紧时间干。我们别太在乎别人的议论，也是为了集中精力把该干的事情干好。

2017年10月16日　丁酉年八月廿七　星期一

“食不言，寝不语”真的很重要

孔子“食不言，寝不语”的教诲，许多人都知道，但并非人人都明白其中的道理，至于能做到这一点的那就更少了。

那么“食不言”的道理何在呢？如果在吃饭的时候说话，会转移注意力，会分心，从而把大量的能量和气血转移到脑部，导致消化不良。“寝不语”的道理也是这样，如果睡前高谈阔论或思虑太多，会使精神过于兴奋，大脑皮层处于紧张状态，不能入睡，影响身心健康。

生活中违背此古训的情况可谓比比皆是。比如，我到过一所中学，偌大的餐厅里安装了许多电视，学生们一边吃饭，一边看电视节目。其实，电视也是一种语言，对学生集中心思吃饭有不利影响。还有不少政界的同人有开早餐会的习惯，此举固然可以节省一些时间，但一边吃饭一边研究工作，且不说研究工作的质量如何，对消化吸收有负面影响是没有疑问的。还有不少家长，吃饭的时候爱训斥孩子，这很不好。更别说一些人边吃饭边吆五喝六划拳行令了。再有，现在有更多的人，吃饭的时候和睡觉之前，过多地玩手机和看电视。其实这也是一种“言”和“语”，也是一种负面影响，是应当减少或尽量戒掉的。

如今脾胃不好、消化不良和睡眠状况不佳的人不在少数，且有增多的趋势。其原因固然是多方面的，但不能不说违背圣人“食不言，寝不语”的教诲是其中的因素之一。

2017年10月17日　丁酉年八月廿八　星期二

施比受更有福

有一个故事，说的是阎王殿里两个小鬼要转生，阎王爷对他俩说：“有两种角色可供选择，一个是经常布施给他人财富，另一个是经常得到他人布施。”这时，一个投机取巧的小鬼急忙说：“我选第二种。”另一个厚道的小鬼说：“我选第一种。”阎王爷说：“好了，想得到布施的转生做乞丐，想布施他人的转生当财主。”这时，那个投机取巧的小鬼悔之莫及。

这虽然是个故事，但这样的事情并不少见，且世世代代都在上演。世人都想得到，这也无可厚非，但想得到须走正道，正道就是奉献，就是为他人着想。《圣经》有云“施比受更有福”，此乃真理。

现在，许多人都在讲“德不配位”这句话。我想说的是，不仅德要配位，才也要配位。不仅才要配位，名与实，利与义，得到的与付出的都要配位。如果奉献比得到的多的话你就有福了，如果得到的远远大于付出的话，既不会得到大家的尊重，也难以持久，绝非吉祥之兆。

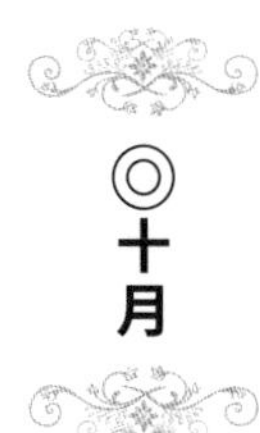

2017年10月18日　丁酉年八月廿九　星期三

做个明白人很重要

做个明白人很重要。明白人不仅自己会活得很幸福，还可以给家庭、给所有与自己有关联的人带来幸福。如果是个明白领导的话，还会给自己的团队带来幸福。而不明白的人不仅自己活得很痛苦，也会给他人带来痛苦。

人生的很多问题都是因为不明白造成的。比如，如果你很自私的话，那是不明白帮助别人就是帮助自己；如果你爱生气的话，那是不明白生气只能是惩罚自己；如果你很傲慢的话，那是不明白个人在众生面前是多么渺小和不值一提；如果你身体不好的话，那是不明白养生之道；如果你事业不顺的话，那是因为不明白此是自己德才素质不高导致的；如果你命运不济的话，那是不明白此是自己福德积累不够的结果。

明白，明个什么呢？明个宇宙人生的真相。那么真相是什么呢？真相就是凡事有因果，善恶相报如影随形。“真相大白”，真相是大白的。所以就要清清白白、干干净净地做人做事，不要藏奸耍滑，不要藏污纳垢，这样做就是一个明白人。

2017年10月19日　丁酉年八月三十一　星期四

有想不开的，没有过不去的

有想不开的人，没有过不去的事儿。劝人时常说“你不要想不开啊”，从没听到劝人说“你不要过不去啊”。开不开全在想，即全在你的思想、思路。

想开了，事儿会过去；想不开，事儿也会过去。但要想开了，事儿肯定会过得更好。想不开是缺乏智慧，或曰，是犯傻的表现。小事儿上想不开，或许还不要紧，大事儿上想不开，危险性可就大了。短期想不开，或许还不要紧，长期想不开，不仅可能得抑郁症，还可能会走上极端。

在此我想说的是，不管多大的难事来了，都要告诉自己：“三天以后就会好的。”那你可能要问了：“三天以后要不好呢？”我说：“那就再来三天嘛！”反正有很多个三天。说不定三天后或是三天内，你的想法就有了变化或者事情就真的有了转机。到那时，你认为的坏事可能就已不是个事儿，或许还是个好事呢。

2017年10月20日　丁酉年九月初一　星期五

“坚持”二字值千金

“坚持”，坚重要，持更重要，坚持二字结合起来最重要。所以，我说“坚持”二字值千金。

“坚”体现在两个方面：一是坚信，二是坚定。坚信好人有好报，坚信行善有善报，坚定不移做好人，坚定不移为善业。信就真信，行就真行，假信假行不会有真效果。

“持”也体现在两个方面：一是持守，二是持续。持守就是有操守，能守得住，不忘不失、不动摇、不彷徨。持续就是一以贯之、一如既往，不间断、不懈怠地做下去。

坚不容易，持也不容易。坚一下子容易，持续一辈子不容易。小时候看电影《少林寺》，许多情节不记得了，但有一个情节终生难忘，就是方丈给比丘授戒的时候问：“戒杀盗淫妄酒，能持否？”问的是能持否，不是能坚否。可见持是非常不容易的，也是非常重要的。

2017年10月21日　丁酉年九月初二　星期六

好心人与明白人

做个好心人重要，做个明白人也很重要，或者说更重要。否则可能会好心做错事，甚至是个好心的糊涂虫。而一个真正的明白人，首先他不会不存好心，因为他知道“善恶相报”的宇宙大道。第二，他明白怎么做是对的、怎么做是错的，不会去做糊涂事。举例说，好心养花、养鱼，但不明白怎么养，会把花和鱼养死的。好心给人治病，但若是个庸医的话，是会把人治坏甚至治死的。再比如，好心为子女，但不明白怎么是对子女好，如果娇生惯养反倒会害了孩子。

看来，做个明白人，即做个有智慧的人是十分重要的。好心是慈悲，明白是智慧。佛教有两大菩萨，一个是观音，一个是文殊。观音象征慈悲，文殊象征智慧，他们都是表法的，都是给我们树立榜样的。当然，文殊智慧并非不慈悲，因为大智慧必然大慈悲；观音慈悲并非不智慧，因为真正的慈悲必然是以大智慧为前导的。而要救度众生是要福慧双修、悲智双运才能奏效的。

2017年10月22日　丁酉年九月初三　星期日

思想要通达

做人不要圆滑，但要圆融、圆通。俗话说：“条条大道通北京。”世间万事万物本来就是通的，之所以不通，是自己思想狭隘自设障碍。

比如，不要认为读书只是读书，读书也是交友，因为好书是友；不要认为交友只是交友，交友也是读书，因为好友是书。不要认为做人只是做人，其实做人就是做事，因为不能设想一个好人尽做坏事；不要说做事只是做事，其实做事也是做人，因为不能设想好人只停留在口头上。不要认为在家尽孝只是尽孝，如果在家不能尽孝的话，对国也不会尽忠；不要认为为国尽忠只是尽忠，其实为国尽忠就是大孝。

孟子曰：“老吾老以及人之老，幼吾幼以及人之幼，天下可运于掌。”是说能像孝敬自己的父母一样去孝敬所有人的父母，能像关爱自己的子女一样去关爱所有人的子女，那么治理天下就会像翻手掌那么容易。大千世界、宇宙大道、天理良心，与你当下一念，与你的言行举止，都是普遍联系的。

2017年10月23日　丁酉年九月初四　星期一

不是“无毒不丈夫”，而是“无度不丈夫”

“量小非君子，无毒不丈夫。”第一句话好理解，但对第二句话有些疑惑。无毒为什么就不能称为丈夫呢？后来，听说这句话是被错读了的。不是“无毒不丈夫”，而是“无度不丈夫”。这句话的出处我不得而知，到底哪种说法是正确的，可能会有争议。而我认为，应该是，也希望是“无度不丈夫”。

丈夫，主要应体现在胸怀度量上。“量小非君子”讲的是量，“无度不丈夫”讲的是度，应是题中之意。说“无毒不丈夫”，不仅让人无法理解，且在导向上也是有害无益的。

好了，就讲“无度不丈夫”。度应该体现在哪些方面呢？应该体现在四个方面：一是角度。凡事不要只站在自己的角度考虑问题，而应该站在对方角度乃至对立面的角度，站在绝大多数人的角度乃至众生的角度考虑问题。二是适度。凡事莫失度，失度必失误。要把握不偏不倚、无过无不及之度。三是高度。不被私心物欲所迷，不被眼前利益所障，要站在道德的制高点上向希贤希圣的目标攀升。四是大度。不能小肚鸡肠，而要大肚能容，像虚空一般，容纳天地万物、日月山川、一切众生，又清净无为、无为而无不为。若此，乃为大丈夫也。

2017年10月24日　丁酉年九月初五　星期二

为己与为人

按照常理，人应该少为自己多为他人才是，这当然很有道理。但其中既有个能力问题，也有个适度的问题。比如，人家不需要你帮助的事情，还是少关心、少打听为好。在这个意义上讲，“各人自扫门前雪，莫管他人瓦上霜”并非全是消极意义。

另外，我还想说说“为己与为人”的另一层含义。孔夫子说：“古之学者为己，今之学者为人。”意思是说古代的学者学习的目的，在于修养自己的学问道德，而现在的学者学习的目的，却是装饰自己给别人看，或者是为了达到自己的私利而学习。这里的关键是要在自己身上下功夫，把自己的事情做好。在某种意义上讲，真正地为自己就是为别人。自身不正而欲正人，泥菩萨过河自身难保，你说能帮助别人，那不是空话一句吗？

说到这里，我又想起一种说法叫作“人不为己，天诛地灭”。按照常规的理解这是极端自私的语言无疑，其实这也是被错读了的。错在“为”字真正的含义是二声的“为”，即人不提升自己的道德品行的话，是会寸步难行、天诛地灭的。这个含义，是和孔夫子“古之学者为己，今之学者为人”的教诲异曲同工的。

2017年10月25日　丁酉年九月初六　星期三

只靠一招，是不行的

“文革”的时候，有一种说法“阶级斗争，一抓就灵”；实行承包制的时候，有人说“一包就灵”；实行股份制的时候，又有人说“一股就灵”。后来人们才发现，只靠一招往往不灵。

新官上任要烧三把火，李逵打仗要有三板斧。夸人时常说，“那人有两下子”，即起码要有两下子，不能只有一下子。因此，在街头上遇到“一贴灵”“一针除根”等这样的庸医广告，可要当心了。

虽有“一招鲜，吃遍天”的说法，但支撑这“一招鲜”的，是总体素质和基本功夫。事儿都是在系统中产生的，人都是在社会中存在的，人与事都是错综复杂地交织在一起的。所以，任何事情的妥善解决，都需要有系统思维和配套办法，不能简单处置和“单打一”。那样，不仅难以解决问题，还有可能把事情搞坏。

2017年10月26日　丁酉年九月初七　星期四

孔圣人为什么说十五岁才立志学习

孔子曰：“吾十有五而志于学。”孔子在此处讲“志于学”的“学”是大学，而十五岁以前的“学”是小学。古代的大学、小学与现代不同，古代的小学指的是“洒扫应对进退、礼乐射御书数”等基础课程。“洒扫应对进退”指的是洒水扫地、社会交往和迎送客人等礼节，至于“礼乐射御书数”即是古代所谓的“六艺”，指的是礼节、音乐、骑射、驾车、书法、算法等等。礼乐可称为德育和美育，射御可称为体育和劳动，而书数可以称为智育。这个小学的教育涵盖了德智体美劳诸多内容，包括了做人的基本道德规范和生活的技能素质。那我们试想一下，时下十五岁以前的学生能做到这些吗？恐怕不能。

古代的大学指的是什么呢？指的是大人之学，是做大人的学问。主要是伦理、政治、哲学等课程，学的是穷理、正心、修己、治人的学问，即《大学》一文中讲的“大学之道，在明明德，在亲民，在止于至善”这些内容，也就是修身治国平天下的道德素养和本领。

当然，大学和小学不能截然分开。蕅益大师在《四书禅解》中讲到古之大学这个学问时说：“大者，心也；学者，觉也。”大学者，即是学习觉悟之心的学问。而知识的积累、技能的提高等方面的学习，即使你学得再好，知识再多，按古代的标准衡量，也不是大学，仍属小学。如此看来，今人别说“十有五而志于学”了，恐怕不少人终身也没有入大学。

2017年10月27日　丁酉年九月初八　星期五

最好的防御是进攻

有一句话说“害人之心不可有，防人之心不可无”，我认为，

“害人之心不可有”千真万确，但仅仅如此是不够的。人不能停留在不害人这个层面上，需存利人之心、行利人之行方好。“防人之心不可无”有道理，但也不尽然。对他人，尤其是品行不端的人是要防的，但只是被动地防是防不胜防的。因为，不是在任何时候、任何条件下都知道哪些人可信、哪些人不可信的。

防别人是必要的，防自己更重要。防自己想了不该想的，说了不该说的，做了不该做的。古语有云：“慈悲无敌人，智者无困厄。”我理解，不是说慈悲的人就不会遇到任何敌人了，而是说慈悲的人不把任何人当敌人；不是说智者就永远一帆风顺了，而是说智者能不把困厄当困厄，甚或会把困厄当作磨炼自己的机遇。

老子曰：“信者，吾信之，不信者，吾亦信之，德信。善者，吾善之，不善者，吾亦善之，德善。”讲的也是这个意思。对他人固然要防，但最好的防御是进攻。这种进攻不是向他人进攻，而是向自己进攻。即在自己身上挖潜力、下功夫，在拓宽自己心量、提升自身境界上努力。如此才是积极防御，才是有效防御。

2017年10月28日　丁酉年九月初九　星期六

假若人生可以再来一次

我常想一个问题，如果人生能从头再来一次，或曰有来生，你的命运会是什么样子的呢？我想，绝大多数人还是此生的样子，有的可能还不如这一生。要问为什么，我说那是因为性格决定命运。那么你想想，这一生中，你的性格或曰品性改变了多少呢？

大多数人没有改变，这就是命运难以改变的原因。

《中庸》上讲“天命之谓性”，《三字经》上讲“人之初，性本善”，这就告诉我们，上天所赋的人之初的性或曰初心是善的，但人生所受的秉性是有差别的，是有善有恶的。在此基础上，有生以来随着你的秉性，再加之此生所有身心造作、随波逐流形成的习性则可能是善少恶多的。人的修行就是通过克己复礼的功夫，改习性、化秉性、归天性，或曰致良知、显良心、通天理。如果能做到这一点，此生的命运就会大大地改善，如果能再来一次的话肯定会越来越好。如果做得越来越差，那么走下坡路、向下堕落就是不可避免的了。

2017年10月29日　丁酉年九月初十　星期日

迎头赶上与循序渐进

要赶上别人，固然要认真刻苦地向他们学习，但这并不是说在所有的方面都必须采取亦步亦趋的方法。别人在前面跑，你在后面追，很难追得上，但要是迎着他的头去跑就赶上了。比如说，向别人学习做好人，未必照着他的样子一件事一件事去做，而完全可以遵循圣贤的教诲，瞄准英模人物的榜样，一下子站在道德的制高点上，这样就赶上了。

佛家有一句话叫作“理可顿悟，事须渐修”，是说在理上、在心上是完全可以顿悟，可以一步到位的。但是由于旧习气的存在等诸多因素，要把事情做好就没那么简单了，须下一番曾子“三省”和颜子“四勿”等循序渐进的磨炼功夫才行。

2017年10月30日　丁酉年九月十一　星期一

“男主外，女主内”，是有道理的

男人永远无法完全理解女人，因为你没有她的存在，所以就没有她的思维方式和行为方式。当然，女人对男人也是这样。比如男人注重空间，女人注重时间；男人注重宏观，女人注重微观；男人注重理性，女人注重感性；男人注重看到的，女人注重听到的；男人注重外部交往，女人注重内部打理等等。顺着这个思路说下去，既然男子注重外界和空间，女人注重内部和时间，那么作为夫妇来说，“男主外，女主内”是有道理的。违背这个道理，比如男人太过于婆婆妈妈，太多地参与琐事，会让女人无所适从，这肯定不是最好的选择，因为这方面也不是男人的强项。而如果女人太多地干预男人的事情也非上策。因为不能不承认，就一般情况而言，在涉及宏观、重大、理性问题的决策上，男人确实有其独特的视角和长处。

当然，任何事情都有例外。注重长远、注重宏观的女人不乏其例，而擅长居家过日子、注重眼前和感性的男人，也非个别现象。最佳状态，应该是男女之间互补、配合，达到阴阳平衡的状态。

2017年10月31日　丁酉年九月十二　星期二

不是正道来的东西，绝不是好东西

走正道也许很艰难，也许一时没有好的回报，但一定要坚定信心走下去，因为苍天不负好心人。不走正道也许可以飞黄腾达、一夜暴富，但是那样会升得越高，摔得越重，财产来得快，去得更快。

何止升官发财呢，一切不从正道来的东西都不是好东西。这样得到的东西，自己既不会珍惜，他人也不会服气，因此，它既不会牢固也不会持久。非但如此，还会进一步助长投机取巧、胡作非为的习性，从而埋下更大的祸根，可能还会殃及子孙。圣贤有言“积不善之家必有余殃”，圣贤的教导两千多年来被人记诵传承，绝非虚言。《大学》上讲“言悖而出者，亦悖而入；货悖而入者，亦悖而出”，意思是说你如果出言不逊、胡言乱语，那么别人也会对你不礼貌，用胡言乱语回报你；你从不正道来的财产，也会从不正道的地方散去。

十一月

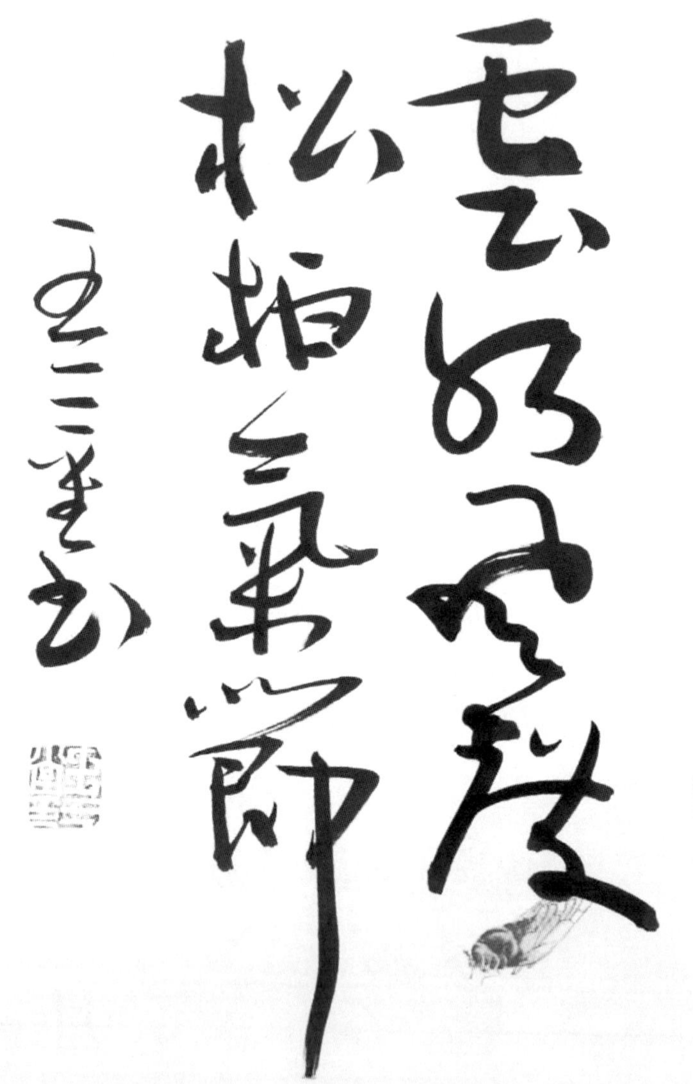

云水风度，松柏气节

2017年11月1日　丁酉年九月十三　星期三

别　埋　怨

强者塑造自己，弱者埋怨他人。埋怨，就埋下了怨，埋在哪里呢？埋在心里，所以怨字的下边有个心字。埋在自己心里，也埋在别人心里。埋在自己心里，导致身心不健康；埋在别人心里，导致事情不顺利。

2017年11月2日　丁酉年九月十四　星期四

如何做一个可靠的人

为人，可用重要，可靠更重要。可用是才，可靠是德。可靠的人未必可用，可用的人应该可靠。在某种意义上讲，可靠本身就是一种用，不可大用可小用，这方面不可用还可那方面用。而不可靠的人，用的地方越重要，可能坏的事儿越大。

可靠体现在哪些方面呢？从“靠”字可以悟出一些道理来。“告非为靠”，就是说，能直言告诉你哪些方面做得不好的人就是可靠的人。同理，要做让他人觉得可靠的人，也要真心地为他人负责，指出其缺点。当然，他要是实在不愿意听的话另当别论。因为现在敢“告非”的人越来越少了。同时，能享受到别人善意的、中肯的批评，也越来越成为奢侈品了。而忽悠人的人和喜欢被别人忽悠的人，不见其减，但见其增。但也别灰心，物以稀为贵，保持自己真言、诤言的风格，确实很重要，做一个敢于“告非”的人，确实很可贵。

2017年11月3日　丁酉年九月十五　星期五

事情虽小，我很欣慰

小孙女今年九岁，上四年级。她放学时，我常去接她。接上后，有时我们会去文具店买文具。今天放学后，她说要到晨光店买文具，我遂准备拿钱。这时，她很高兴地把手里的约一百多元钱在我面前晃了一下，说：“不要爷爷拿钱，我今天带钱了。”我说：“把你的钱放起来，用我的钱吧。”但她执意地说：“真的不用，真的不用。”我也就不再坚持了。购买文具花了约百八十元钱，她的钱剩不多了。我说：“爷爷给你点钱吧！”她还是执意地说：“不用，不用。”最终我也没有给她钱。

这件事情虽然小，但我感到很欣慰。她要是把钱看得很重的话，这点小钱完全可以不拿出来。拿出来后，我说我付钱的时候，她应该很高兴。后来，我给她钱的时候，她不会不要。这说明她不吝啬，不小气，不看小钱，不贪便宜。

这样的事情，过去也常有。俗话说“三岁看大，七岁看老”，从小事上，最容易窥见一个人的性格和品行。小孙女是伴随着我们的德教故事长大的，看来，我们的教育功夫没有白费。

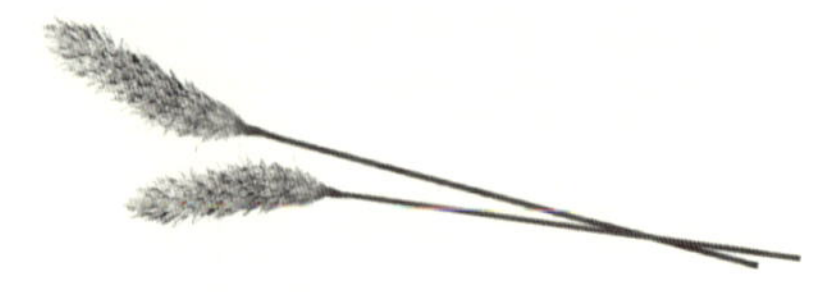

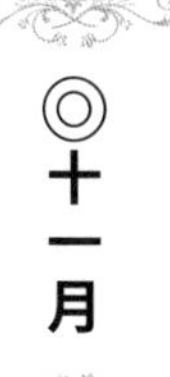

2017年11月4日　丁酉年九月十六　星期六

从“对象”看环境的重要性

对象对象，越对越像。夫妻之间共同生活时间越长，感情越好，夫妻相就越明显。何止夫妻呢，亲生子女长相像父母，这个好理解，就是养子女和父母一起生活时间长了，也会和父母越来越像。何止养子女呢，就是领导和下属之间、同事之间，在一起时间长了，其言谈举止、兴趣爱好也有几分相像。这是环境的力量。所以，一定要慎重选择职业、选择单位，一定要慎重选择居住小区、选择邻居，更别说选择对象了。

设想一下，居住小区附近是学校、机关，还是监狱、火葬场，那种感觉肯定是不一样的。孔子讲过“里仁为美”，孟母三迁的故事，更是人人皆知。前两天，我在读《圣经》的时候，读到了这么一段话：“你们无论进了哪一城、哪一村，要打听那里谁是好人，就住在他家，直住到走的时候。”可见，对人文环境的选择，古今中外都是很重视的。

2017年11月5日　丁酉年九月十七　星期日

影响前途的三个方面

影响前途的因素很多，但有三个方面是很重要的：一、读些什么书；二、交些什么友；三、业余时间干些什么。

先说读书，什么样的人，便会读些什么样的书；而读些什么样的书，也就会成为什么样的人。

再说交友，有人说“一个人的样子，就是与他关系最好的五个人的样子的平均值”，信然。还有人说“看一个人会成为一个什么样的人，要看他与谁同行”，此言道出了交友的重要性。

现在说说业余时间在干些什么。对大部分人来说，上班时间做的是不得不做的共性的事情。业余时间就不同了，业余时间的利用，不仅透露了人的所有情趣爱好，同时也塑造了他的发展走势。设想一下，业余时间吃喝玩乐、虚度光阴的人，和认真读书学习、积极进取的人相比，前途还不好判定吗？

2017年11月6日　丁酉年九月十八　星期一

发牢骚有用吗

如果有人问我，发牢骚有用吗？我会毫不犹豫地回答：“有用，是负作用。”什么负作用呢？一会伤害自身形象，二会影响身心健康。毛主席不是说过“牢骚太盛防肠断”吗？

牢骚还会引起别人对你的负面看法，从而影响人际关系，进而导致工作不顺利。因为，既没有员工喜欢爱发牢骚的领导，也没有领导喜欢爱发牢骚的员工。既没有人愿意找一个牢骚满腹的配偶，也没有人喜欢交一个怨气十足的朋友。

牢骚，轻则会惹一身骚，重则会被套牢。如果只是嘴上发发牢骚，后果可能还不太严重，但若把牢骚变为行动，则有可能导致坐牢。这绝不是危言耸听。大家只要留心观察一下，这样的情况不说比比皆是，但也绝非少数，不能不警觉。

2017年11月7日　丁酉年九月十九　星期二

不倒翁为什么不倒

不倒翁不倒的秘密，首先在于它肚子下面那个大泥坨，它使不倒翁的底部和桌子有个较大的接触面，无论把它扳到什么程度，它都能和桌面保持接触。另一个原因，是它把重心降得特别低，而重心越低的物体就越稳定。老子曰“重为轻根，静为躁君”，讲的就是这个道理。

这启示我们，做人做事要能抗挫折、抗摔打，要做个“不倒翁”，就必须做到两条：第一，把基础搞大搞结实。这个基础不仅仅指身体基础，更重要的是品德、心理、才能等综合素质基础。第二，把重心下移。怎么移呢？多亲近自然，多深入基层，多联系群众，吸取营养，把根底扎牢扎深。

若此，无论什么风雨都无奈我何。个人如是，企业、单位、组织等亦复如是。

2017年11月8日　丁酉年九月二十　星期三

修行，就从不怨人开始

与妻子到好利来店里买面包，顺便买了两杯奶茶喝。因为我们平时不喝茶，所以料想不到的事情发生了。我俩几乎一个晚上没睡着觉，这是很痛苦和令人生气的事情。我俩不约而同地说：“这个好利来店，可把咱俩坑苦了。”

说完之后，转念一想，这样怨人没有道理。第一，奶茶是自愿购买的，人家也没有强迫你喝。第二，喝奶茶睡不着觉，对茶类的饮料反应太敏感，是自身原因，这能怪别人吗？有的人睡前喝浓茶、喝咖啡，还照样呼呼大睡。想到这儿以后，怨气全消了。我俩相视而笑，说：“好，修行就从不怨人开始。”

2017年11月9日　丁酉年九月廿一　星期四

做人无非两条线

做人，无非两条线。一条是下部的横线，就是底线；另一条是向上的竖线，是提升线。就是说，要“向下有底线，向上无止境”。底线就是在任何时候、任何情况下，可以利己但绝不损人。这是党纪、国法的红线，也是好的人与不好的人的分界线，绝不能越过。竖线是什么呢？竖线就是凡夫向贤人、圣人的提升线，是永无止境的追求线。

做人，要首先保证有底线，不堕落，然后在此基础上向上攀升，会距离目标越来越近，这样便总有达到目标那一天。

2017年11月10日　丁酉年九月廿二　星期五

你学习传统文化，受益如何

学习践行中华优秀传统文化，有的人受益大，有的人受益小，还有的人没有受益。原因何在呢？说到底，看你是真学、真行，还是假学、假行，甚或是采取抵触反对的态度。

如果把中华优秀传统文化比作一条射线，把学习践行情况比作另一条射线的话，真学真行的人，两条线是重合的，是合二为一的，所以，学习的效果当然好；有时践行、有时不践行的人，两条线是呈十字螺旋状的交叉状态，这种情况受益当然会小；不学不行的人，两条线是平行线，永不发生关联，自然没有受益；而反对、抵触的人，两条线是反方向的，不但没有受益，而且距离会越来越远。学习传统文化如此，学习其他知识也是如此。

2017年11月11日　丁酉年九月廿三　星期六

你的手机能经住汽车碾压吗

与几个朋友乘车出行，到服务区加油时，把手机放在右手车门内的储物格内。从洗手间出来，登车要走时，忽然发现手机找不到了。两个车上的六七个朋友一起帮我找，车上、车下、包内，翻看了几个来回，均未找到。打手机倒是始终处在联通状态，侧耳聆听却听不到有手机铃声。我和大家都很着急，但又毫无办法。

过了一会儿后，我已决定放弃寻找了。想到要重新购买手机，心疼花钱尚在其次，最担心的是我手机里存的那么多的信息资料怎么办。这时，还是一位细心的朋友帮我找到了手机，令我喜出望外。

原来，手机是在加油开关车门时掉了下去，落在了加油站的汽车通道上。在这段时间里，不知有多少车辆多少次地在手机上碾压过，我们认为手机肯定不能用了。谁知，除了手机外壳和屏幕上有些划痕外，没有其他的损坏。更令人欣慰和不可思议的是，手机功能一点儿没有受到损坏和影响。你问我手机是什么品牌的，我自豪地告诉你说，是华为的！

2017年11月12日　丁酉年九月廿四　星期日

别让价值成负数

一个人的价值是多少，有最简单的一种算法，“德”乘以“才”的得数，就是他的价值。只要不是白痴，任何人的才都不会是零，更不会是负数。但德就不同了，德可以是零，比如无德的人。德还可能是负数，比如丧心病狂、丧尽天良的人。人的才无论多大，若乘以零，则价值会归零；若乘以负数，价值便会归于负数。道德败坏的人，才越大，负面价值越大，给社会造成的破坏也就越大。

可见，人的价值在很大程度上取决于道德水平。首先，应该保证不要道德败坏，不要缺德，不要少德，然后把德修得越来越大的基础上，每增一分才，价值就会成倍地增长。

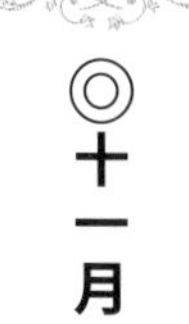

2017年11月13日　丁酉年九月廿五　星期一

有些罪，别人是不能代受的

一个小孩看到孵化小鸡，小鸡即将破壳而出的时候，用嘴把蛋壳啄了一个小口，可费了很大劲却还是出不来。小孩好心替小鸡把蛋壳扒开，这时发现小鸡尾部的蛋黄还没有完全吸收和转化，结果小鸡死掉了。这个事给人什么启示呢？说明有些罪既是不可避免的，也是别人不能代受的。该谁受的罪，谁就得受；该受多少罪，就得受多少罪。比如，孕妇分娩，不到不得已的时候，还是不采取剖腹产为好。分娩不仅可以激发孕妇生命潜能，而且对新生儿也很有好处。这是新生儿走入人世的第一次抗逆锻炼，是母婴在艰难时刻的默契配合，对母婴的免疫力都是有好处的。

还有，小孩在成长过程中，磕磕碰碰、小灾小难都是难免的，不能太娇生惯养，更不能什么事大人都去代劳，一点儿罪也受不了。须知，小时候吃苦受罪对今后的成长是有好处的，甚至可以说是一生的财富。小时候欠了这个账，长大了会让他加倍偿还，甚至有些会造成无法弥补的后果。再则，人有了过错，或者违法犯罪了，给其惩罚教育，让其受点罪、吃点苦，这也是必要的。因为受罪未必是坏事。

2017年11月14日　丁酉年九月廿六　星期二

一切皆从恭敬中来

想吉祥吗？请孝敬父母；

想健康吗？请恭敬自然；

想平安吗？请畏敬法律；

想有力量吗？请尊敬众生；

想有智慧吗？请崇敬传统文化；

想有前途吗？请诚敬职业；

想纯洁自我吗？请虔敬性灵。

一切皆从恭敬中来。一分恭敬得一分利益，十分恭敬得十分利益。敬人人尊，敬事事成；敬物物华，敬天天灵。如果没有了恭敬，做人就是作假，做事就是作秀，就是自欺欺人，就是虚度光阴。

印光大师说："有一秘诀，剀切相告，竭诚尽敬，妙妙妙妙。"

我说："我有一言，告与君听，恳恳切切，恭恭敬敬。"

莫将容易得，便作耳旁风。

2017年11月15日　丁酉年九月廿七　星期三

肉眼与心眼

人有肉眼，也有心眼。用肉眼叫看，用心眼叫观。肉眼看外，心眼观内。肉眼好的人未必心眼好，心眼好的人，肉眼更应该好。

心眼，心与眼紧密相关，心明眼亮。

何止是眼呢，身体的任何部位都与心，都与心眼有关系。肉眼不能多也不能少，心眼则不同。缺心眼固然不好，心眼太多也不好，还是要在一门心思、一心一意上下功夫。肉眼看不清东西固然与视力有关，但更重要的可能由于眼前有障碍，所谓“一叶障目，不见泰山”是也。肉眼看不远，也许并非是视力问题，可能是因为站位不够高。心眼看不真东西，固然与聪明程度有关，但也不尽然，如果私欲占据了心眼，既有可能难辨是非，也有可能故意混淆黑白。至于视野宽不宽、看得远不远，更是由精神境界所决定的。

要想肉眼好，首先要去除障碍；要想心眼好，必须要去除私欲。只有这样，才能内外兼修，心明眼亮。

2017年11月16日　丁酉年九月廿八　星期四

说“好”与说“不好”

人，皆有好有不好。对人对己说好或者说不好，其中大有学问。

先说对别人。如果别人真的好，请一定要说人家好，起码不要说人家不好。如果说人家不好，首先是对不住自己的良心，别人也会认为你是个不诚实的人。如果别人真的不好，你不一定要说他不好，但起码不要说他好。如果你说他好，同样首先是对不住自己的良心，别人同样会认为你是个不诚实的人。

再说对自己。如果自己真的好，自己不一定说自己不好，但也别去说自己好。因为越是使劲说自己好，有人就可能越是使劲说你不好。如果自己真的不好，要敢于说自己不好，起码不要说自己好。因为，不好就承认自己不好，别人说不定会说你还不错。如果自己不好，还说自己好，别人更会把你贬得一无是处。

2017年11月17日　丁酉年九月廿九　星期五

传统文化经典不可不读

一位有着大学学历的正厅级领导干部，曾经很坦白地告诉我说，中国古典四大名著，也就是《红楼梦》《西游记》《三国演义》《水浒传》，他一本也没有读过，更别说其他名著和传统文化的经典了。这是很令人遗憾的，同样令人遗憾的是，前两年他因贪腐被查，锒铛入狱了。

我不能说他的贪腐与没读古典名著和传统文化经典有必然联系，但我可以说，有传统文化方面的修养确实很重要。我常想，中国人之所以是中国人，不仅仅在于血统，也不仅仅在于长相和语言，而在于对中华文化的认同，及有这方面的人文修养，这才是重要的因素。

因此，不管你是学什么专业的，也无论是干什么工作的，有些中华文化经典是不可不读的，传统文化修养和人文关怀是不能没有的，这也是人与人成长和事业发展乃至一生的命运大不一样的原因所在。事实上，不少人在小学，至晚在初中时就读过四大名著了，有的还不只读了一遍。像这位大学毕业，并且做到正厅级的领导干部，没读过四大名著的极其少见。

2017年11月18日　丁酉年十月初一　星期六

请到源头看看

现在的媒体和交流方式太发达了，每天铺天盖地、扑面而来的资讯令人目不暇接。这当然是好事，但也带来问题，就是这些观点学说丰富且芜杂。有的相似，有的相悖，有的模棱两可，令人无所适从。怎么办呢？解决的办法自然也是莫衷一是的。我倒有个建议：在这资讯泛滥之时，到源头看看，领略一下各家传承发展脉络是很有必要的。

比如说，要说中华文化的源头，群经之首，万法之尊，当属五经之一的《易经》，此不可不涉猎；探寻儒家的源头，不能不读《大学》《中庸》《论语》《孟子》四书；领略佛家的宝藏，则应反复读读《金刚经》《心经》《无量寿佛经》《六祖坛经》等经典；追溯道家的源头，则当属《老子》《庄子》；想掌握养生与保健的根本原理，则不能对《黄帝内经》一无所知。至于在此基础上，想知道各家的发展传承，则应读些有代表性的经典。比如儒家，读读《论语》《孟子》《静思录》《传习录》等，约可窥其大略等等。读读这些书，你就有了主心骨和定盘星。

这些经典当然不可能篇篇精读，要想读懂读通更非吾辈所能为之。但读读总比不读好，因为到了源头总能看到其本来面目和别样的景致。这样，你会发现百家之言其实都是万变不离其宗的。

读不懂怎么办？读不懂更要读。读不懂是因为读书少，读不懂就不去读的话，那不就读得更少了吗？不就更读不懂了吗？再说，人若能把每天耗在无用信息和低水平阅读上的时间匀出一部分来读经典，不仅是值得的，也可大大激发自身的潜力。

2017年11月19日　丁酉年十月初二　星期日

放下包袱好轻松

不好的东西不能当包袱，好的东西当包袱背着也不行。正如背着垃圾不行，背着黄金照样累人一样。背着有形的包袱不行，背着无形的包袱更不行。有形的包袱放下比较容易，而无形的包袱会死死地缠着你，让你无处躲藏。如果长期背下去，不仅累人而且会毁人。

放下包袱很重要。放下多少轻松多少，放下多少获得多少。如何就放下了呢？途径很多，择要有三：第一，烫手的情况下就放下了；第二，累得受不了的时候就放下了；第三，修养达到一定程度的时候就放下了。放不下，说到底，还是没看透。真的看透了，见解明澈了，知行合一了，就真的放下了。当然，这需要在自身修养上下大功夫。

2017年11月20日　丁酉年十月初三　星期一

人生，无非是三种方式

决定人命运的不过是三种方式，即思维方式、语言方式和行为方式。过去的三种方式决定了你的现在，过去和现在的三种方式，决定着你的未来。思维方式是心，语言方式和行为方式是身，合起来就是身心造作。行为方式是身，语言方式是口，思维方式是意，合起来就是“身口意”三业。人生事业的顺达、命运的优化应该在这三种方式上着手。

如何用力和着手呢？在思维方式上，要变点性、线性和静止思维为立体思维和发展思维，要变对立思维为和谐思维，变利己思维为利他思维等等；在语言方式上，要变妄言为真实语，变轻浮语为庄重语，变说难听的话为好好说话，变不利和谐的话为和合语等等；在行为方式上，要变杂修为精进行，变染污为清净行，变懈怠为奋勇行，变断断续续为持续行等等。如果能做到这些的话，现在不够好的，明天会变好；现已很好的，明天会更好。

2017年11月21日　丁酉年十月四　星期二

一是皆以修身为本

“一是皆以修身为本。”《大学》中的这句话由三个关键词组成，即：一是，修身，为本。

核心词是“修身”。《大学》中提出的“格物、致知、诚意、正心、修身、齐家、治国、平天下”的八目中，中轴是修身。格物、致知、诚意、正心，是修身的基本功夫，而齐家、治国、平天下是修身所要达到的目标。体现修身重要性的关键词是“为本”。《论语》有言：“君子务本，本立而道生。”凡事皆有本，都应从“本”上下功夫，失去了“本”，则一切免谈。第三个关键词，是修身的适用者，答案是“一是”，即全部包括，无一例外。如何理解这个“一”呢？可从四个方面来理解：首先，从天子以至于庶人，适用于一切人；第二，从幼年到老者，适用于一切年龄段；第三，从公众场所到独处，适用于一切场合；第四，大到工作、事业，小到喜怒哀乐、举手投足，适用于一切职业和行为等等。把握住了这三个关键词，把握了这句话，就把握住了《大学》的要义，也就把握住了传统文化的核心理念。

2017年11月22日　丁酉年十月初五　星期三

至诚给胃道个歉

前几天，胃很难受。觉得饿了却吃不下去东西，吃下去东西也消化不好。身体不舒服了，不可能不影响心情，也不可能不影响工作，这时候更感到身体舒服是多么重要。

胃难受的主要原因是吃得不适当，可能是吃水果和生蔬菜有些多，主食也吃得偏多。我常给别人讲“吃七八分饱是健身之道”，但自己却把握得不够好。往往是，胃难受的时候就把食量减下来了；胃好了，吃得偏多的老毛病又犯了，还不如我家小孙女和小孙子呢，人家很少吃多。可见人的习性是多么难改，可见我的修行是何等的差劲。有时我想，这可能和爱喝酒的人一样，“不去不去又去了，不喝不喝又喝了，喝着喝着又多了，下次再也不去了”，等到下次，又开始了新一个“不去不去又去了”的循环。

这次胃难受的教训比以往更加深刻，我又一次地下了决心，今后不能乱吃了。如何办呢？我清晨起床时，双手合十，至诚地给胃道了个歉。我说：“尊敬的胃啊，因为我的无知和坏习气，老往你里面装太多的东西，让你没有空闲，负担太重，以致承受不了。你一次次通过不舒服提醒我，给我警告，但我却屡教不改。今天，我至诚地向你忏悔，说声对不起了。我保证以后认真改过，不吃太多、太快，不吃太凉、太咸、太油、太刺激的食物，以减轻你的负担，让你轻轻松松、高高兴兴地去工作。让我们精诚合作，把身体搞得棒棒的，一起健健康康地去做好事、做善事吧。”你别说，道歉后，胃还真的很快好起来了。

2017年11月23日　丁酉年十月初六　星期四

勤于学习的人，永远年轻

六十岁时看着自己四十岁时的照片，会感叹说：“那时的我真年轻啊！”八十岁时看着自己六十岁时的照片，一百岁时看着自己八十岁时的照片，也会是这种感觉。既然如此，为什么我们不现在就意识到自己的年轻呢？

五十岁的时候，让你学一门技艺，你会说：“哎呀，算了，现在年岁大了。”那我要说，年岁总会越来越大。五十岁的时候不学，到六十岁的时候会想，我要是五十岁的时候学就好了。须知，到七十岁、八十岁时又会说，我六十岁、七十岁时要学就好了。“活到老学到老，学到八十不算巧。”我们不仅可以说学到九十岁、一百岁也不算巧，还可以说“活到老奉献到老，奉献到生命的尽头才为好”。

人别早早地就只想着养老，只想着颐养天年。你知道中国传统文化中的天年指的是多少吗？天年的最低岁数是一百二十五岁。我们且不说一百二十五岁，就算是到九十岁、一百岁，那六十岁退休时，还有三十年到四十年的时间。况且，这三十年有稳定的收入，又有丰富的经验，还处于心理状态的平静期，这是完全可以进入学习、事业和奉献的又一个黄金期的。

这一切当然取决于身体状况，而勤于学习、乐于奉献的人是会永远年轻的，起码在心理上是如此。觉得自己老了，就真的老得快了；觉得自己还年轻，就不会老得太快。人不仅要老有所养，更要老有所学、老有所为。就算别的都做不动了，读读书，写写东西，教育教育后代，弘扬弘扬传统文化总是可以的吧。

2017年11月24日　丁酉年十月初七　星期五

任何事情，都是有代价的

遇到好吃的东西，是好事还是坏事？那要看你的自制力如何。要是自制力不够的话，容易吃多，那要付出代价的，多吃一口，可能会难受一宿。口才好是好事还是坏事？那要看你有没有口德。要是没有口德的话，口才好更容易伤人，而一旦伤害了人，是需要加倍偿还甚至会泼水难收的。与老实人打交道是好事还是坏事？那要看你的德性，要心地善良不昧心欺人的话，那当然是好事。否则，占了老实人的便宜，那是最损阴德的事情。任何事情都是有代价的，欠账都是要还的，还时还要加上利息。所以，别老想着占便宜，占便宜绝不是好事。当知，吃小亏往往会占大便宜，而占小便宜者往往会吃大亏。当然，不是为了占大便宜才去吃小亏，也不是怕吃大亏才不去占便宜。而事实上却本来如此。

古语云：“势不可使尽，福不可享尽，便宜不可占尽，聪明不可用尽。”为什么呢？因为尽了就没有了。何止没有了呢，还会连本带息地把账还清的。

2017年11月25日　丁酉年十月初八　星期六

有爱就有风景

常去维明路小学接小孙女放学。熙熙攘攘的家长，天真烂漫的孩子，总会吸引路人的目光。但更令人关注的是走在孩子前面的那些老师们，他们与学生一起构成一道亮丽的风景。

小学的老师似乎是清一色的女性。在这些老师之中，有一位年轻女教师格外引人注目。之所以说她引人注目，主要不是说她的外表，而是内在的气质和风度。这个气质风度，体现在她对孩子们无微不至的呵护和纯真的关爱上。她带的孩子们总是那么兴高采烈，有时还朗诵着《弟子规》等传统文化经典，给人一种朝气蓬勃、积极向上的感觉。而她呢，从来都是满面春风，让人觉得和蔼可亲。更令人印象深刻的是她与学生告别时与众不同的一幕。学生有的和她击掌告别，有的是拥抱贴面告别，还有不少学生主动去亲吻她的面颊。而这时的她，总是眯起眼睛，一副陶醉、真诚的表情。如果有的家长没有及时赶到，她会用手护着、拉着剩下来的学生，给予呵护关爱。她的言行举止和看孩子的眼神笑容，让人联想到母亲疼爱孩子和母鸡保护小鸡时的那种感觉。

这时的我，忽然领悟到“教书育人”这个词。教书的目的是育人，育人不仅仅体现在课堂上，而是无处不在的。教育的本质是大爱，有爱就有风景。

2017年11月26日　丁酉年十月初九　星期日

表扬和批评

如何表扬和批评人，如何对待表扬和批评，是大有学问的。

表扬和批评都是必要的。表扬是关心，批评也是关心。表扬和批评都要掌握好度。表扬固然不能太多，批评更不能太多。都表扬等于都没表扬，都批评等于都没批评。表扬一部分人等于批评另一部分人，批评一部分人等于表扬另一部分人。可以表扬集体，也可以表扬个人，但能表扬个人的最好表扬个人。批评则不同，批评可论理的不论事儿，可论事儿的不论人，可批评集体的少批评个人。表扬应尽可能地在公众场所，批评最好在小范围，而批评个人最好是一对一地进行。评论和议论也是这样，可以评论大众，但不要议论个人。评论大众的是评论家，议论个人的则是不良习气。事情做得好，受到表扬了，最好说那是他们做的，或者说那是我们做的，但别说那是我做的；事情没做好，挨批评了，最好说那是我的责任，或者说那是我们的责任，但别说那是他们的责任，那是他的责任。

争表扬者，表扬未必争得到，但可能把人格争没了；推责任者，责任未必推得了，但肯定会把形象损坏了。

2017年11月27日　丁酉年十月初十　星期一

学生与养生

何为学生？这好像不是个问题。学生，就是指学习之人。其实，远没有这么简单。学习之人很多，但未必人人皆可称为学生。学生的前提是学，而学的内容主要是生。学的什么生呢？首先是学习生产、生意等谋生的本领，还要学会生活，更重要的是学会优化生命，学会时时处处孕育生机和活力，把自己学得生机勃勃和活力十足起来。何止是学生，养生又何尝不是在养生机活力呢。所以，养生重要，养心更重要。养心就是养生机，身心生机勃发了，能不健康吗？

我曾经撰写过一副对联来表达这个意思。

上联是：学会生产，学会生活，学会孕育生机，永远是个学生。

下联是：好好做人，好好做事，好好做点学问，力求做得更好。

2017年11月28日　丁酉年十月十一　星期二

读尽天下书，无非一孝字

陪同全国政协领导到燕郊康复中心考察，见到了一副对联。上联是“读尽天下书”，下联是“无非一孝字”。此联引起了我的深度共鸣。人在社会中生活，要与各种各样的人交往。这种交往，家庭是基础。家庭有三个伦理关系，就是父子、夫妇和兄弟。

一切社会关系，无非是这三个关系的延伸和拓展。比如说，五伦关系中的君臣关系就是父子关系的延伸，而朋友关系就是兄弟关系的拓展。五伦中，基点是父子关系，而父子关系的伦理准则就是父慈子孝，关键是子孝，即一个“孝”字。

进一步讲，这个孝字也绝不仅仅是指孝敬父母啊。孝敬父母能不孝敬所有长辈吗？孝敬自己的长辈能不孝敬别人的长辈吗？能不孝敬民族的祖先吗？孝敬民族的祖先，能不遵行他们的教诲和传统文化吗？孝敬民族的祖先，能不孝敬人类的共同祖先，能不敬畏化生养育人类的天地万物吗？如此推理下来，天地间真的无非一个“孝”字。如果能够做到“孝”字的话，不仅可以走遍天下，而且能够感通万物。

2017年11月29日　丁酉年十月十二　星期三

孝是分层次的

《论语》载，“子游问孝。子曰：‘今之孝者，是谓能养。至于犬马，皆能有养。不敬，何以别乎？’”意思是，子游问孔子，怎么样才算尽孝呢？孔子说：“现在的人们啊，认为孝就是养活父母，其实连狗和马等牲畜都能得到饲养，假如对父母不恭敬的话，供养父母和饲养狗、马有什么区别呢？”可见，孝主要体现在敬上。

孝是分不同层次的，最低限度的就是能养。当然，即使“能养”，有的不孝之子也是做不到的，那他就是猪狗不如了。高一层次的是孝顺，即孝在很大程度上体现在顺，如果不顺的话，那

就是逆子了。有人说了，父母做得不对也要顺吗？须知，这里的顺，主要是就情理上的孝心说的，并非指某一件具体事情而言。比孝顺更高一个层次的就是孔子讲的，不仅能孝养，而且能孝敬了。比如说，就算生活并不富裕，但有孝心，有衣先让父母穿，有饭先让父母吃，你也是孝子。有一句话说“百善孝为先，论心不论迹，论迹贫家无孝子”，就是说，孝还是不孝，主要的不仅仅是体现在行为上，而是体现在孝心上。

2017年11月30日　丁酉年十月十三　星期四

父慈，子孝，孙贤良

有两个词很有意思，一个是“父慈子孝”，一个是“孝子贤孙”。

先说说父慈子孝。世人讲孝道的时候，讲子女对父母应该如何做得多。而对父母怎样教育子女，子女才能孝，即子女不孝的原因方面讲得不够。那子女如何才能更好地尽孝道呢？就是父慈子孝，即父亲要慈，子女要孝。当然，父母绝对不会因子女的不孝放弃对子女的慈，这是没有问题的。同样，子女也不能因为父母的慈爱不够而放弃孝，这也是要强调的。当然，慈爱是关心呵护，是教育引导，乃至包括必要的批评和惩戒，而绝不是溺爱。这些要做不好，不仅会害了孩子，也会导致他的不孝顺。

接下来，说说“孝子贤孙”的含义。父慈，子孝，孙贤良，道出了父亲、儿子、孙子三世的因果关系。父亲做不到慈，便很难有更孝顺的子女；子女要做不到孝顺，不可能培育出贤德之子孙。如果父亲慈爱的话，那么经过三代，到孙子辈就会出贤良之才了。这样的好家风会代代相传，一代更比一代好。

人都在向下亲，这是本性；人更应该向上尊，这是修养。祖上是根本，子女是树干，而孙辈是枝叶花果。如果自身不孝，在根本上出了问题，只在树干枝叶花果上做文章，能做好吗？还有一句话说“尊老爱幼”，爱幼必须尊老，尊老才是真正的爱幼，否则就是把劲儿使反了。

十二月

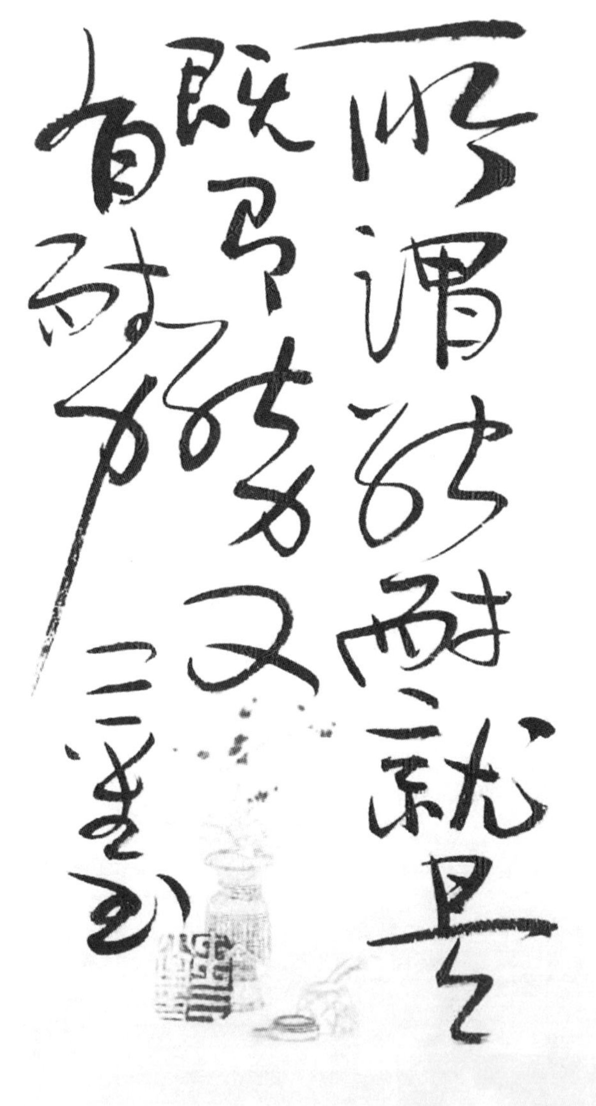

所谓能耐，就是既有能力又有耐力

2017年12月1日　丁酉年十月十四　星期五

不孝的人，你可就亏大了

“君子务本，本立而道生。孝弟也者，其为仁之本与？”意思是说，君子要致力于根本的事情，根本确立了，做人治国的大道也就产生了。而对父母的孝和对兄弟的悌，就是人的根本。可以理解为根本，也可以理解为本钱。树无根则死，事无本则败。是否在根本上用力，这也是判断君子和小人的试金石。失去了根本的人不仅是不道德的，也是不智慧的，更谈不上其行为符合宇宙大道了。那么，什么是儒家最推崇的道德追求的根本呢？就是孝悌，主要是孝。

连父母都不孝敬的人，他会去效忠国家吗？连兄弟关系都处理不好的人，能处理好同事关系吗？根本不可能。这样的人就是在根本上没有立住脚，也许他们一时会红火热闹，但最终必将会一败涂地。不仅自己会一败涂地，他的子孙也可能会一代不如一代。原因很简单，就是丢了根本，就是亏了天理良心。这可就亏大了。

2017年12月2日　丁酉年十月十五　星期六

无违就是孝

《论语·为政》篇载：孟懿子问孝。子曰：“无违。”樊迟曰：

“何谓也？”子曰：“生，事之以礼；死，葬之以礼，祭之以礼。”

何为无违呢？有人认为，孝就是不要违背父母的意愿，其实这是不符合孔子原意的。当然，总体上讲，父母的意愿是不应该违背的。尽管天下无不爱子女的父母，但父母的意愿也并非完全都是正确的。说“天下无不是的父母”这句话，显然是过了，而说“父让子亡，子不得不亡”这样的话，更是封建糟粕了。

孔子说的“无违”不是这个意思，而是说，不要违背礼法。具体地说，就是父母在世的时候按礼法去侍奉，去世的时候按礼法去安葬和祭祀。说到底，这是要求子女以一种孝敬虔诚的心去对待父母和祖上。若能按这样的要求，无违地去孝敬父母，又怎么会去违背天理良心和国家法律呢？所以，我们不仅要把无违作为孝的圭臬，而且要作为做人做事的座右铭。

2017年12月3日　丁酉年十月十六　星期日

和颜悦色即是孝

《论语》载，子夏问孝，子曰：“色难。有事，弟子服其劳；有酒食，先生馔，曾是以为孝乎？”意思是说，孔子的弟子子夏来问什么是孝。孔子说：“对父母长辈的孝，体现在态度上，这是很难的。有活儿了，子女去代劳；有了好吃的，就先拿给长辈吃，你以为这就是孝了吗？”在孔子的心目中，真正的孝，主要体现在对长辈和颜悦色的态度上，而做到这一点是很难的。孔子为什么强调这个问题呢？因为孝主要体现在心上，即孝心。如果心不恭敬，是不可能称为“孝敬”的。而真正的恭敬心，必然会表现在外表上，尤其是表现在表情上。事儿上可以勉强，表情上的和颜悦色是装不出来的，就算装出来也是不会长久的。

增强修养的下手处有很多方面，但一个重要方面就是《弟子规》中讲的“怡吾色，柔吾声”。即把表情调到微笑状态，把说话的声音调到柔缓的状态。对父母在这些方面做好了，对待他人也是不会差到哪里去的。如果一个人，对待父母都是吹胡子瞪眼的，不仅不能算孝，而且会让人笑话、瞧不起。如果是这样的话，更不会去尊敬其他人的。

2017年12月4日　丁酉年十月十七　星期一

父母唯其疾之忧

《论语》载：“孟武伯问孝。子曰：‘父母唯其疾之忧。’”意思是说，孟武伯向孔子请教什么是孝，孔子作了如是回答。这句话历来有两种不同的理解。一种是说，只让父母担忧子女的疾病，其他的方面不要让父母担心，因为生病是自然现象，父母忧之，非己之过。那么进一步讲，子女更应该珍惜健康，不应该让父母为自己担忧。另一种解释是说，子女如何能够生起孝敬心呢？只要想想自己生病的时候，父母是如何忧心如焚，担惊受怕，恨不得自己代受的那种急切心情，能不好好孝敬父母吗？

这两种解释都有道理，无论按哪种理解，都是不应该不孝顺父母的。这两种解释中，同意第二种解释的占多数，南怀瑾先生也是持此观点的。我们设想一下，一个孩子长大成人，别说其他，单是在健康方面，父母会付出多大的心血和艰辛呢。就凭这一点，要是不孝敬父母的话，是无异于禽兽的。进一步说，对父母再孝顺比起父母的恩德，也是难报万一的。此乃“谁言寸草心，报得三春晖”之谓也。

2017年12月5日　丁酉年十月十八　星期二

尽孝，是一辈子的事儿

尽孝不是一阵子的事儿，而是一辈子的事儿。有句话说：“子欲孝而亲不待”，是说子女想要尽孝的时候，父母却已经不在了。此言在提醒子女应该抓紧时间尽孝，但从另一方面说，就是父母不在了，子女并非就不可以尽孝了。

在《论语》中，孟懿子问孝的时候，孔子说：“生，事之以礼；死，葬之以礼，祭之以礼。”意思是说，父母活着的时候，要按礼侍奉他们；父母去世之后，要按礼埋葬他们、祭祀他们。这不是说的父母不在的时候还要尽孝吗？孝是不仅仅体现在孝敬父母上的，也体现在孝敬其他长辈上；不仅仅体现在孝敬自己的父母上，也体现在孝敬他人的父母上。《弟子规》中讲：“事诸父，如事父，事诸兄，如事兄。”意思是说，对待和父亲一样年纪的长者，要像对待自己的父亲一样恭敬地对待他们；对待和兄长一样年长之人，要像对待自己的兄长一样恭敬地对待他们。这也说明，父母不在的时候，还是要行孝的。

人即使活到一百岁，也还是有比自己年岁大的人，尤其还有比自己辈分大的人。再说了，祖辈、前辈就是去世了，还应该恭敬地进行祭祀，而这是没有时间限制的。所以，孝道是应该行一辈子的。孝道说到底是一种恭敬心和感恩心，此心何时何地都需要。此心修到极处，不仅是可以超越空间，也是可以超越时间的。

2017年12月6日　丁酉年十月十九　星期三

《孝经》不可不读

《孝经》对很多人来说，远没有四书那么熟悉，而认真读过这本书的人可能就更少了。现在，我简要介绍一下《孝经》的有关内容。

《孝经》是中国儒家经典的十三经之一，是十三经中最短的经文，只有1799个字。经文虽短，但却影响了中国历史两千多年，是古人的必读之书。两千多年来，上至帝王将相，下至黎民百姓，广为传习，倍加推崇。其所及，不仅仅是国内，甚至远至异族异国。在古代，在十三经中《论语》和《孝经》通常是作为启蒙读物的，小孩从入学开始，首先要读的就是《孝经》。可以说，孝道是中华传统文化的精华，而《孝经》是阐述此种精华的专门典籍。可见，这本书在儒家经典中的重要地位。因此，大有重视和学习、弘扬的必要。在接下来的时间里，我将择其要点与大家做一些交流。

2017年12月7日　丁酉年十月二十　星期四

孝，应有始有终

孝是应该贯穿一生、有始有终的，那什么是孝的始终呢？我们看看《孝经》上是如何说的吧。在《孝经》中，孔子对曾子讲："身体发肤，受之父母，不敢毁伤，孝之始也。立身行道，扬名于后世，以显父母，孝之终也。"意思是说，人的身体、肌肤、毛发等都是从父母那里来的，我们要好好珍惜自己的身体，孝就是从这里开始的。如果能遵循天道，建功立业，扬名于后世，使父母荣耀显赫，这是孝的终了。

真正的孝，绝不是只要奉养、恭敬父母就可以称得上的。此处讲到的孝的始和终，做到都不容易。尤其是作为孝之终的"立身行道，扬名于后世，以显父母"，有几个人能做得到呢？其实，也不必如此悲观，因为孝是分级别的，最根本的是体现在心上。按这个理解，立身就是堂堂正正地做人，行道就是按道德而行，扬名于后世也并非是说所有人都在全国、全世界扬名，如果真正地为父母尽孝，完全可以在村里、乡里、县里扬名。这样的话，也可以让父母脸上有光，起码不因自己行有劣迹让父母蒙羞。

再说说孝之始。不敢毁伤身体发肤，并不容易做到。比如说，作为子女，胡吃海喝，不注意养生保健，不注意安全，甚至与人打斗使横毁伤身体，这样的情况并非是少数，甚至有轻生自残的，也非极个别的现象。这些都是不孝的行为，这就是孝的起始点没有做好的表现。

2017年12月8日　丁酉年十月廿一　星期五

孝，不仅仅体现在侍亲上

《孝经》上讲："夫孝，始于事亲，中于事君，终于立身。"这里讲到了孝的开始、中间和最终三个阶段，或曰三个境界。意思是说，孝道是从侍奉双亲开始的，后来引申为忠君，归结为修德立身、建功立业，这才是孝的圆满结果。当然，这三个阶段，或曰三个境界是不可截然分开的。一个人，如果从小对父母的孝心没有培养起来，对父母都不孝，如何能修德立身，如何能去忠君，如何能去建功立业呢？那是不可能的事情。孝首先体现在孝敬双亲上，但绝不能止于此。忠于国家，是孝的延伸和拓展，这本身也是孝，而且是大孝。而侍亲、忠君如果做得好的话，也就是修德立身的具体体现，或言，这本身就是一种很高的德性。如果做到了修德立身的话，怎么会不孝敬父母、忠于国家呢？再者，也不要认为忠于国家、建功立业，只有为官者和大人物才可以去做的。无论任何人，只要堂堂正正做人，兢兢业业工作，这不也是一种功业吗？须知，忠臣、孝子，修身、立业，本来就是一回事，是每一个人的本分事。

2017年12月9日　丁酉年十月廿二　星期六

天子之孝，也是适用于我们的

《孝经》中对天子、诸侯、卿大夫、士、庶人五个类型的人分别提出了不同的要求。尽管如此，我倒是觉得，这些要求对任何人都是适用的，起码，我们都是可以从这些教诲中受到教育的。

首先来看看《孝经》中对天子之孝的论述："子曰：爱亲者不敢恶于人，敬亲者不敢慢于人。爱敬尽于事亲，而德教加于百姓，刑于四海，盖天子之孝也。"意思是说，孔子认为，能够亲爱自己的父母也就不会厌恶别人的父母，能够尊敬自己的父母也就不会怠慢别人的父母，能以爱敬之心去孝敬父母，就会用至高无上的道德去教化人民，成为天下人效法的典范，这就是天子之孝。

以上讲的虽然是天子之孝，但人同此情，情同此理。比如说，亲爱自己的父母便不会去厌恶别人的父母，否则便不是真正亲爱自己的父母。同时，尊敬自己的父母便不会去怠慢别人的父母，否则就不是真正地尊敬自己的父母。如果你厌恶和怠慢别人的父母，别人和别人的父母能亲爱和尊敬你和你的父母吗？这样的话，你的孝心和孝行就是不圆满的。再说了，要是把孝做到极致和圆满了，你虽然孝敬的是自己的父母，但你的乡里乃至举国的人都会尊敬你。这不仅可以德教加之百姓，而且可以感天动地、流芳千古的。比如说，受世人尊崇的"二十四孝"，绝大部分也不是天子之孝啊。

2017年12月10日　丁酉年十月廿三　星期日

诸侯之孝

《孝经》上讲："在上不骄，高而不危，制节谨度，满而不溢。高而不危，所以长守贵也；满而不溢，所以长守富也。富贵不离其身，然后能保其社稷，而和其民人，盖诸侯之孝也。"意思是说，身居高位而不骄傲，那么尽管高高在上也不会有倾覆的危险。俭省节约，慎守法度，那么尽管财富充裕，也不会糜烂奢侈。能够紧紧保住富与贵，然后才能保住自己的国家，使自己的人民和睦相处，这就是诸侯的孝道。

孝，当然体现在对父母长辈的孝心和孝行上，但又绝不仅仅如此。比如以上讲的诸侯之孝，通篇没有讲具体的孝，而恰恰讲了孝的最重要的内容，这些内容对每一个人也都是适用的。因为，孝心、孝行是有大前提的，这个大前提主要体现在以下三个方面：第一，父母希望你做的，就去做，就去做好，这就是孝；第二，必须立身行道，走正道，这样不仅可以保证自己的健康平安，同时也就可以保证父母和家族的健康平安；第三，必须把本职工作做好，尤其是负责一方一地工作的同志，做到在上不骄，高而不危，俭省节约，慎守法度，也就没有了倒霉的危险。这样不仅对自己、对父母、对家族，而且对所治理地方的百姓，都是一种福气。这不就是大孝吗？

冷眼观察，有些地方领导或可说是诸侯，他们尽管未必不尽小孝，但却胡作非为、违法乱纪，自己倒台，父母蒙羞，地方遭殃，这不就是最大的不孝吗？

2017年12月11日　丁酉年十月廿四　星期一

卿大夫之孝

《孝经》上讲：“非先王之法服不敢服，非先王之法言不敢道，非先王之德行不敢行。是故非法不言，非道不行；口无择言，身无择行；言满天下无口过，行满天下无怨恶。三者备矣，然后能守其宗庙，盖卿大夫之孝也。”意思是说，不合乎先代圣王礼法所规定的服装就不敢穿，不合乎先代圣王礼法的言语就不敢说，不合乎先代圣王礼法所规定的行为就不敢做。由于言行举止都能自然而然地遵守礼法，所以言谈遍天下都没有什么过失，做事遍天下都从来不会招致怨恨。完全做到了这三点，服饰、言谈、行为都符合礼法道德，然后才能长久地保住自己的宗庙，奉侍自己的祖先，这就是卿大夫之孝。

这里讲的是卿大夫之孝。讲的也并非具体的孝行，而是做人做事的大道理。此处，讲到的是三个方面：一是服饰，二是言语，三是行为。这三个方面都有榜样，即都是先王的、合乎礼法的要求。这些要求，不仅是在古代，现代也应该遵守。比如在言行上，不能太随意，更不能反传统。不能胡言乱语，更不能我行我素没有规矩。此处还特意提到了服饰的问题，也是不能不注意的。起码不应该穿奇装异服或过分地化妆打扮，须知，这些不仅显得不庄重，会影响形象，同时也是不孝的行为。

2017年12月12日　丁酉年十月廿五　星期二

士之孝

士在古代统治阶级中，是次于卿大夫的一个阶层，旧时也指读书人。在这一章中讲到这样的话：“以孝事君则忠，以敬事长则顺。忠顺不失，以事其上，然后能保其禄位而守其祭祀，盖士之孝也。”意思是说，有孝行的人为国君服务必然忠诚，能敬重兄长的人对上级必然顺从，忠诚与顺从都做到就没有什么缺憾和过失了，用这样的态度去侍奉国君和上级，就能保住自己的俸禄和职位，维持对祖先的祭祀，这就是士之孝。

这一段的核心，讲的是家与国、孝悌与侍君侍长的关系问题。中国传统文化中讲家国同构，即古时大的家族与国家的结构是相同或相近的，故有齐家治国的说法。也就是说，能把家庭管理好，或曰每一个家庭都管理好了，国家也就治理好了。

在中国传统文化中，政治伦理是扩大了的家庭伦理。而在家庭伦理中最重要的就是孝和悌。孝是子女对父母而言的，悌是就兄弟关系所讲的。如果真的能对父母尽孝的话，必然能对国君，也就是对国家忠诚。如果能对兄弟尽悌的话，必然能对上级顺从。就是说，若能够移孝为忠、移悌为敬的话，用忠和敬的态度去尽忠国家和敬重上级，就能尽职尽责地做好工作。这不仅是在对父母的行孝，还可以维持对祖先的祭祀，这就是士的孝道。应该说，这些论述的基本精神对我们今天的行孝和做好工作，都是有积极意义的。

2017年12月13日　丁酉年十月廿六　星期三

庶人之孝

《孝经》第六章《庶人章》讲："用天之道，分地之利，谨身节用，以养父母，此庶人之孝也。故自天子至于庶人，孝无终始，而患不及者，未之有也。"意思是说，利用春夏秋冬节气变化的自然规律，分辨土地的不同特点，使其各尽所用，行为举止小心谨慎，用途花费节约俭省，以此来供养父母，这就是庶民大众的孝道。所以，上至天子，下至庶民，孝道是不分尊卑、超越时空、无终无始的。孝道又是人人都能做到的，不要担心自己做不来、做不到。

庶人，在古代是指无官爵的平民百姓。这章讲的庶民之孝，讲的是普通人的孝，只要做到对自己的父母尽孝就可以了，这是最低的要求。时下所倡导的孝主要是这章中讲到的孝。但是，能做到这章中讲的内容也是非常不容易的。为什么呢？比如此章讲的，"用天之道，分地之利"。我们设想一下，能做到懂天道和地利的有几个人呢？此章又讲到"谨身节用"，是说要严格要求自己，谨言慎行，勤俭持家，这些也不是人人都能做到的。至于说到的"养父母"，也绝不仅仅是衣食住行上的物质上的孝养，即不仅仅是养身，更应该是恭敬、孝顺以养心。

此章中最后讲到，尽管做到庶人之孝并非容易，但只要想去尽孝又是人人都可以做到的。如果做不到，那不是做不到，是不想做，即非不能也，实不为也。庶人之孝做到极致，与天子之孝是相通的，即本章中讲到的，孝是不分尊卑，超越时空，古今中外，永恒存在的。

2017年12月14日　丁酉年十月廿七　星期四

《三才章》的启示

在这一章中讲到："曾子曰：'甚哉，孝之大也！'子曰：'夫孝，天之经也，地之义也，民之行也。天地之经，而民是则之。则天之明，因地之利，以顺天下。是以其教不肃而成，其政不严而治。'"意思是说，曾子说："多么博大精深啊，孝道太伟大了！"孔子说："孝道犹如天地有规律一样，是人的一切品行中最根本的品行，是人们必须遵守的道德，人民以他们为典范实行孝道。因此，对于人民的教化，不需要采取严肃的手段就能成功，对人民的管理不需要采取严厉的办法就能治理好。"

我们经常讲的一句话叫作"天经地义"，什么是"天经地义"的事情呢？就是孝，如此做了就是民之行也，这就是三才。天经地义就是天地大道运行的规律。须知大道规律是必须要遵守，不能违反的。我们试想一下，如果天地的运行在时间上差那么一分一秒，在空间上差那么一毫一厘，可能就会天崩地裂的。孝也是这样，如果做得不好的话，就是缺了德，就是违背了规律，那必然会在健康平安和事业上有负面影响。如果做好了，就会做到"其教不肃而成，其政不严而治"。此处所讲的"其教"和"其政"，不要认为只有为官者才会有的，只要做到了孝，即使是平民百姓，但对你的家庭和所有有关系的人都是可以起到教化引领作用的，即至孝的影响力是巨大的，也是最易撼人心魄的。

2017年12月15日　丁酉年十月廿八　星期五

《孝治章》的启示

此章原文中，有一段是这样说的："夫然，故生则亲安之，祭则鬼享之。是以天下和平，灾害不生，祸乱不作。故明王之以孝治天下也如此。"意思是说，人如果行孝道，那么父母在世的时候，能够过着安乐平静的生活，父母去世以后灵魂能够安享祭奠。正因为如此，所以能够天下和平，没有自然灾害，也没有反叛、暴乱之类的人祸。圣明的帝王以孝道治理天下就会出现这样的太平盛世。

学习这段经文，我们应该把握以下一些精神。首先，行孝就要使父母生则安之，逝则得到祭祀。生则安之不必多言，但父母去世以后的祭奠也是必不可少的。这绝不是什么迷信，国家开大会的时候还有为前辈默哀的仪式，还设立了国家公祭日。对亡者的祭奠不仅仅是死者的需要，也是生者的需要，可以让后代慎终追远，起到明德归厚的教化作用。因此，没有特殊的情况，子孙一定要在清明等节日，亲自去给祖上扫墓祭奠。同时，祭奠一定要怀着哀戚庄重的心情去进行，不能仅仅作为一种形式。

家庭注重孝道，必然会家庭和睦、父慈子孝、兄友弟恭。国家注重孝道，孝道大行于天下，这将是一种强大的凝聚力和正能量，也是国力的象征。在这样的情况下，不仅祸乱不作、天下和平是题中之义，灾害不生也绝非是迷信。这不就是天人合一、天人感应的道理吗？再说，就是出现了问题，因为上下同心，也会使灾害降到最低限度的。在此意义上讲，古时历朝历代对好的皇帝的最高评价就是明王。这个明是明白的明，而非出名的名。什么是明王呢？很大程度上体现在以孝治天下上。

2017年12月16日　丁酉年十月廿九　星期六

《圣治章》的启示

这章中有这么一段话：“故不爱其亲而爱他人者，谓之悖德；不敬其亲而敬他人者，谓之悖礼。以顺则逆，民无则焉。”意思是说，做儿女的，如果不爱自己的双亲而去爱其他什么别的人，这就叫违背道德；做儿女的，不尊敬自己的双亲，而去尊敬其他什么别的人，这就叫作违背礼法。如果有人用违背道德和违背礼法的方式去教导人民，让人民顺从，就会是非颠倒。人民将无所适从，不知道该效法什么。

儒家政治哲学的主要思想体现在《大学》一书中，此书认为“自天子以至于庶人，一是皆以修身为本”。修身应从家庭即齐家做起，齐家应从孝悌，主要是孝做起，而孝则主要体现在爱其亲、敬其亲上。即从小就应该把恭敬心、慈爱心涵养起来，然后由己及人、由近及远、由家而国，进而达到治国平天下的目标。

一个人如果对自己的父母能爱能敬的话，是不会去傲慢和厌恶其他人的父母的，否则他的孝敬就不是真的。反过来讲，如果一个人连自己的父母都不爱不敬，却说能去敬爱别人的父母，能去忠于国家，则更是不可能的事情。如果是这样的话，他不是在弄假作秀就是别有用心。按《孝经》上讲，这就是悖德和悖理，就是是非颠倒。因此，还是要诚实地、发自内心地从自己做起，从孝悌做起，从对父母祖上的爱和敬做起，这才是做人做事的基础和通途正道。

2017年12月17日　丁酉年十月三十　星期日

《纪孝行章》的启示（一）

此章中讲到：“子曰：‘孝子之事亲也，居则致其敬，养则致其乐，病则致其忧，丧则致其哀，祭则致其严。五者备矣，然后能事亲。’”

讲的是，孔子说：“孝子侍奉自己的双亲，在平时居家的时候能够尽到自己的孝心，奉养父母的时候能够做到保持诚实快乐的心态，父母有病的时候能够尽心去护理，父母若不幸去世了则应当居丧表示哀悼，在祭祀父母亡灵的时候应当恭敬有加。只有做到这五个方面，才能称得上是真正的孝子。”

这章讲的是儿女对双亲具体的孝行要求。此处列举了五个方面，也就是居家生活时、奉养时、父母有病时、居丧时和祭奠时。这些事情，说起来容易做起来难；在一个方面做到不难，但全做到很难；做一时不难，能一直做下去很难。而据此章所言，做不到这五个方面的话，是难以成为真正的孝子的。而要想做到的话，首先要在知孝上下功夫，即认真地读读《孝经》，认真地读读这一章，读读这五个方面的要求，并认真去做。

平心而论，父母在世的时候，我对于《孝经》是没有认真读过的，做得也不够好，现在回想起来甚是遗憾。今天，大家能够听到圣人的这些教诲，是很幸运的。听到了，就应该下功夫认真去践行，而真行了，你会更加地幸运。

要做到这五个方面，就要问问自己，生活中能时时对父母做到恭恭敬敬吗？奉养父母能时时把自己的心情调到快乐状态吗？父母病了的时候能够做到不仅经济上尽其所能，而且在心情上心急如焚吗？在父母居丧和祭奠的时候能够做到哀戚庄重吗？时时地反思和检点一下这些方面，会使我们做得好一些。

2017年12月18日　丁酉年冬月初一　星期一

《纪孝行章》的启示（二）

此章讲到：“事亲者，居上不骄，为下不乱，在丑不争。居上而骄则亡，为下而乱则刑，在丑而争则兵。三者不除，虽日用三牲之养，犹为不孝也。”意思是说，奉养双亲者，身居高位不骄傲恣肆，为人臣下不犯上作乱，地位卑贱不相互争斗。如果做不到以上三个方面的话，那么虽然你天天用具有牛、羊、猪三牲的美味佳肴奉养双亲，那也不能算行孝啊。

作为子女，做任何事情的时候都要想想父母，要少让父母操心。在此基础上要好好做人、好好做事，为父母争光，不能任性妄为，更不能胡作非为，这就是对父母最好的孝行。人在社会上的角色是多种多样的，但在某种程度上讲，可以归纳为此处所讲的三种情况：即居上，也就是当领导的时候；为下，也就是当下属的时候；在丑，也就是地位卑贱的时候。在上主要是不要骄傲和肆意妄为，在下主要是不要犯上作乱，在丑主要是不要与人相互争斗，否则会遭到失败，会受到惩罚。这样的话，必然会使父母担惊受怕，蒙羞招辱。若此，自身的命运都堪忧，还谈何孝道呢？这样的情况下，即使你用山珍海味供养父母，父母能吃得下去吗？

我们看看现在被查处的那些贪官，再看看监狱里的那些罪犯，他们当年是何等风光、何等霸道，就算当时他们能对父母进行奉养，那么现在，父母在世的，怎么能不以泪洗面呢？父母逝世时，怎么能瞑目呢？父母的亡灵，如何能够安息呢？

2017年12月19日　丁酉年冬月初二　星期二

《五刑章》的启示

此章讲到：“子曰：‘五刑之属三千，而罪莫大于不孝。要君者无上，非圣人者无法，非孝者无亲。此大乱之道也。’”意思是，孔子说：“墨、劓、刖、宫、大辟这五种刑法之内，律令有三千条，其中最大的罪是不孝。要挟君主的人目中无上，非议圣人的人目无法纪，而不孝父母的人目无亲情。无上、无法、无亲，这就是社会的大乱之道啊。”

孝这件事情，在古代看得非常重。不但认为不孝是一种罪，而且是罪大恶极的，是三千罪中的首要之罪。所以，对不孝之人的惩罚是很重的。也正因如此，从总体上讲，在古代不孝的人相对较少。但在时下，由于传统文化教育的缺失和弱化等种种原因，不知孝、不懂孝、不行孝的人并非少数。须知，这不是一件小事而是一件大事，不仅是家庭的大事也是社会的大事。按《孝经》上讲，不讲孝道是社会混乱的根源之一。虽然我们现在不能说要对不孝的人治罪，但是大力倡导孝，并对不孝的人进行谴责训诫，对不孝情节严重的人进行惩罚，是必要的。我们小的时候，常听说不孝父母的人会天打雷劈，当时认为这是一种迷信。但我现在认为，这话不是没有道理。当然，我认为的这种天打雷劈，不仅是天上打的雷，即自然界之雷。为什么这么说呢？天是天道，是天理良心，是人心向背，不孝的人是没有人能够瞧得起的，会千夫所指，无病而死，会被唾沫星子淹死，这不也是一种天打雷劈吗？

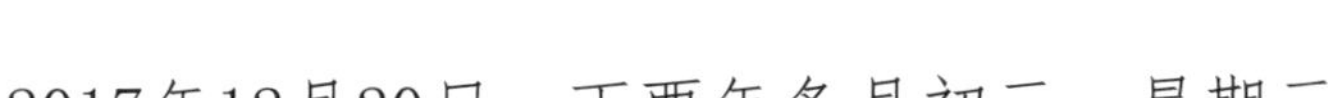
2017年12月20日　丁酉年冬月初三　星期三

《广要道章》的启示

此章中讲到：“子曰：‘教民亲爱，莫善于孝。教民礼顺，莫善于悌。礼者，敬而已矣。故敬其父，则子悦；敬其兄，则弟悦；敬其君，则臣悦；敬一人，而千万人悦。所敬者寡，而悦者众，此之谓要道也。’”意思是，孔子说：“教育人民相亲相爱再没有比孝道更好的了。教育人民讲礼貌、知顺从再没有比悌道更好的了。所谓礼教，归根结底就是一个敬字而已。因此，尊敬他的父亲，儿子就会高兴；尊敬他的哥哥，弟弟就会高兴；尊敬他的君王，臣子就会高兴；尊敬一个人，而千千万万的人感到高兴。所尊敬的是少数人，而感到高兴的是许许多多的人，这就是把推行孝道称为要道的理由啊。”

儒家非常重视道德教化，而道德教化是有其要道的。什么是要道呢？就是孝道。孝道体现在孝悌，主要是孝上。为什么呢？因为兄友弟恭、和睦相处也是一种孝道。孔子认为，教民亲爱和恭顺，没有比孝悌更好的了。行孝道归根结底就是一个字：“敬”。

敬不是空洞的，而是实实在在的；不是远在天边的，而是近在眼前的。因为孝就体现在对待父母的孝和对长辈的敬上，也就是一个敬字。别人敬你的父母长上，自己就会高兴，那么你能不去尊敬人家的父母吗？其他国家的人尊敬我们国家的领导人，我们全中国的人都会高兴，那么我们也应该去尊敬人家国家的领导人啊。反过来说，如果我们不尊敬自己的父母长上和国家领导人的话，不仅会被他人瞧不起，还会导致人家的不尊敬。有些人，在家对父母不孝，对长上不尊，而去投机钻营、巴结领导，讨好他人，还有的去烧香拜佛寻求保佑，这不完全把劲儿使反了吗？“在家孝父母，何必远烧香”，古语讲得明明白白。试想一下，一个好的领导人，怎么会欣赏那些不孝的人呢？佛菩萨怎么会保佑一个逆子呢？

2017年12月21日　丁酉年冬月初四　星期四

《广至德章》的启示

此章中讲到：“子曰：‘君子之教以孝也，非家至而日见之也。教以孝，所以敬天下之为人父者也。教以悌，所以敬天下之为人兄者也。教以臣，所以敬天下之为人君者也。’”意思是，孔子说：“以孝道教化人民，并不是要挨家挨户地走到，天天当面去教人行孝。君子会以身作则，以孝道教育人民，使得天下做父亲的、做兄长的、做君王的，都能得到尊敬。”

学习这段经文，应该认识到，首先，行孝不是挨门挨户地去教育人家，而是从根本上进行孝道的教化；第二，行孝不是教训别人，而是应该以身作则率先垂范的，这样的人就是君子；第三，孝首先应该从孝悌自己的父母兄长做起，在此基础上延伸到忠于国家、服从领导，进而影响和教化世人，以使天下的父母兄长和为君者都能受到尊重。

孝、敬与忠的道理是一样的。如果在家是个真正的大孝子的话，那么外出做事走向社会也是不会差的。我们常讲的“公务员是人民的公仆”“人民是衣食父母”，也是一样的道理。我们传统文化中所讲的选官员“举孝廉”和“求忠臣必于孝子之门”，也都是从这个思路来的。孝子也好，忠臣也罢，其实都是一种情爱的发挥。如果对父母兄长都没有基本的爱心，能对国家民族尽忠吗？能对长上尊敬吗？根本不可能。

2017年12月22日　丁酉年冬月初五　星期五

《广扬名章》的启示

此章中讲到：“子曰：‘君子之事亲孝，故忠可移于君。事兄悌，故顺可移于长。居家理，故治可移于官。是以行成于内，而名立于后世矣。’”意思是，孔子说：“君子奉侍父母能尽孝道，于是能够将服侍父母的孝心移作奉侍君王的忠心。奉侍兄长知道敬从，于是可以把对兄长的敬从移作奉侍官长的顺从。管理家政有条有理，因此能够把理家的经验移作做官，用于办理公务。所以在家中养成了美好的品行道德，这种美好的名声必然会流芳百世。”

此处讲的是由孝行而忠君，由悌道而顺长，由家庭而社会，由齐家而治国，由孝于当下而扬名于后世五个方面的内在关系问题。就是说孝、悌、齐家真的做好了，是可以延伸扩展到忠于国家、顺从长上、利于社会和治理国家上去的。以上是从空间上讲的，而从时间上讲，把当下的孝悌真的做好了，是可以流芳百世的，这些的出发点还是一个孝字。

此章的题目是广扬名，什么是广扬呢？就是广大普遍地受人尊敬、传扬名声的意思。时下不少人在争名逐利，不择手段，看来都是在舍本逐末，把劲儿使反了。须知，名是争不来的，争来的名是保不住的。要广扬名，就必须从孝悌忠信上下功夫。如果人人都能从自己做起，从孝悌忠信做起的话，何虑家庭不和睦，何虑国家不太平呢？这也就是孟子说的“老吾老以及人之老，幼吾幼以及人之幼，天下可运于掌”的道理。

2017年12月23日　丁酉年冬月初六　星期六

《谏诤章》的启示

这一章讲述，遇到君、父有失误的时候，臣、子应当谏诤的道理。文章中讲到，曾子说：“做儿子的能够听从父亲的命令，这可不可以称为孝呢？”孔子说：“这算什么话呢？父亲身边有敢于直言劝谏的儿子，那么他就不会陷入错误之中，干出不义的事情。如果父亲有不义的行为，做儿子的不能够去劝谏，如果君王有不义的行为，做臣子的不能够去劝谏，那就不能称得上是忠和孝。”

孝顺，指的是在情感上应该十分恭敬，并非事事处处都一味地顺着。为什么呢？因为不仅“父让子亡，子不得不亡”的说法是封建糟粕，就是“天下无不是的父母”的说法，也并非完全正确。因为天下确有不是的父母，再说，就是好的父母所发出的指令，也非百分之百的正确，也非都要无原则地顺从。面对父母的过错，我们应该极富爱心、和颜悦色、注意方式方法地提出来，帮助改正或者去感化他们，这就是做儿女的大孝了。而不应该不耐烦，或者是用顶撞的办法去对待。

《论语》中也有相近的论述：“子曰：‘事父母几谏，见志不从，又敬不违，劳而不怨。’”意思是说，侍奉父母时，他们要有过失，要婉言劝告，话要说清楚了，但没有被采纳，仍然尊敬他们，不要违逆对抗，要继续操劳而不可怨恨。《论语》和《孝经》讲的这两种教诲，虽不完全相同，但基本精神是一致的。

2017年12月24日　丁酉年冬月初七　星期日

《感应章》的启示

这章中讲到：“子曰：‘昔者明王事父孝，故事天明；事母孝，故事地察；长幼顺，故上下治。天地明察，神明彰矣……孝悌之至，通于神明，光于四海，无所不通。’”意思是，孔子说：“从前圣明的天子侍奉父亲非常孝顺，尽自己的孝道，他们的行为能够感动上天，上天也明白他们的意思。他们侍奉自己的母亲也非常孝顺，感动了大地，大地也为此明白他们。他们兄弟之间能够做到和睦相处，所以天下为此变得更加有秩序。天地都能明白他们所行的孝道，神明也会来表彰他们的孝德。真正能够把孝敬父母、顺从兄长之道做到尽善尽美的话，就会感天动地。这个伟大的孝道将充塞于天下，磅礴于四海，没有一个地方它不能达到，没有任何一个问题它不能解决。”

这章讲的是感应。感应就是相互影响、交感相应的意思。这里指的是明王行孝悌之道的事情，当然，其道理对其他人也是一样的。若能通于天地之神，神明就会受到感动而降下福佑。中国历史上讲到“至孝”感天动地、天降灵验的故事不计其数，我们无法求证其真实性，但天人感应、孝道与感应的道理是不应该怀疑的。我们看到的事情未必是真实的，没看到的事情也未必就不存在。天地神灵的事情我们姑且不说，但此章讲到的天，可以理解为是朝廷或者是君王，而地可以理解为是广大人民群众，神灵则可以理解为是宇宙大道、天地良心和民心向背。如果一个人的孝道做到极致的话，是可以与领导、群众以及众生的良知良心相感应的。

2017年12月25日　丁酉年冬月初八　星期一

远游与尽孝

《论语》载：“子曰：‘父母在，不远游，游必有方。’”古来对这段话的理解众说纷纭，不尽一致。当然，对前两句“父母在，不远游”的认识没有什么不同，就是说父母在世的时候，不要离开父母太远，应该在家尽孝。有不同理解的主要是第三句“游必有方”。不同理解主要有三种：

第一种，如果子女确实要远游的话，其外出的处所及行踪应该有方所，要告知父母，免得让父母操心。

第二种，子女远游在外的时候，为人处世应该端庄方正、谨慎小心，不要惹是生非，让父母忧心。

第三种，子女远游的时候，一定要把父母的生活、工作、医疗等方面的事情安排妥当。这样做，可解除后顾之忧，同时使子女不在父母身边的时候同样尽了孝心。

三种解释都有道理，我更倾向于第三种解释。不管如何理解，重要的是做子女的应从中受到启发，做好自己远游时尽孝的事情。现在，交通、通信及人们的就业方式、活动范围等，都与古代大不相同了。总体上讲，再强调“父母在，不远游”，既不现实也无必要，但“游必有方”是一定要做到的。“游必有方”除了借鉴以上三种解释所阐发的行孝的方法外，还应该注意，在安排好父母饮食起居、衣食住行等物质生活的同时，还应该及时地打电话或发微信问候，汇报自己的情况等等，以让父母放心。若是心中有父母，即使远游也是可以把孝道做得比较好的，而没有爱心，就是没“远游”，对父母不管不问，又何异于“远游”呢？当然，在父母年迈、有病等特殊情况下，远游还是慎重考虑为好。

2017年12月26日　丁酉年冬月初九　星期二

忠与孝并不矛盾

有句话流传很广，叫“忠孝不能两全”。这话有一定道理，但也不尽然。何以见得呢？首先说，忠与孝，多数情况下，是可以兼顾的。即一个把为父母尽孝做得很好的孝子，完全可以把为国尽忠做得很好。同样，一个为国尽忠做得很好的人，也是完全可以为父母尽孝的。当然，总有一些特殊的情况。举例说，一位大科学家因工作性质特殊，几十年不能回家，也不能和父母保持联系，更谈不上侍奉父母。对这样高尚的人，能说他不孝吗？绝对不能。他不仅是大忠，也是大孝。还有驰骋沙场、为国捐躯的将士，他们虽然不能直接为父母尽孝，但他们也是大孝。从另一角度来说，有些人没有直接为国尽忠的机会，但他们在家孝顺父母做到了极致，为家庭其他成员提供了为国尽忠的机会，进而他们的孝行又影响感化了更多的人，促进了社会风气的淳厚。这难道不是另一种为国尽忠的方式吗？反过来讲，如果有些人，虽然整天在父母身边，但却不行孝。还有些人，在职场上，但假公济私，那么称他们为不忠不孝之人，是毫不冤枉的。

“忠孝不能两全”的说法站在小忠小孝的角度说是成立的，但若站在高境界和宽视野上看，忠孝是不矛盾的。大孝即是大忠，大忠即是大孝，完全可以两全。忠也好，孝也好，都是在做人，而做人首在修身。如果把身修好了，把人做好了，不仅忠孝可以做好，任何事情都在其中。

2017年12月27日　丁酉年冬月初十　星期三

行孝并非简单事

要很好地行孝，还要掌握相应的知识。中国古代的读书人，为了尽孝道，须要通“三理”，就是医理、命理和地理。

首先说医理。如果你是个医生，当然不成问题。如果你不是医生，但懂得一些医学的基本知识和传统文化中的养生保健知识，则不仅是必要的，也是可以做到的。最起码的，应该做到深交一些对父母身体状况有全面了解的医生朋友，并经常地保持联系，这总比对医学基本知识一无所知，又没有这方面的意识要好得多。完全不懂医理，有时是会误事的。

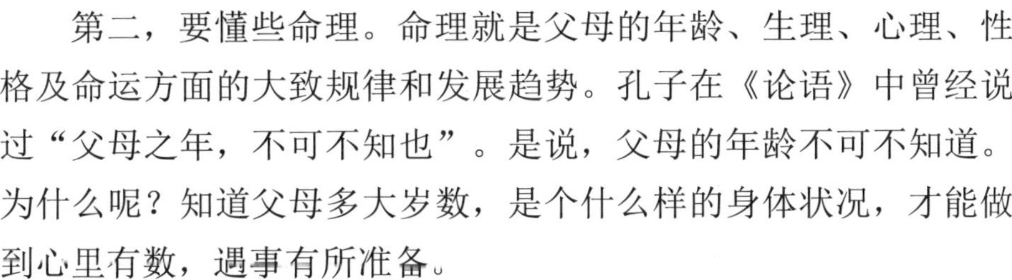

第二，要懂些命理。命理就是父母的年龄、生理、心理、性格及命运方面的大致规律和发展趋势。孔子在《论语》中曾经说过“父母之年，不可不知也”。是说，父母的年龄不可不知道。为什么呢？知道父母多大岁数，是个什么样的身体状况，才能做到心里有数，遇事有所准备。

第三，要重视地理。即父母去世之后，葬地选择的事情要懂一点。当然，要做到懂风水，这个要求是太高了，一般人很难做到，但重视这些事情还是必要的。我们不要简单地把这些事情视之为迷信。设想一下，把父母葬在大路旁或者是河沟里，且不说对父母亡灵的影响如何，仅就子女来说，能心安吗？当然，能做到这些要求的人很少，但重视一下、了解一下这方面的知识总是好的。

2017年12月28日　丁酉年冬月十一　星期四

侍奉父母，不可不懂医理

读《近思录》，其中程颢的一段话是这么说的：“病卧于床，委之庸医，比于不慈不孝。事亲者不可不知医。”意思是，亲人卧病在床，把他交给昏庸无能的医生，如果生病的是你的孩子的话，这就是不慈，如果生病的是你的父母的话，这就是不孝。所以，侍奉父母不可以不懂医理。侍亲孝父母并非一般人理解的只是能养而已，就算是养也绝不仅仅是养身，而应该是养身、养智、养心并重的。并非是有病能给他请医生治疗就行了，还要做到不交给庸医，这就要求自己懂一点医理。应该说这个要求够高的。用这个标准来衡量，今天能有几个人可以称为是孝和慈呢？难归难，但也并非不可以达到。

我听说过这样一件事。石家庄市元氏籍的赵先生，曾在交通部供职。他侍奉老人极尽孝心，母亲年高之后，他曾经发下了誓愿，要让母亲健健康康活到百岁。为了实现这个愿望，做好母亲的保健，他还在没有基础的情况下，学起了中医，尤其是老年养生、医疗保健按摩等知识。经过几年努力，达到了可以把脉问诊、开方配药的程度。为了保证侍母无误，他与母亲居住一室，每天为母亲保健按摩，使他的母亲健康地活到近百岁。赵先生真的是我们学习的楷模啊！

2017年12月29日　丁酉年冬月十二　星期五

为人，两件大事

孟子曰：“事，孰为大？事亲为大；守，孰为大？守身为大。不失其身而能事其亲者，吾闻之矣；失其身而能事其亲者，吾未之闻也。”意思是说，天下什么事情最大呢？侍奉父母是最大的事情。世界上守什么最重要呢？搞好自身的操守才是最重要的。一个人能够有人格、有操守，而又能尽到孝道的，我是听说过的。

自己的操守、人格都没有建立起来，而能去尽孝道的，我可没听说过。

学习这段教诲，要记住以下三点：第一，世界上最大的事情莫过于孝道；第二，行孝道最重要的是把自己的人格立起来，做到有操守；第三，如果失去了操守，会使父母蒙羞，本身就是不孝，再说这样的人也不会真的去尽孝。如果子女有人格，本身就会使父母欣慰、活得有尊严。这样的人，也不会不去很好地行孝。简言之，就是为人有两件最大的事情，一是孝父母，二是有操守。有人说了，那么为国尽忠，为社会奉献，这些事情难道就不重要了吗？那我们要问一下，一个有操守、有孝心的人怎么会不去为国尽忠、为社会奉献呢？

2017年12月30日　丁酉年冬月十三　星期六

爷爷不吃重茬饭

我出生的时候，奶奶已经去世了，我对她老人家没有任何印象。只是听妈妈说，奶奶是极明白、极勤快的一个人。妈妈给我讲这些话的时候，充满了崇敬的心情。爷爷是在我三岁的时候去世的，我对他的印象是这样的：留着胡子，穿着长衫，摇着鹅毛扇，在乡间的路上踱步，一副温文尔雅的乡绅气派。

父母对爷爷、奶奶很是孝顺，具体的事情我没有留下什么记忆。但记得母亲给我说过多次的一个话题，说爷爷不吃重茬饭。父亲弟兄四人，我还有个姑姑，爷爷随己意在各家居住。我家祖上的经济状况是比较殷实的，所以爷爷在生活上比较讲究，其中的一个习惯是不吃重茬饭。就是说，不仅不吃上顿剩下的饭、上顿吃过的饭，就是和昨天吃过的一样的饭，今天往往也不吃。所以，每一家都不仅会认真安排爷爷的饮食，而且注意每天饭菜的结构，确保新鲜不重复。

妈妈多少年来对这个事情都是认真对待的，事儿虽小，但能做好也是很不容易的。我想，现在的孩子对父母能做到这点的，肯定不会多。对父母祖辈的孝敬，是我们家族的传承，是我们的好家风。据我所知，我们偌大的家族，不仅从没有出现过不孝的子女，从没有出现过贪赃枉法、胡作非为之人，而且代代家庭和睦，人才辈出。我感谢祖上留下的宝贵精神财富、好的家风和积下的阴德。

2017年12月31日　丁酉年冬月十四　星期日

孝道话题小结

孝道是中国传统文化中最重要的内容，或曰是最重要的内容之一。它不仅为儒家文化所尊崇，也是道家、释家乃至诸子百家都所重视的。中国文化的总纲是五伦、三纲五常和四维八德。在这其中，孝道是这座文化大厦的基石。如果这个基石动摇了，大厦就有崩塌的危险。因为中国的社会伦理和政治伦理说到底是以家庭伦理为基础的，而家庭伦理的核心就是孝道。如果孝道出了问题，不但是家庭，就是整个社会，都会出现难以想象的不良后果。孔子强调："夫孝，德之本也，教之所由生也。"意思是说，孝道在道德教化中起着根本性的作用，舍弃了孝，道德教化就无从谈起。孝道做好了，小可以修身齐家，大可以治国平天下；近可以促进社会和谐，远可以促进长治久安。

孝道思想不仅在中国历史上备受推崇，而且在所有儒家文化圈的国家中，也是一道令人景仰的亮丽风景。遗憾的是，由于种种原因，多年来孝道思想受到了冲击。社会上不孝的现象不在少数，且有增多的趋势。某种意义上说，现在社会上出现的诸如道德滑坡、信誉缺失、操守失范等问题，都与传统文化教育尤其是孝道文化教育的弱化有关联。因此需要全社会，尤其是需要各级领导起而行之，重视孝道文化的弘扬和教育。

行孝道，应从每个人、每个家庭做起，从孝敬自己的父母长辈做起，进而拓展到孝所有人的父母长辈，再进而从孝亲到爱岗敬业、忠于国家。如果人人都能如此，那么何虑家庭不和睦，何虑社会不和谐，何虑中国梦不能实现呢？